Siegfried Lenz:
Das Feuerschiff
Erzählungen

Meik Glindemann
10c
Herr Mestwerdt

Deutscher
Taschenbuch
Verlag

Von Siegfried Lenz
sind im Deutschen Taschenbuch Verlag erschienen:
Der Mann im Strom (102; auch als dtv großdruck 2500)
Brot und Spiele (233)
Jäger des Spotts (276)
Stadtgespräch (303)
Es waren Habichte in der Luft (542)
Der Spielverderber (600)
Haussuchung (664)
Beziehungen (800)
Deutschstunde (944; auch als dtv großdruck 25057)
Einstein überquert die Elbe bei Hamburg (1381; auch als
dtv großdruck 2576)
Das Vorbild (1423)
Der Geist der Mirabelle (1445; auch als dtv großdruck 2571)
Heimatmuseum (1704)
Der Verlust (10364)
Die Erzählungen (10527)
Über Phantasie (10529)
Elfenbeinturm und Barrikade (10540)
Zeit der Schuldlosen (10861)
Exerzierplatz (10994)
Ein Kriegsende (11175)
Das serbische Mädchen (11290)
Lehmanns Erzählungen (11473)
Leute von Hamburg (11538)
Die Klangprobe (11588)

Ungekürzte Ausgabe
Januar 1966
35. Auflage November 1992
Deutscher Taschenbuch Verlag GmbH & Co. KG,
München
© 1960 Hoffmann und Campe Verlag, Hamburg
Umschlaggestaltung: Celestino Piatti
Gesamtherstellung: C.H. Beck'sche Buchdruckerei,
Nördlingen
Printed in Germany · ISBN 3-423-00336-7

Inhalt

Das Feuerschiff 7
Ein Freund der Regierung 128
Der Anfang von etwas 136
Lieblingsspeise der Hyänen 153
Der längere Arm 161
Der Sohn des Diktators 170
Silvester-Unfall 179
Der Amüsierdoktor 192
Risiko für Weihnachtsmänner 199
Stimmungen der See 205

Das Feuerschiff

Sie lagen und lagen fest bei den wandernden Sandbänken. Seit neun Jahren, seit dem Krieg lag ihr Schiff an langer Ankerkette fest, ein brandroter Hügel auf der schiefergrauen Ebene der See, muschelbedeckt, von Algen bewachsen – bis auf die kurzen Zeiten in der Werft lag es da, während der heißen Sommer, wenn die Ostsee glatt und blendend und zurückgedämmt war, und in all den Wintern, wenn wuchtige Seen das Schiff unterliefen und Eisschollen splitternd an der Bordwand entlangschrammten. Es war ein altes Reserve-Feuerschiff, das sie nach dem Krieg noch einmal ausgerüstet und hinausgeschickt hatten, um die Schiffe vor den wandernden Bänken zu warnen und um ihnen einen Ansteuerungspunkt zu geben für den Minenzwangsweg.
Neun Jahre hing der schwarze Ball in ihrem Mast, der anzeigte, daß sie auf Position waren, kreiste der Blinkstrahl ihrer Kennung über die lange Bucht und über die nächtliche See bis zu den Inseln, die sich grau und flach wie ein Ruderblatt am Horizont erhoben. Jetzt waren die Minenfelder geräumt, das Fahrwasser galt als sicher, und in vierzehn Tagen sollte das alte Feuerschiff eingezogen werden: es war ihre letzte Wache.
Die letzte Wache sollte noch vor den Winterstürmen enden, die mit kurzen, wuchtigen Seen in die Bucht hineinschlagen, die lehmige Steilküste unterwaschen und auf dem flachen Strand eine verkrustete Markierung aus Tang, Eissplittern und pfeilförmigem Seegras zurücklassen. Bevor die Stürme einsetzen, ist die Ostsee hier draußen vor der langen Bucht ruhig; die Dünung geht weich und gleitend, die Farbe des Wassers wird schwarzblau. Das ist eine gute Zeit für den Fischfang: in Schwärmen zucken die getigerten Rücken der Makrelen knapp unter der Oberfläche dahin, der Lachs geht an den Blinker, und

in den Maschen des Grundnetzes stehen die Dorsche fest, als ob ein Jagdgewehr sie hineingeschossen hätte. Es ist dann auch höchste Zeit für die Küstenschiffahrt, für die gedrungenen Motorsegler, für Windjammer und Holzschoner, die mit einer letzten Deckladung Grubenholz oder geschnittenen Planken oben von Finnland runterkommen und weiterziehen in ihre Winterverstecke. Das Fahrwasser vor der langen Bucht und zwischen den Inseln ist voll von ihnen vor den Stürmen, und vom Feuerschiff sehen sie die tuckernde, schlingernde, mühsame Prozession vorüberziehen zu den Sicherheiten hinter dem Horizont; und wenn sie verschwunden sind, kommen die Sturmmöwen herein und die schweren Mantelmöwen, einzeln zuerst, dann in kreischenden Schwärmen, und sie umkreisen das Feuerschiff, ruhen sich auf seinen Masten aus oder gehen nieder auf das Wasser, auf dem der rötliche Widerschein des Schiffes liegt.

Als ihre letzte Wache begann, war die See fast leer von den schlingernden Holzschuhen, nur einige Nachzügler kamen noch vorbei, klemmten sich unter den Horizont, und auf dem Feuerschiff sahen sie jetzt fast nur noch die weißen Eisenbahnfähren, die morgens und abends schäumend hinter den Inseln verschwanden, schwere Frachter und breitbordige Fischkutter, die gleichgültig an ihnen vorbeiliefen.

An jenem diesigen Morgen war nichts in Sicht. Das Feuerschiff dümpelte träge an langer Ankerkette, die Strömung staute sich drängend am Rumpf, und ein grünes, schwefelgrünes Glimmen lag auf der See. Mit dem schwingenden Pfeifgeräusch ihrer Flügel strich ein Zug Grauenten knapp über dem Wasser am Schiff vorbei und zu den Inseln hinüber. Die Ankerkette rieb sich, knirschte in den Klüsen, wenn die weiche Dünung das Schiff anhob, und es entstand ein Geräusch, als holte ein Bügelstemmeisen verrostete Nägel aus einer Kiste. Die durchlaufende Dünung klatschte gegen das Heck. Eine breite Schaumspur zog sich von der Bucht gegen die offene See hin wie eine weißliche Ader, in der schwappend Blasentang trieb, algenbedeckte Holzstücke, Kraut, Korkstücke und eine auf- und abtanzende Flasche. Es war der zweite Morgen auf ihrer letzten Wache.

Als Freytag die Kajütentür öffnete, sah er zum Ausguck hinauf. Der Mann auf Ausguck setzte das Glas nicht ab; langsam kreisend, als hätten sie ihn mit den Füßen an Deck genietet, drehte sich sein Oberkörper, drehte sich nur in den Hüften, ohne daß seine Füße sich bewegten, und Freytag wußte, daß nichts los war, und trat hinaus in den diesigen Morgen. Er war ein alter Mann mit magerem Hals und hautstraffem Gesicht, seine wäßrigen Augen tränten unaufhörlich, wie in Erinnerung an eine verzweifelte Anstrengung; obwohl sein untersetzter Körper gekrümmt war, verriet er noch etwas von der Kraft, die einst in ihm gesteckt hatte oder immer noch in ihm steckte. Seine Finger waren knotig, sein Gang säbelbeinig, als hätten sie ihn in seiner Jugend auf einer Tonne reiten lassen. Bevor er Kapitän des Feuerschiffs wurde, hatte er sechzehn Jahre ein eigenes Schiff auf der Lumpenlinie geführt, nach unten runter in die Levante, und damals hatte er sich angewöhnt, mit einer halbgerauchten, kalten Zigarette im Mund herumlaufen, die er während des Essens sorgfältig neben den Teller legte.

Er lehnte sich mit dem Rücken gegen die Kajütentür, die kalte Zigarette wanderte wippend zwischen den Mundwinkeln hin und her, und er sah zu den Inseln hinüber, über die Schaumspur, die sich gegen die offene See hinzog, und dann zu der Wracktonne, neben der die Spieren eines im Krieg versenkten Schiffes aus dem Wasser ragten; und als er so da stand, spürte er, wie die Tür hinter ihm geöffnet wurde; ohne sich umzudrehen, trat er zur Seite, denn er wußte, daß es der Junge war, auf den er gewartet hatte.

Freytag hatte keinen gefragt, hatte keine Erlaubnis eingeholt; als Kapitän hatte er den Jungen einfach mit rausgenommen zur letzten Wache, aus dem Krankenhaus

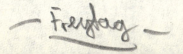

weg, wo Fred mit einer Quecksilbervergiftung gelegen hatte. Freytag hatte den blassen, hochgewachsenen Jungen mit dem gehetzten Blick im Bett liegen sehen, und nachdem er auf dem Gang mit dem Arzt gesprochen hatte, war er zurückgekommen und hatte zu Fred gesagt: »Morgen kommst du mit raus auf Station«, und obwohl der Junge weder zurückwollte in die Baracke, wo er als Thermometerbläser arbeitete, noch auf Freytags Schiff, war er jetzt an Bord und auf Station.

Fred ließ die Kajütentür zufallen, die sich mit zischendem Sauggeräusch schloß, und musterte den Alten mit einem gehetzten, feindseligen Blick aus den Augenwinkeln. Er redete ihn nicht an; er stellte sich neben ihn und wartete in einer Haltung schweigsamer Feindseligkeit: nie, solange er denken konnte, hatte er anders neben seinem Alten gestanden, damals nicht, als er ihm bis zur Schulter reichte, und auch jetzt nicht, da er ihm von oben in den lose sitzenden Kragen hineinsehen konnte, unter dem ein Streifen glatter, verbrannter Haut begann, der sich über den ganzen Rücken bis zur Hüfte zog.

Seitdem er erfahren hatte, was damals unten in der Levante geschehen war – zu der Zeit, als sein Alter die Lumpenlinie fuhr und er selbst noch zur Schule ging –, war er fertig mit ihm, ohne daß sie je darüber gesprochen hätten oder daß es für ihn nötig gewesen wäre, darüber zu sprechen.

Sie standen schweigend nebeneinander, sie kannten sich zu gut, als daß der eine etwas vom anderen erwartet hätte, und wortlos, mit einem kurzen Nicken des Kopfes, forderte Freytag den Jungen auf, ihm zu folgen.

Hintereinander kletterten sie auf den gelben Laternenträger hinauf, sahen die verzerrte Spiegelung ihrer Gesichter auf dem harten, gerundeten Glas; sie blickten über die See und auf das Deck des Schiffes hinab, dessen dümpelnde Bewegungen sie hier oben stärker spürten als unten, und Fred sah, wie die schwere, durchhängende Kette klatschend ins Wasser tauchte, wenn die Dünung sich zu ihr hinaufreckte. Er sah auch den Mann mit der schwarzglänzenden Krähe am Bug stehen und hörte seinen Alten sagen: »Das ist Gombert. Er hat es immer noch nicht aufgegeben: zu Weihnachten will er der Krähe das Reden beigebracht haben, und zu Ostern soll sie einen Psalm aufsagen.« Fred antwortete nicht, gleichgültig beobachtete er den Mann am Bug, der eifrig auf die Krähe einsprach, die mit beschnittenen, schlapp weghängenden Flügeln an Deck hockte. »Sie heißt Edith«, sagte Freytag, »Edith von Laboe.«

Dann kletterte er hinab, Fred hinter ihm, und sie gingen schweigend zur Funkbude hinüber, fanden Philippi vor dem Funkgerät, einen kleinen, schmächtigen Mann in verwaschenem Pullover, der den Kopfhörer umhatte, in einer Hand einen Bleistift hielt, mit der anderen Zigaretten auf dem Tisch rollte.

»Er gibt die Stromabmessung durch«, sagte Freytag, »den Seegang und den Wetterdienst.«

Philippi wandte sich nicht zu ihnen um, obwohl er ihre Schatten auf der Wand und auf dem mit Tabakkrümeln bedeckten Tisch sah; er kümmerte sich nicht um den Lautsprecher, aus dem ein Knistern ertönte, ein trockenes Knacken, als ob Heuschrecken über ein Blechdach wanderten; ruhig saß er in seinem fensterlosen Schapp da und sagte nach einer Weile: »Hier ist schon gelüftet«, und rückte seine Kopfhörer zurecht.

»Das ist die Funkbude«, sagte Freytag, »nun hast du auch sie gesehen«, und er schob den Jungen mit der Schulter vom Eingang weg, zog die auf Rollen laufende Tür zu und sah sich um und überlegte, was Fred noch nicht gesehen hatte, seitdem er an Bord war. Er blickte über sein Schiff, und es kam ihm zum ersten Mal alt und verdammt vor – ein Schiff, das nicht frei war und zu anderen Küsten lief, sondern wie ein Sträfling an langer Kette lag, von dem riesigen Anker gehalten, der tief im sandigen Grund steckte, und Freytag fand nichts, was er dem Jungen noch hätte zeigen können. Unentschieden

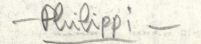

hob er die Schultern. Er sah über sein Schiff wie ein Mann über flaches Land. Er zog ein Taschentuch heraus, wikkelte es um die eine Hand und schob die umwickelte Hand wieder in die Tasche; einen Augenblick lauschte er zum Jungen zurück, der schräg hinter ihm stehengeblieben war; er hörte nichts, und er schloß die umwickelte Hand zur Faust und spürte, wie der Stoff über den knotigen Fingergelenken spannte. Sein Blick fiel auf den Ausguck, der das Glas abgesetzt hatte und sich an die Schiefertafel lehnte, auf der an diesem Morgen noch nichts angeschrieben war, und er winkte Fred, ihm zu folgen. Ihre Schritte klirrten auf den eisernen Stufen des Niedergangs; die Stufen waren rostig, verbeult und ausgetreten, die Riffelung, die den Sohlen Halt geben sollte, war abgeschliffen und kaum zu erkennen. Nacheinander stiegen sie hinauf, Freytag voran, und der Ausguck stand an der Schiefertafel und beobachtete, wie ihre Köpfe über dem Deck erschienen und wie ihre Schultern emportauchten und ihre Körper, bis sie sich zuletzt vom Geländer abstemmten und neben ihm landeten.

Fred hatte Zumpe noch nie gesehen, er wußte nur, daß der Mann, den er auf Ausguck traf, während des Krieges auf einem Erzfrachter torpediert wurde und darauf neunzig Stunden im zerschlagenen Rettungsboot trieb und von allen für tot gehalten wurde – Freytag hatte es ihm erzählt; und er hatte ihm auch gesagt, daß Zumpes Frau damals eine Todesanzeige aufgab, die Zumpe selbst, als er dann zurückkam und sie las, für so schäbig hielt, daß er seine Frau verließ. Jetzt trug er seine eigene Todesanzeige ständig bei sich, in einer zerknitterten Brieftasche, und er zeigte sie grinsend herum: ein gelbliches Stück Papier, weichgerieben und fleckig geworden zwischen vielen Daumen und Zeigefingern.

Auf der Überfahrt, als sein Alter ihm von den Männern erzählte, die er auf dem Schiff treffen würde, hatte Fred zum ersten Mal von Zumpe gehört, und nun standen sie sich gegenüber, gaben sich die Hand, und Fred fühlte die hornharten, krallenartigen Finger des Mannes zwischen den seinen. Die zu kurzen Glieder, der zu kurze Hals und der schwere Kopf verliehen Zumpe etwas Zwergenhaftes; sein Nacken war tiefgefaltet, das Gesicht wulstig.

»Gib ihm das Glas«, sagte Freytag.

Zumpe zog den dünnen Lederriemen über seinen Kopf und reichte Fred das Glas, der es ohne Eile annahm und in seinen Händen drehte.

»Schau durch«, sagte Freytag, »da drüben sind die Inseln.« Die Männer wechselten einen Blick, und der Junge hob das schwere Glas an die Augen und sah in scharfen, ausgestochenen Scheiben den Inselstrand und den sandfarbenen Damm zwischen den Inseln, und hinter dem Damm, salzweiß und ruhig gleitend, erkannte er ein Segel, das zu keinem Boot zu gehören, sich über den Damm zu bewegen schien. Fred bog die beiden Gläser um das Stahlgelenk zusammen, so daß die münzrunden Scheiben sich ineinanderschoben, bis sie sich deckten, und nun sah er über die Inseln hinweg, drehte sich in den Hüften, sah die Wracktonne und die Spieren des gesunkenen Schiffes durch den scharfen Kreis wandern und wieder aus ihm heraustreten, während er das Glas weiterdrehte gegen die offene See. Die Schaumspur zog durch den Kreis, eine stürzende Möwe, die mit angewinkelten Flügeln ins Wasser schlug, und vor dem diesigen Horizont erkannte er die aufschimmernden Kronen treibender Wellen. Dann saß er fest, unterbrach plötzlich die kreisende Bewegung, als ob er einen Widerstand gefunden hätte, und die Männer sahen, wie er das Glas absetzte, es sofort wieder hob, schnell an der gezackten Mittelschraube zu drehen begann, und sie traten nah an ihn heran und blickten in die Richtung, in der Fred suchte. Sie entdeckten nichts.

»Was ist?« fragte Freytag.

»Ich habe nichts gesehn«, sagte Zumpe.

»Ein Boot«, sagte Fred, »ein Motorboot. Ich glaube, es treibt.«

Er erkannte deutlich das graue Boot, das quer zur See

lag und abtrieb und dabei hochgetragen wurde von der Dünung; er erkannte auch in der scharfen, ausgestochenen Scheibe, daß das Boot besetzt war und daß einer der Besatzung breitbeinig auf der hölzernen Motorhaube stand und etwas hin- und herschwenkte.

»Ja«, sagte Fred, »es ist ein treibendes Boot, und da sind Männer drauf.«

Zumpe nahm ihm das Glas aus der Hand, seine Oberlippe zog sich krausend hoch und entblößte seine starken Schneidezähne, als er das Glas vor die Augen setzte, einige Sekunden hindurchsah und es ohne ein Wort weitergab an Freytag; auch Freytag sah nur einige Sekunden hindurch, gab dann das Glas dem Jungen zurück und sagte: »Wir setzen das Boot aus.«

»Das Boot ist gestrichen«, sagte Zumpe.

»Dann setzen wir das gestrichene Boot aus«, sagte Freytag.

»Die Farbe ist noch nicht ganz trocken.«

»Du kannst sie darauf aufmerksam machen«, sagte Freytag, »aber erst hol sie rein. Vielleicht ist es ihnen sogar gleichgültig, welch ein Boot sie reinholt.«

»Allein?«

»Nimm Gombert mit, er kann dir helfen. Von mir aus frag auch seine Krähe; vielleicht hat auch Edith Lust, mitzukommen.«

Zumpe trat zum Niedergang, etwas Mühsames lag in seinen Bewegungen, etwas Eckiges und Ruckhaftes, und während er hinabtauchte, beobachtete Fred das Boot, das quer gegen die offene See hintrieb.

»Sie treiben in der Strömung«, sagte Freytag, »es geht eine starke Strömung von der Bucht nach draußen, sie sitzen mittendrin.«

Der Junge schwieg, und Freytag fuhr fort: »Im Sommer manchmal, wenn die Segelboote vorbeiziehen, kannst du sehen, wie stark sie ist: bei leisem Zug, auch bei flauer Brise ist die Strömung noch stärker als der Wind und drückt die Boote raus.«

»Sie geben uns Zeichen«, sagte Fred, der ununterbrochen durch das Glas sah.

»Wir werden sie reinholen«, sagte Freytag, »es geschieht nicht zum ersten Mal.«

»Ich sollte mitfahren«, sagte Fred.

»Es ist besser, du bleibst hier.«

Unten an den Klappdavits erschienen jetzt Zumpe und Gombert, sie wuchteten das Boot aus den Klampen, schwenkten es aus und brachten es mit einer Kurbel zu Wasser. Das Boot war nur noch an der Vorleine fest und schrammte gegen die Bordwand des Feuerschiffes. Während Gombert übers Fallreep ins Boot kletterte und die Ruderpinne nahm, warf Zumpe den Motor an, löste die Vorleine und hockte sich auf den Bodenbrettern hin, so daß nur sein Kopf über die Bordkante hinausragte: knatternd legten sie ab, drehten in kurzem Bogen, mit wirbelndem Kielwasser hinaus zu dem treibenden Boot.

Fred beobachtete durch das Glas, wie sie über die Dünung ritten und dann in der Schaumspur entlangfuhren, die ihr Boot für einen Augenblick aufschlitzte, und er sah, wie das weißliche Band sich hinter ihnen schloß und wie das Boot flacher und kürzer wurde, bis es schließlich flach wie eine Decksplanke war, über der sich nur der massige Rücken von Gombert erhob. Sie hielten auf das treibende Boot zu, und als sie es erreicht hatten, sah Fred, wie sie es langsam umrundeten, dann daraufzustießen und längsseits gingen: dreimal sah er die Umrisse einer Gestalt sich erheben und zusammenfallen, und er sagte zu Freytag: »Es sind drei; sie steigen um. Ich möchte nur wissen, was das für Leute sind.«

»Wir werden es bald wissen«, sagte Freytag. »Sie werden sich bei dir bedanken, denn du hast sie ausgemacht. Vielleicht wollten sie zur Insel rüber und hatten Pech.«

Fred wandte sich schnell zu ihm um, sah ihn dastehen mit der kalten Zigarette zwischen den Lippen, die Hände in den Taschen.

»Willst du das Glas?« fragte er.

»Nein«, sagte Freytag, »du hast sie ausgemacht, und jetzt sollst du dabei sein, wenn sie reinkommen. Behalt das Glas.«

Der Junge hob das Glas wieder an die Augen; er merkte, wie sein Alter einen Schritt näher herankam, ihn lange von der Seite ansah; er spürte sein Verlangen, mit ihm zu reden, hörte ihn scharf einatmen und dann sehr leise sagen: »Das ist sehr gut für dich, Fred, ich hätte es schon früher tun müssen, längst hätte ich dich rausnehmen sollen zu einer Wache, denn nirgendwo findest du solch eine Luft wie hier. Für deine Lungen gibt es nichts Besseres, Fred: Du wirst es merken, wenn wir zurückkommen.«

Der Junge schwieg. Draußen scherten die Boote auseinander, und er dachte, daß sie das treibende Boot aufgeben wollten, aber dann drehte es langsam bis auf Kiellinie, und Fred wußte, daß sie es festgemacht hatten und hereinbrachten.

»Im Sommer hätte ich dich rausnehmen müssen«, sagte Freytag; »dann ist die Luft noch weicher, es gibt viel Sonne, und die Sicht ist gut.«

Fred entdeckte, daß das graue Boot, das sie in Schlepp hatten und hereinbrachten, größer war als ihr eigenes, in dem jetzt fünf Männer saßen; es schien ein Rettungsboot von einem großen Passagierdampfer zu sein, mit dünnen Haltetauen an den Seiten und einem sonngebleichten Fender am Bug.

»Hörst du, was ich sage?« fragte Freytag.

»Ja«, sagte Fred, »ich habe alles mitbekommen.« Nun konnte er Gombert an der Ruderpinne erkennen, Zumpe im Bug und die drei Männer, die zwischen ihnen hockten; ohne das Glas abzusetzen oder sich zu seinem Alten umzudrehen, fragte er: »Was werden wir mit ihnen machen?«

»Das wird sich zeigen«, sagte Freytag. »Wir schicken sie so schnell wie möglich an Land. Wir haben kein Hotel an Bord. Spätestens geben wir sie dem Versorgungsboot mit. Die ganze Wache können sie hier nicht bleiben.«

Die Boote kamen näher, deutlich war die straffe Verbindungsleine zu sehen, deutlicher wurden die Gesichter, und jetzt erschien auch Rethorn zwischen den Davits, und Soltow, der Maschinist. Rethorn trug eine gebügelte Khakijacke, gebügelte Hosen und einen braunen Binder, er war Steuermann, und sie hatten ihn an Bord des Feuerschiffs nie anders erlebt als gestärkt und gebügelt. Schließlich, als die Boote in Rufweite waren, kam auch noch Trittel heraus, ihr Koch: ein magerer Mann, der magenleidend aussah und die mageren Hände unter der vorgebundenen, mehlbestaubten Schürze gefaltet hielt. Sie standen zwischen den Davits und erwarteten die Ankunft der Boote, die auf das Heck des Feuerschiffs zuhielten, in knappem Bogen beidrehten und längsseits kamen. Leinen klatschten herunter, sie machten die Boote fest, und jetzt stiegen Freytag und der Junge den Niedergang hinab und gingen ebenfalls zu den Davits, wo, bis auf Philippi, der in seinem Funkschapp saß, die ganze Besatzung versammelt war.

Fred lehnte an der Kurbel, er blickte auf die Taue des Fallreeps, in die Zug kam und die wie neues Leder knarrten unter der Belastung des ersten Mannes, der von unten aus dem Boot zu ihnen an Bord stieg.

Als erster kam Doktor Caspary: ein klobiger Siegelring kündigte ihn an, er saß auf dem Mittelfinger der behaarten Hand, die zuerst über der Bordkante erschien, sich fest um das Tau legte, zog und an den Knöcheln weiß wurde vor Anstregung, bis die andere Hand nachfaßte und sein Gesicht sich heraufschob, ein lächelndes Gesicht unter buschigen Augenbrauen, das unrasiert war, von einer wasserbesprühten Sonnenbrille verdeckt. Rethorn half ihm an Bord, und Doktor Caspary sah sich lächelnd um, ging zu jedem der Männer und stellte sich jedem lächelnd vor. Dann trat er ans Fallreep, und zusammen mit Rethorn half er den anderen, an Bord zu kommen: einem Riesen mit bläulicher Hasenscharte, kragenlosem Hemd und einem Ausdruck blöder Zärtlichkeit, und

17

nach ihm halfen sie einem langhaarigen jungen Mann, der angewidert zusammenzuckte unter der Berührung von Rethorn, zur Seite trat und den Ärmel seines Jacketts glattstrich.

Sie stellten sich nicht vor, aber Doktor Caspary schienen Vorstellungen Freude zu machen, und er zeigte mit einem Daumen auf den Riesen, sagte: »Herr Kuhl, Eugen Kuhl«, worauf Eugen heftig nickte, und mit dem andern Daumen zeigte er auf den langhaarigen Burschen und sagte: »Edgar Kuhl. Die Herren sind Brüder.« Edgar musterte Doktor Caspary mit einem Blick voll geringschätziger Zurückweisung; er gab keinem die Hand, sah keinem der Männer ins Gesicht; nur als Freytag sie aufforderte, ihm in die Messe zu folgen, wandte Edgar blitzschnell den Kopf, als wollte er sich überzeugen, daß niemand hinter ihm ging.

Freytag führte sie in die Messe, in einen holzverschlagenen Raum, dessen Wände von Wimpeln bedeckt waren, von Seestichen und den angedunkelten Porträts längst vergessener Kapitäne; schweigend holte er Gläser aus einem Wandschrank, eine halbe Flasche Kognak, stellte sie auf den Tisch und deutete einladend auf die festgeschraubten Armstühle. Der Riese mit der Hasenscharte hob das leere Schnapsglas an die Augen, den Stiel auf Freytag gerichtet; angestrengt blickte er hindurch, seufzte, dann erschien ein sanftes, idiotisches Grinsen auf seinem Gesicht: »Ein Huhn«, sagte er, »du siehst genau wie ein großes Huhn aus«, und er schob ihm das Glas entgegen, und Freytag füllte es. Alle setzten sich um den Tisch, nur Edgar blieb an der Tür stehen, lehnte da mit verschränkten Beinen, in einer Haltung lässiger Aufmerksamkeit. Er hatte ein Fallmesser mit stehender Klinge in der Hand und begann, an seinen Fingernägeln zu arbeiten, wobei er die Männer am Tisch beobachtete.

»Was ist?« sagte Freytag. »Nicht auch ein Glas?«

»Er trinkt nie«, sagte Doktor Caspary. »Solange ich ihn kenne, rührt er nichts an – und läßt sich auch nicht anrühren. Ich vermute, Eddie hat ein Gelübde abgelegt. Wir aber sind nicht gebunden, und ich möchte mich mit diesem Schluck dafür bedanken, daß Sie uns aufs Trockene brachten.«

»Er hat euch ausgemacht«, sagte Freytag, »der Junge.«

»Ihr Sohn?« fragte Doktor Caspary.

»Ja, er hat euch zuerst gesehen.«

»Ich werde es nie vergessen«, sagte Doktor Caspary. Er stieß mit Fred, mit Freytag und Rethorn an, nickte dem Riesen aufmunternd zu, und alle tranken.

Das klickende Geräusch der Kurbel erklang an den Davits draußen, wo sie das Boot einholten, Stimmen und zurechtweisende Rufe, und Eddie trat argwöhnisch von der Tür an ein Bulleye, sah einen Augenblick hinaus und ging wieder auf seinen Platz zurück.

»Es war keine große Aktion«, sagte Freytag. »So was kann hier immer passieren, denn draußen geht eine starke Strömung.«

»Wir trieben seit der Morgendämmerung«, sagte Doktor Caspary, »Gottseidank war die See friedlich, nicht wahr, Eddie?«

Wieder traf ihn ein kurzer Blick voll geringschätziger Zurückweisung, den er jedoch nicht zu bemerken schien; er trug immer noch die Sonnenbrille, die jetzt von kleinen, stumpfen Flecken gesprenkelt war – die letzten Spuren des Salzwassers –, und auf seinem Gesicht lag immer noch das Lächeln, das er vor sich hergetragen hatte, als er an Bord geklettert war.

»Nein«, sagte Freytag, »es war keine große Aktion. Es war nicht mehr als ein Unfall zur Übung.«

»Sehr gut«, sagte Doktor Caspary, »das war es: ein Schiffbruch zur Probe. Hoffentlich haben Sie uns nicht auch nur zur Probe rausgeholt.«

»Wir werden ein Boot anrufen«, sagte Freytag, »es kann Sie zu einem Hafen bringen, nach Kiel oder nach Flensburg oder zu den Inseln rüber. In jedem Fall bleibt uns das Versorgungsboot.«

»Es kommt in vier Tagen«, sagte Rethorn.

»Vier Tage also«, sagte Freytag – »wenn wir vorher keine andere Möglichkeit finden.«

Er füllte die Gläser nach, als hätte er sich damit abgefunden, daß die Männer vier Tage an Bord bleiben müßten, und als wollte er nun auf diese vollendete Tatsache trinken; doch Doktor Caspary sagte: »Wir möchten Ihnen das nicht zumuten. Wir wollen keine vier Tage hierbleiben, und wir legen keinen Wert darauf, daß Sie ein Boot für uns anrufen. Soweit ich mich erinnere, haben wir selbst ein Boot. Die Wasserkühlung funktioniert nur nicht. Wenn das hier repariert werden kann, verlassen wir Sie.«

»Wenn wir ein Boot anrufen«, sagte Freytag, »einen Fischkutter vielleicht, der Sie reinbringen kann, dann wären Sie schon morgen an Land.«

»Wir sind nicht daran interessiert«, sagte Doktor Caspary. »Oder bist du daran interessiert, Eddie?«

Eddie machte eine verneinende Bewegung mit dem Fallmesser.

»Und du, Eugen?«

Der Riese betrachtete Doktor Caspary zärtlich und schüttelte den Kopf, und in einem Tonfall, als schnitte sein gespaltener Mund jedes seiner Worte entzwei, sagte er: »Nicht interessiert.«

»Damit steht es fest«, sagte Doktor Caspary, »Sie werden kein Boot anrufen; es genügt durchaus, wenn Sie uns helfen, unser Boot zu reparieren.«

»Wollen Sie sehr weit?« fragte Freytag.

»Nach Faaborg«, sagte Doktor Caspary, »zwischen den Inseln hindurch. Wir werden dort erwartet.«

Er drehte die Hand mit dem klobigen Siegelring auf dem Tisch, betrachtete ihn mit schräggelegtem Kopf und begann nach einer Weile, den Ring anzuhauchen und ihn in der Hüfte zu polieren, wobei er ihn von Zeit zu Zeit prüfend musterte, die Hand flach über den Tisch gestreckt. Der Riese mit der Hasenscharte beobachtete das voll zärtlicher Anteilnahme, und auch Freytag, Rethorn und Fred sahen zu, wie Doktor Caspary den Siegelring polierte, der wie eine glänzende Geschwulst auf der behaarten Hand saß.

Draußen erklang ein Geräusch wie ein Hammerschlag auf Holz, das Boot setzte sich mit einem Ruck in den Klampen fest, die Kurbel schwang lose zurück, und auf Deck klirrten die Leinen mit den Spannschrauben, die sie über das Boot zogen.

»Werden Sie uns helfen können?« fragte Doktor Caspary.

»Unser Maschinist ist bereits in Ihrem Boot«, sagte Rethorn.

»Soltow?« fragte Freytag.

»Ich habe ihn runtergeschickt«, sagte der Steuermann, »Zumpe hilft ihm.«

»Gib mir noch einen Schnaps, du«, sagte der Riese zu Freytag, »einen kleinen nur, nicht mehr, als in eure kleinen Gläser reingeht.«

Doktor Caspary machte Freytag ein Zeichen, winkte heimlich ab, und sagte: »Ich würde nicht mehr trinken, Eugen. Es ist kein sehr gutes Zeug, und alles, was nicht sehr gut ist, sollten wir nicht trinken. Davon werden die Zähne locker, Eugen.«

Der Riese schaute ihn verblüfft an, dann warf er Freytag einen empörten Blick zu und verbarg das Glas unter seiner schweren Hand.

»Ja«, sagte Doktor Caspary, »das ist richtig, Eugen, so ist es gut.«

Eugen schob das Schnapsglas von sich fort, wischte sich mit dem Ärmel über die schweißbedeckte Stirn; er erhob sich, zog sein kurzes, zerknittertes Jackett aus, hängte es über die Stuhllehne und setzte sich wieder.

»Ja«, sagte Doktor Caspary sanft, »ja, Eugen.«

Er hob den Kopf, denn Eddie trat plötzlich von der Tür weg und blieb halb geduckt unter dem Bulleye stehen, so, als erwarte er eine Gefahr, und sein Blick und sein Messer waren auf die gefirnißte Tür gerichtet, die sich jetzt zu einem Spalt öffnete, langsam, pendelnd, als hätte sie nicht eine Hand, sondern der Wind aufgedrückt, bis auf einmal das wulstige Gesicht von Zumpe erschien und vom Spalt her sich dem Tisch zuwandte, an dem die Männer saßen. Freytag erhob sich unwillkürlich.

»Ist etwas geschehen?« fragte Doktor Caspary.

»Der Kapitän soll in den Funkraum kommen«, sagte Zumpe.

»Ich habe es geahnt«, sagte Freytag. Er zwängte sich heraus, ging zur Tür, als ihn eine Hand am Ärmel zurückzog: Doktor Caspary hielt ihn lächelnd fest und sagte: »Nur damit Sie es nicht vergessen, wir sind wirklich nicht daran interessiert, daß Sie ein Boot für uns anrufen. Sie haben unsere Entscheidung gehört. Wenn unser Boot wieder in Ordnung ist, fahren wir sofort weiter.«

»Ich habe verstanden«, sagte Freytag.

»Sehr gut«, sagte Doktor Caspary. »Es geschieht nicht oft, daß man sich so rasch versteht.«

Zumpe wartete draußen, bis Freytag neben ihm war und schloß die Tür zur Messe. Schweigend ging er ihm voraus zur Funkbude, die Funkbude war leer, die Geräte abgeschaltet.

»Wo ist Philippi?« sagte Freytag.

Zumpe nickte mit dem Kopf zum Fallreep hinüber, wo sie das Boot der Männer festgemacht hatten und reparierten und von woher nun eine verstümmelte Unterhaltung zu ihnen drang. Er lauschte einen Augenblick, zog Freytag in die Funkbude hinein und drehte den Schlüssel um. Sie standen reglos in der Dunkelheit, standen dicht nebeneinander und hörten nichts als ihre Atemzüge, und dann knackte der elektrische Schalter und das Licht flammte auf. Zumpe bückte sich, öffnete einen Klappschrank, lauschte, zerrte ein Bündel hervor, lauschte abermals und hob das Bündel auf und legte es auf den Tisch, ein längliches Bündel, in Segeltuch eingeschlagen und mit dünnen Lederriemen fest verschnürt. Ohne ein Wort begann Zumpe die Riemen zu lösen; er schlug das

Segeltuch auseinander, stieß auf mattglänzendes, ölgetränktes Papier, schlug auch dies auseinander – eilig, mit geübten Griffen, so, als habe er es bereits einmal getan –, und dann tauchte seine Hand tastend und raschelnd unter eine zweite Schicht Papier, lag still da, begann langsam, ruckend zu ziehen und zog eine Maschinenpistole hervor, die er am Lauf gepackt hielt. Der Lauf schimmerte bläulich unter dem elektrischen Licht.

Zumpe legte die Pistole auf den Tisch, wieder fuhr seine Hand tastend unter das ölgetränkte Papier.

»Es ist noch nicht alles«, sagte er, »jetzt kommen die besseren Sachen, für Liebhaber«, und er zog eine Schrotflinte mit abgesägtem Lauf heraus und legte sie ebenfalls auf den Tisch. Die Schrotflinte hatte einen geschnitzten Schaft, der mit Silber beschlagen war, und Zumpe strich mit seinen kurzen Fingern über den Schaft und sagte: »Wie kühl sie ist, wie sich das anfühlt.«

»Woher habt ihr das Zeug?« fragte Freytag.

»Ich fand es in ihrem Boot«, sagte Zumpe. »Sie hatten es unter den Bodenbrettern versteckt, und ich habe während der ganzen Fahrt darauf gestanden.«

»Bring es zurück«, sagte Freytag.

»Alles?«

»Bring es zurück. Es geht uns nichts an, was sie in ihrem Boot haben.«

»Wir sollten sie nicht weglassen«, sagte Zumpe.

»Wir werden sie so schnell wie möglich abschieben«, sagte Freytag. »Es geht uns nichts an, woher sie kommen und wohin sie wollen.«

»Sie sind bewaffnet«, sagte Zumpe, »ich sah es, als sie umstiegen.«

»Ich weiß«, sagte Freytag, »ich habe es auch gesehen.«

»Wir sollten sie hierbehalten, bis das Versorgungsboot kommt, und wenn sie von Bord sind, sollte Philippi mit der Hafenpolizei sprechen.«

»Ich will Ruhe haben auf der letzten Wache«, sagte Freytag.

»Wir können ein Boot anrufen«, sagte Zumpe.
»Sie sind nicht daran interessiert.«
»Wir sind sieben, und sie sind drei«, sagte Zumpe.
»Du hast vergessen, ihre Pistolen zu zählen.«
»Und dies hier«, sagte Zumpe und fuhr liebkosend über den Schaft der abgesägten Schrotflinte.

»Es ändert nichts«, sagte Freytag, »sie haben die Patronen in der Tasche; und nun bring das Zeug zurück – alles.«

Zögernd stand Zumpe da, blickte ratlos auf Freytag, der die kalte Zigarette zwischen den Lippen wippen ließ, dann drehte er sich um und begann alles wieder einzupacken und mit den dünnen Lederriemen zu verschnüren.

»Was ist mit ihrem Boot«, sagte Freytag, »könnt ihr die Wasserkühlung reparieren?«

»Es ist nicht die Wasserkühlung«, sagte Zumpe. »Die Welle ist zum Teufel. Soltow hat sie ausgebaut und ist dabei, sie wieder einzubauen, weil nichts zu machen ist.«

»Nichts?«

»Nichts«, sagte Zumpe.

»Warum hast du das nicht gleich gesagt?«

»Du hast mich nicht danach gefragt.«

»Das ändert alles«, sagte Freytag. »Und nun bring das Zeug ins Boot und sag Soltow, er soll weiterarbeiten, oder zumindest so tun, als ob er weiterarbeitet.«

»Was soll denn nun steigen«? fragte Zumpe.

»Das Mittagessen.«

Ein Fischkutter lief dicht am Feuerschiff vorbei, grauweiß und mit rauschender Bugsee; das harte Klopfgeräusch des Motors hallte über die See, und der Mast wanderte an den Bulleyes der Messe vorbei wie ein weißer Zeiger. Der Riese mit der Hasenscharte war der einzige, der noch aß, der den vorbeilaufenden Kutter nicht beachtete: eifrig häufte er glasige Nudeln auf seinen Teller, pickte mit der Gabel die kroß gebratenen Speckstücke aus der tiefen Aluminiumschüssel; er schnappte die hängenden Nudeln von unten weg, indem er den Kopf drehte und das Gesicht zur Decke hob, und er war sehr zufrieden, während er aß.

Freytag, Rethorn und der Junge beobachteten den starr vorbeiwandernden Mast des Fischkutters. Doktor Caspary hob nur einmal den Kopf, blickte dann lächelnd auf Eugen und polierte den klobigen Siegelring leicht in der Hüfte.

Seit Eddie die Messe verlassen hatte, war kein Wort mehr zwischen ihnen gefallen; wie in Erwartung einer Nachricht saßen sie da und spürten in ihren Körpern, wie sich das Schiff weich hob und senkte in der Dünung. Eddie war noch vor dem Essen hinausgegangen, und sie konnten ihn am Fallreep stehen sehen, lässig gegen die Wanten gelehnt, mit dem Messer an den Fingernägeln arbeitend.

Der Himmel war heller geworden, eine schmutzig rötliche Spur lief über ihn hin, und draußen krauste sich das Wasser unter aufkommenden Windstößen. Die Inseln traten nun flach und klar hervor, der Widerschein des Feuerschiffes auf der See bekam schärferen Umriß, glucksend schlugen durchgelaufene Wellen gegen das Heck, schwappten noch einmal hinauf. Die Wracktonne neben den Spieren des gesunkenen Schiffes stand schräg in der Strömung, wippte und pendelte, während das drängende Wasser an der Verankerung zerrte.

Der Riese schluckte und seufzte und schob den leeren Teller zu Freytag hinüber, sein Gesicht verzog sich, er wischte sich mit dem Handrücken über den gespaltenen Mund.

»Nun?« sagte Doktor Caspary sanft.

»Es hätte besser sein können«, sagte Eugen, »das Fett war kalt, und die Nudeln schmeckten wie Engerlinge.«

»Es ist ein Lieblingsessen auf See«, sagte Doktor Caspary.

»Hier läßt es sich essen«, sagte Eugen.

Das Tuckern des Fischkutters draußen setzte aus, und Doktor Caspary sah argwöhnisch auf Freytag, erhob sich plötzlich, trat an ein Bulleye, ohne den Kapitän aus den Augen zu lassen, doch bevor er zum Kutter hinausblickte, setzte das Tuckern wieder ein. Doktor Caspary lächelte und ging zu seinem Stuhl zurück.

»Ich dachte schon, Sie haben sich Besuch eingeladen«, sagte er, und, da Freytag schwieg: »Wir haben nichts dagegen. Oder hast du etwas dagegen, Eugen?«

»Nein«, sagte der Riese, »nichts« und schüttelte lange den Kopf und starrte aufmerksam auf die kalten, glasigen Nudeln in der Aluminiumschüssel, als ob er sie zählte.

»Ihre Vorgänger?« fragte Doktor Caspary und zeigte auf die angedunkelten Porträts der Kapitäne, mit denen eine Wand der Messe bedeckt war.

»Ja«, sagte Freytag, »das sind meine Vorgänger.«

»Sie sehen traurig aus, sehr traurig: alle haben einen schwermütigen Blick, und die Lippen – ein Zug von Bitterkeit liegt auf ihren Lippen. Haben Sie es gesehen? Woran liegt das?«

»Sie hatten zu wenig Besuch«, sagte Freytag, »oder zu wenig zu trinken.«

»Sie sind der erste, der anders aussieht.«

»Ich kann mich in dieser Hinsicht auch nicht beklagen.«

»Sehr gut«, sagte Doktor Caspary. »Ich habe die größte Hochachtung vor Leuten, die zufrieden sind, auch wenn ich nicht weiß, was davon zu halten ist.«

»Er hat sehr wenig Nudeln gegessen«, sagte Eugen und sah Freytag vorwurfsvoll an. »Viel zu wenig.«

»Ich habe gleich entdeckt, wie traurig Ihre Vorgänger von der Wand blicken«, sagte Doktor Caspary. »Sie sehen alle aus, als ob sie unzufrieden waren. Vielleicht lag das an diesem Schiff?«

»Das Schiff ist alt, aber zuverlässig«, sagte Freytag. »Es hat mehr Stürme hinter sich als irgendein anderes Schiff, das ich kenne.«

»Aber es liegt fest«, sagte Doktor Caspary. »Es ist hier an den Grund gefesselt und kommt nicht los und liegt im Sommer und Winter hier, während die andern vorbeiziehen. Doch ein Schiff muß unterwegs sein zwischen den Häfen, es muß fort sein und wiederkommen, es muß etwas erzählen können. Mit einem Schiff muß man die Fremde treffen. Dies Schiff wurde gleich für die Kette gebaut, man hat es auf Kiel gelegt, um einen zuverlässigen Gefangenen zu haben, dem jeder Hafen versperrt ist.«

»Wie ein Lebenslänglicher«, sagte der Riese.

»Die andern sind unterwegs, und Sie sind an der Kette«, sagte Doktor Caspary, »vielleicht haben Ihre Vorgänger deshalb so traurige Gesichter: diese Gefangenschaft unter dem gleichen Horizont, unter derselben Küste.«

»Gefangene haben auch ihre Macht«, sagte Freytag. »Die Herren sind viel mehr von ihren Gefangenen abhängig als die Gefangenen von den Herren: wenn wir nicht wären, dann hätten Sie hier einen gut beschickten Schiffsfriedhof, und überall in der Bucht würden die Spieren untergegangener Schiffe herausstehen wie Nägel aus einem Fakir-Brett. Die ganze Bucht wäre voll von Wracks, und draußen, wo die Minenfelder waren, würden sie nebeneinander oder sogar übereinander liegen. Die andern können nur unterwegs sein, weil wir an der Kette liegen und sie sich verlassen können auf unsere Kennung. Wo ein Feuerschiff liegt, ist etwas los. Sie wissen das, und sie werden wach, sobald sie uns sehen.«

»Aber die andern sind frei«, sagte Doktor Caspary.

»Die andern sind abhängig von uns«, sagte Freytag. »Wir haben sie in der Hand, und wir können sie, wenn wir wollen, auf die Sandbänke schicken oder ins Minenfeld oder in ein Fahrwasser, in dem sie über Nacht Schrottwert erhalten. So sieht es aus«, sagte Freytag, »nicht anders.«

Fred und Rethorn wechselten einen Blick, sie wollten zu gleicher Zeit aufstehen, als der Riese seinen Zeigefinger gegen sie ausstreckte, sie vorwurfsvoll anblickte und sagte: »Und ihr? Warum seid ihr so still? Ihr habt noch nichts gesagt und wollt jetzt weg.«

Ein Schrei hallte über das Deck, dann ein klatschendes Geräusch, als ob ein nasses Netz kraftvoll ausgeschlagen wird, und Freytag und Doktor Caspary fuhren blitzschnell auf, während Eugen sich instinktiv im Stuhl herumwarf und sich duckte, und dann flog die Tür auf, krachte gegen die Wand der Messe, und bevor sie zurückschlug, taumelte Zumpe mit vorgestreckten Händen herein und fiel über den Tisch. Der festgeschraubte Tisch fing ihn auf und winkelte seinen Körper in der Hüfte, die wulstige Stirn schlug auf die Holzplatte. Zumpes Arme lagen lang neben seinem Kopf, so daß er in der gewinkelten Haltung eines Mannes dastand oder dahockte, der sich mit einem Kopfsprung ins Wasser stürzen will; und bevor Rethorn noch bei ihm war oder er selbst den Kopf gehoben hätte, erschien Eddie am Eingang, beide Hände auf seinem Nakken, das gefettete Haar in der Stirn und scharf durch die Zähne atmend, als müßte er einen Schmerz aushalten. Rethorn wartete, bis er in der Messe war, er sah jetzt, daß Eddie kein Messer trug, und ging ihm entgegen und zog den Kopf in die Schulter ein. Langsam duckte er sich. Eddie nahm die Hände nicht von seinem Nacken.

»Paß auf«, sagte Freytag warnend, und Rethorn wandte sich um und blickte in das schweißglänzende Gesicht Eugens, in die kleinen gelblichen Augen, die ihn in dieser Sekunde an die Augen einer Ziege erinnerten, und er sah den trockenen Speichel in den Mundwinkeln des Riesen. Eugen hatte die Finger einer Hand gespreizt; in der andern hielt er eine automatische Pistole. Sein Mund war offen, und die entblößten Zähne schimmerten weiß.

»Komm, du«, sagte er zu Rethorn, »ich mag dich so gern. Wir haben so fein zusammengesessen. Setz dich wieder hin. Schnell, du, schnell, geh auf deinen Platz und laß Eddie zufrieden, meinen kleinen Bruder. Willst du nicht?«

»Bitte«, sagte Doktor Caspary höflich, »bitte nehmen Sie Platz. Es verhandelt sich angenehmer im Sitzen.«

Eddie war dicht an Zumpe herangetreten, der reglos mit dem Gesicht auf dem Tisch lag, und ohne seine Hände vom Nacken zu nehmen, sah er auf ihn herab und sagte: »Er hat mich angerührt. Er hat mich geschlagen«, und er trat mit dem Fuß in Zumpes Kniekehle, so daß das Knie des reglos daliegenden Mannes gegen die Kante des Tischbeins schlug, wobei sich sein Oberkörper wie in einem verlängerten Reflex hob und wieder zurück auf die Tischplatte sackte.

»Hören Sie auf«, sagte Freytag, und noch einmal zu Doktor Caspary: »Sagen Sie ihm, daß er aufhören soll.«

»Hör auf, Eddie«, sagte Doktor Caspary sanft.

»Er hat mich angerührt«, sagte Eddie, »er wollte mich mit einem Strick niederschlagen.«

»Ist etwas passiert«, fragte Doktor Caspary.

»Er hat mit den andern im Boot gearbeitet«, sagte Eddie, »ich stand oben und sah ihnen zu, wie sie da rumfummelten – die herrlichsten Ingenieure, die die Seefahrt gesehen hat.«

»Ist das Boot fertig«, fragte Doktor Caspary.

»Es wird nie fertig«, sagte Eddie. »In diesen beiden hat die Seefahrt einen sehr guten Fang gemacht, und wenn alle Maschinisten so wären, hätten wir eine großartige Marine zu Land. Sie haben nur mit dem Hammer gearbeitet.«

»Was ist mit dem Boot?« fragte Doktor Caspary ungeduldig.

»Wir können es abschreiben. Ich habe zugesehen, wie sie rumfummelten und dauernd die Köpfe zusammensteckten, bis der hier –« er nickte zu Zumpe hinunter –, »irgend etwas losmachte und über Bord gehen ließ. Ich glaube, es waren die Zündkerzen. Ich habe ihn raufgeholt, und wenn ich nicht aufgepaßt hätte, dann wäre ich jetzt nicht hier. Mit einem Strick hat er zugeschlagen, er hat mich angerührt.« Und er holte wieder mit dem Fuß aus und trat Zumpe ins Schienbein.

»Laß ihn zufrieden, Eddie«, sagte Doktor Caspary. »Setz dich hin, und du setzt dich auch hin, Eugen.«

Der Riese setzte sich und schob die automatische Pistole in die Gesäßtasche; Eddie ging zur Tür zurück, lehnte sich an und stand mit verschränkten Beinen da.

»Ich muß gehen«, sagte Rethorn, »ich habe zu tun.«

»Du kannst gehen«, sagte Freytag.

Rethorn wartete, bis Doktor Caspary ihn ansah und bestätigte: »Sie können gehen, aber erinnern Sie Ihren Funker: wir sind nicht daran interessiert, daß er ein Boot anruft.« Dann verließ Rethorn und mit ihm Fred die Messe, und Freytag beugte sich über Zumpe, hob ihn vom Tisch auf und drückte den schlaffen Körper in einen der festgeschraubten Armsessel. Freytag tätschelte sein Gesicht, ruckte an seinen Schultern, bis Zumpe sich schüttelte und aufrecht sitzen blieb, ohne jedoch seinen Blick zu heben oder zu sprechen.

»Hier bin ich«, rief Eddie, »wir sind noch nicht von Bord.«

»Laß ihn zufrieden jetzt«, sagte Doktor Caspary. »Wir müssen uns um das Boot kümmern.«

»Er weiß am besten, was damit los ist«, sagte Eddie von der Tür.

»Hast du versucht, den Motor anzuwerfen?«

»Mit diesem Boot kommen wir nicht einmal zu den Inseln.«

»Das ist schade«, sagte Doktor Caspary, »in gewisser Hinsicht sogar unangenehm – ich meine für Sie, Kapitän. Sie wollten uns bei der Reparatur helfen.«

Freytag schwieg.

»Und Sie sehen, was daraus geworden ist«, fuhr Doktor Caspary fort. »Einer Ihrer Männer war offenbar nicht mit Ihrer Absicht einverstanden. Er hat verhindert, daß wir in unserem Boot weiterfahren können. Es war ein Fehler, denn nun sind wir gezwungen, uns Ihr Boot zu leihen. Wir werden in Faaborg erwartet, und ich sehe keine andere Möglichkeit, rechtzeitig dort zu sein, als mit Ihrem Boot. Wir werden es wieder aussetzen.«

Freytag sah schnell zu den Davits hinüber, in denen ihr Boot festgezurrt hing, und er erkannte den Rücken von Soltow, der sich über den Motor gebeugt hatte, und für einen Augenblick auch Soltows Hand auf der Bordkante und in der Hand einen schweren Schraubenschlüssel. Als er den Kopf zurückwandte, merkte er, daß auch Doktor Caspary zu den Davits sah, und zum ersten Mal fühlte er sich frei von diesem Blick, der ihn durch die fleckige Sonnenbrille immer und überall zu erreichen schien.

»Ah«, sagte Doktor Caspary, »ich vermute, nun hat auch Ihr Boot Schaden.«

»Es ist ein altes Beiboot«, sagte Freytag.

»Ich weiß; darum versteht es auch, was wir sagen.«

»Sie können unser Boot nicht nehmen«, sagte Freytag, »wir sind darauf angewiesen.«

»Es ist mir unangenehm: wir sind aber auch darauf angewiesen. Wir werden erwartet.«

»Nicht unser Boot.«

»Wir wollen es nur leihen«, sagte Doktor Caspary.

»Das Boot wird nicht ausgesetzt.«

Doktor Caspary lächelte, polierte nachdenklich den Siegelring in der Hüfte, dann richtete er sich auf und sagte: »Geht raus und untersucht das Boot, und wenn es in Ordnung ist, bringt es zu Wasser.« Er deutete auf Zumpe. »Nehmt ihn mit, er ist der erste, der euch helfen wird. Ich möchte mit dem Kapitän einen Augenblick allein sprechen.«

Die Brüder traten an Zumpe heran, jeder von einer Seite; sie hakten ihn unter, hoben ihn hoch und verließen die Messe, wobei Zumpes Füße kaum den Boden berührten.

»Sie werden das Boot nicht aussetzen«, sagte Freytag, als sie allein waren. »Sie wissen, was es für uns bedeutet, wenn wir ohne Boot sind.«

»Es bedeutet Ihnen genausoviel wie uns«, sagte Doktor Caspary. »Und darum mache ich Ihnen einen Vorschlag, Kapitän: Sorgen Sie dafür, daß wir hier wegkönnen, und

Sie haben Ihre Ruhe. Versuchen Sie nicht, uns an die Kette zu legen wie Ihr Schiff, und vor allem: warnen Sie Ihre Leute. Wenn die Leute Ihre Anweisungen sabotieren, könnte etwas geschehen, das nicht in Ihrem Interesse liegt. Ich habe meine Gründe, Sie zu warnen, denn ich allein kenne Eugen und seinen Bruder. Sorgen Sie dafür, daß wir hier wegkönnen, bevor wir ungeduldig werden.«

»Und was geschieht, wenn ihr ungeduldig werdet?« fragte Freytag. Doktor Caspary zog eine lange Zigarettenspitze heraus, ein Etui; gewissenhaft schraubte er eine Zigarette in die Öffnung der Spitze, zündete sie an und sagte, nachdem er mehrmals flüchtig inhaliert hatte: »Wollen Sie es darauf anlegen, Einzelheiten zu erfahren?«

»Soll ich Ihnen sagen, woher ihr kommt«, sagte Freytag.

»Es ist mir bekannt«, sagte Doktor Caspary.

»Sie wollen die Wahrheit nicht hören.«

»Die ganze Wahrheit ist reizlos«, sagte Doktor Caspary, »ich hatte zeitlebens einen gewissen Ehrgeiz, immer nur die halbe Wahrheit zu erfahren und auch zu sagen. Wenn ich das nicht getan hätte, wäre ich vor Langeweile umgekommen.«

»Ihr habt etwas auf dem Kerbholz und wollt verschwinden.«

»Sehen Sie«, sagte Doktor Caspary, »ich wußte, daß Sie nicht mehr sagen können als die schlichte Wahrheit. Ein Grund mehr, daß wir hier wegkommen.«

Sie wandten sich gleichzeitig zu einem offenen Bulleye, vor dem plötzlich ein Schatten auftauchte, lautlos und drohend, ein Schatten, der quer über den Tisch der Messe fiel, eine Sekunde zwischen ihnen lag wie eine Grenze und verschwand, ehe sie noch entdeckten, zu wem er gehörte. Kein Schritt, kein Wort war zu hören, nur die Geräusche des Wassers draußen, das glucksend gegen das Schiff geworfen wurde.

»Sprechen Sie mit Ihren Leuten«, sagte Doktor Caspary. »Es empfiehlt sich, und wir ersparen uns Überraschungen, die wir nicht unbedingt wünschen. Sie merken selbst, daß es notwendig ist.«

Eddie betrat die Messe und blieb an der Tür stehen. Er hatte das Fallmesser in der Hand, winkte aus dem Gelenk ein »Nein« und sagte: »Es ist nichts mit Ihrem Boot. Wir brauchen es nicht auszusetzen.«

»Es hat ebenfalls Motorschaden, vermute ich«, sagte Doktor Caspary.

»Aus lauter Sympathie«, sagte Eddie.

»Dann verzichten wir auf die Boote und halten uns an die letzte Möglichkeit.«

»Was verstehen Sie unter der letzten Möglichkeit?« fragte Freytag.

»Ihr Schiff«, sagte Doktor Caspary. »Sie werden den Anker einholen lassen, und Sie werden uns mit dem Feuerschiff hinüberbringen und unter der Küste absetzen. Wenn es Sie geniert, werden wir nachts fahren. Vielleicht wird Ihr Schiff Ihnen dankbar sein: zum ersten Mal wird es frei zum Horizont fahren wie die anderen und endlich fremdes Wasser unter den Kiel bekommen.«

»Wissen Sie, was das bedeutet?« sagte Freytag nach einer Weile. Er nahm die kalte Zigarette aus dem Mund, zerdrückte sie zwischen den Fingern und warf sie auf den Fußboden.

»Eine bequeme Überfahrt«, sagte Doktor Caspary, »angenehmer jedenfalls als in einem offenen Boot.«

»Wissen Sie, was es bedeutet, wenn ein Feuerschiff seinen Platz verläßt?« wiederholte Freytag. »Können Sie sich das vorstellen?«

»Ich hatte über manches zu klagen, doch nie über einen Mangel an Phantasie«, sagte Doktor Caspary. »Ich kann mir vorstellen, daß die Kollegen, die von weither kommen, überrascht sein werden, wenn Sie nicht mehr da sind. Vielleicht werden sie auch verwirrt sein, wenn Sie ihnen nicht heimleuchten. Schlimmstenfalls können die andern ja Anker werfen und warten, bis Sie wieder zurück sind.«

»Wenn ein Feuerschiff seine Position verläßt, hört für die andern die Sicherheit auf.«

»Es gibt auch Leute, die ein Verlangen nach Unsicherheit haben.«

»Dies Schiff darf seinen Platz nicht verlassen, ohne daß es die Direktion erfährt.«

»Die Direktion braucht es nicht zu erfahren.«

»Es kommen Schiffe rein«, sagte Freytag, »sie steuern uns an.«

»Dann müssen sie eben ihren Weg vorübergehend allein finden.«

»Wissen Sie, was das in diesem Fahrwasser bedeutet?«

»Meine Phantasie reicht dafür aus.«

»Sie werden uns niemals zwingen, unsere Position zu verlassen, keinen von uns.«

»Und das wissen Sie jetzt schon?« sagte Doktor Caspary.

»Er ist ein kluges Kind«, sagte Eddie von der Tür.

»Und Sie werden es auch nicht wagen«, sagte Freytag. »Wissen Sie, was erfolgt, wenn sie auf dem ersten Schiff feststellen, daß wir nicht auf Position sind?«

»In Faaborg erübrigt sich diese Frage.«

»Sie würden es sofort melden, und es würden Suchschiffe auslaufen und Flugzeuge aufsteigen, und sie hätten uns, bevor ihr von Bord wärt.«

»Wir haben es noch nicht probiert.«

»Dann probieren Sie es«, sagte Freytag. »Holt den Anker auf und setzt das Hilfssegel und fahrt los: uns werdet ihr nicht zwingen.«

»Hat das Schiff etwa auch Maschinenschaden?« fragte Doktor Caspary.

»Das Schiff hat keine Maschine«, sagte Freytag. »Es ist nicht für Fahrt eingerichtet, sondern für die Kette.«

»Der geborene Gefangene«, sagte Doktor Caspary.

»Ich warne Sie«, sagte Freytag, »wenn dieses Schiff seine Position verläßt –«

»Was dann?«

»Dann wird es Folgen geben, die niemand übersehen kann. Wenn ein Schiff draußen untergeht, dann ist es ein einzelnes Unglück und gehört zu dem Preis, den die Seeleute zahlen müssen, aber wenn ein Feuerschiff von seinem Standort verschwindet, hört die Ordnung auf See auf.«

»Ordnung, Kapitän, ist der Triumph der Phantasielosen; wir sind auch hier anderer Meinung. Und jetzt mache ich Ihnen wieder einen Vorschlag: gehn Sie zu Ihren Leuten, sprechen Sie mit ihnen. Wir sind bereit, mit unserm Boot zu fahren, und sehen Ihr Schiff als letzte Möglichkeit an. Aber damit wir uns nicht an die letzte Möglichkeit halten müssen, ist es notwendig, daß unser Boot repariert wird. Sprechen Sie also mit Ihrem Maschinisten, und sagen Sie ihm auch, daß wir erwartet werden, und, da wir nicht allzu unhöflich dastehen möchten, daß die Sache eilig ist. Ich möchte Ihnen keine Frist nennen, aber Sie dürfen annehmen, daß wir uns eine Frist gesetzt haben. Mit Ihrer Erlaubnis werden wir in der Messe wohnen; es ist erstaunlich, was einem nicht alles unter dem Zwang der Verhältnisse gemütlich erscheinen kann.«

Doktor Caspary lächelte, und Freytag verließ ohne Antwort die Messe, ging blicklos an Eddie vorbei, der lässig vor ihm zurückwich, trat hinaus auf das Mittelschiff: eine Rauchwolke stand am Horizont, locker und vom Wind auf das Wasser gedrückt; Gombert war auf Ausguck; am Strand der Insel wimmelten schwarze Punkte um einen breiten schwarzen Körper, der aussah wie ein Boot; das Brummen eines Flugzeuges war in der Luft, und auf dem Wasser, das eisengrau war gegen die offene See, von bläulicher Schwärze gegen die Küste hin, wanderten langsame Schatten. Trittel saß mit einem Zockler an der Reling; er trug eine Joppe über seinem weißen Zeug, und das Holzstück, von dem die Schnur mit dem blitzenden Zinnfisch ins Wasser führte, hob und senkte sich ruckhaft in seiner Hand, schlug zu den Seiten aus. Unter seinem Klappstuhl schimmerten die gesprenkelten Leiber von Dorschen, die er bereits gefangen hatte. An den Davits entdeckte Freytag den Riesen mit der Hasenscharte, der breitbeinig dastand und über Bord pißte und jetzt die abgesägte Schrotflinte trug, die er lose in die Hüfte eingezogen hatte. Freytag wich ihm aus und ging zur Kammer von Rethorn.

Als er die Kammer betrat, sah er Rethorn mit aufgeknöpfter Jacke in der Koje liegen, und vor ihm, auf einem Hocker, saß Fred.

Freytag spürte, daß sie miteinander geredet hatten und nun, da er vor ihnen stand, nicht bereit waren, weiterzureden; ruhig zog er die Mütze vom Kopf und setzte sich auf die Bettkante. Er schnippte sich eine Zigarette aus Rethorns Packung und zündete sie an und saß reglos zwischen dem Mann und dem Jungen.

»Wir haben uns sehr guten Besuch eingeladen«, sagte Rethorn nach einer Weile.

»Wir laden ihn auch wieder aus«, sagte Freytag.

»Der prominenteste Besuch, seitdem ich an Bord bin.«

»Hast du etwas gehört?«

»Sogar im Radio wurden die Herren erwähnt, zumindest zwei von ihnen. Merkwürdigerweise stimmen nicht nur die Beschreibungen, sondern auch ihre Namen.«

»Wann hast du's gehört?«

»Am Schluß der Nachrichten haben sie es durchgegeben. Unser Besuch kommt aus Celle, zwei Brüder, beide bewaffnet, vor beiden wurde gewarnt – also nicht sehr viel Neues für uns. Einer von ihnen hat einen Briefträger erschossen. Die Posttasche wurde noch nicht gefunden.«

»Ich möchte wissen, was mit dem andern los ist«, sagte Freytag, »mit diesem Doktor Caspary oder wie er heißen mag.«

»Es wurden nur zwei erwähnt, die Brüder. Sie sind mittags geflohen, am hellichten Tag, und aus einem immerhin doch berühmten Zuchthaus.«

»Doktor Caspary und die beiden andern passen nicht zusammen.« Rethorn richtete sich auf und begann, seine

Jacke zuzuknöpfen, angelte sich dann die Schuhe und schnürte sie zu und blickte Freytag erwartungsvoll an.

»Wann sollen wir sie festnehmen?« fragte er.

Freytag sah überrascht und mit gequältem Lächeln auf, zuckte die Achseln; er sah an Rethorn vorbei, starr und abwesend, sein Blick fiel auf die weißgelackte Wand der Kammer, das hautstraffe Gesicht war ohne Bewegung, so, als sähe er etwas, was ihn alles vergessen ließ: den Mann, den Jungen und die Frage, und so blieb er zwischen ihnen sitzen, bis Rethorn mit einem Satz aus der Koje sprang, ihn antippte und sagte: »Wann also?«

»Wann, ja«, sagte Freytag.

»Von mir aus kann es gleich sein.«

»Was willst du tun?« fragte Freytag müde.

»Wir nehmen sie uns nacheinander vor.«

»Einzeln«, sagte der Junge, »wenn sie nicht darauf gefaßt sind.«

»Eine Pistole ist immer auf etwas gefaßt«, sagte Freytag.

Jetzt stand Fred auf, lauschte einen Augenblick an der Tür, hockte sich in der Mitte der Kammer zu den Füßen seines Vaters hin und flüsterte: »Du darfst sie nicht fortlassen, du weißt, wer sie sind, und jetzt ist es zu spät. Wenn wir wollen, kommen sie nicht von Bord. Wir setzen sie fest und schicken sie mit dem Versorgungsboot an Land.«

»Ja«, sagte Freytag, »ja, genauso hört sich die einfachste Rechnung an.«

»Was meinst du damit?« fragte Fred.

»Willst du nicht?« fragte Rethorn.

»Ich weiß nicht«, sagte Freytag. »Es ist nicht so leicht, sich mit einer Gewehrmündung zu unterhalten: Du kannst sie nicht überzeugen.«

»Was willst du denn?« fragte Fred schroff und schnellte empor und trat neben Rethorn, der sich in einem Ausguß die Hände wusch.

»Ich will Ruhe haben auf der letzten Wache«, sagte

Freytag, »Ruhe, ja. Und ich will, daß wir alle heil an Land zurückkommen, wenn das Schiff eingezogen wird. Es soll keiner fehlen beim Einlaufen.«

»Hast du gesehen, was sie mit Zumpe gemacht haben?« fragte Rethorn, während er sich die Hände abtrocknete und an den Fingergelenken zog, daß es knackte.

»Ich war dabei«, sagte Freytag. »Zumpe hat einen Fehler gemacht.«

»Ja«, sagte Rethorn verächtlich, »er hat einen Fehler gemacht, und der bestand darin, daß er hinausfuhr und ihr Boot herbrachte. Er hätte sie treiben lassen sollen.«

»Ich würde sie noch einmal reinholen«, sagte Freytag. »Ich würde keinen auf See lassen, auch nicht, wenn ich weiß, wer es ist.«

»Einer ist ein Mörder«, sagte Fred. »Willst du ihn fortlassen? Vielleicht möchtest du ihm noch eine Wärmflasche ins Boot geben.«

»Hör auf, so zu reden«, sagte Freytag leise. »Du gehörst nicht zum Schiff.«

»Der Junge hat recht«, sagte Rethorn. »Wir dürfen sie nicht von Bord lassen. Wir müssen verhindern, daß sie nach drüben kommen. Wir können es tun.«

»Und wenn ihre Pistolen anderer Meinung sind«, sagte Freytag und starrte wieder auf die weißlackierte Wand.

Rethorn zog seinen Binder nach, strich mit den Handballen das Haar an den Schläfen glatt und sagte: »Wir werden etwas tun, es ist unsere Pflicht.«

Freytag hob müde die Schultern. »Hör auf«, sagte er, »dies Wort kotzt mich an. Ich kann es nicht mehr hören, ohne daß ich Brechreiz bekomme.«

»Also«, fragte Rethorn, »was schlägst du vor? Wovon wird dir nicht übel?«

»Soltow wird ihr Boot reparieren. Er kann es in der Bordwerkstatt tun.«

»Ist das dein Ernst?«

Fred blickte überrascht auf den Alten herab, ein Ausdruck der alten Feindseligkeit, der alten Verachtung erschien auf seinem blassen Gesicht; eilig wandte er sich zur Tür, legte die Hand auf den Drücker, doch er blieb.

»Du willst sie also an Bord lassen«, sagte Rethorn, während er sich mit einer Taschenbürste die Aufschläge seiner Hose zu säubern begann.

»Ich will die ganze Besatzung an Land bringen«, sagte Freytag, »nichts weiter.«

»Du weißt, was das bedeutet«, sagte Rethorn. »Du hast die Verantwortung.«

»Ich will, daß keiner von uns beim Einlaufen fehlt. Und darum wirst du mit Soltow sprechen. Er soll ihr Boot reparieren. Er soll sich beeilen. Das ist alles.«

Es wurde dunkel in der Kammer. Regen prasselte gegen das Bulleye, und über der See lag ein schwaches, aufzukkendes Leuchten wie von tausend kleinen Explosionen.

Nachts, als er da lag, die kalte Zigarette im Mund, die Arme unter dem Kopf verschränkt und zu dem Bett hinüberblickend, in dem der Junge schweigend da lag wie er selbst – nachts lauschte er wieder auf das knackende Geräusch der festgehakten Tür.

Seit der Zeit auf der Lumpenlinie damals konnte Freytag nur bei offener Tür schlafen, er selbst öffnete sie und hakte sie fest, doch der Haken steckte nur lose in der Halterung und knackte und ruckte bei den dünenden Bewegungen des Schiffes. In dieser Nacht hörte er auch den Wind in den Wanten und das Klirren der Kette im Kettenkasten. Nach dem Regen war die See glatt und glanzlos gewesen, bis dann von Land her ein böiger Wind aufgekommen war, der das Wasser schnell wieder aufwarf, mit kurzen Wellen gegen das Schiff drückte. Freytag hatte gewartet, bis die große Eisenbahnfähre hinter den Inseln verschwunden war, dann war er hinabgegangen, hatte nur Hose und Jacke ausgezogen und sich im Unterzeug aufs Bett gelegt; unbedeckt lag er da, horchte auf das Knacken des Türhakens, auf die knarrenden, knisternden und ziehenden Geräusche in den Spanten des

Schiffes und sah zu Fred hinüber, der sich zusammengekrümmt und gegen die Wand gedreht hatte. Seitdem sie die Kammer von Rethorn verlassen hatten – Freytag allein, der Junge lange nach ihm mit dem Steuermann –, hatten sie nicht mehr miteinander gesprochen, und obwohl Freytag merkte, daß der Junge jetzt wach lag, machte er keinen Versuch, ihn anzusprechen – wie er auch nicht erwartete, daß Fred etwas zu ihm sagen würde. Er spürte die Zurückweisung, die Enttäuschung noch in dem Schweigen, das jetzt bestand; auch in der Stille der Kammer war die alte Feindseligkeit spürbar, und Freytag dachte an den Markt in Dschibuti, wo sich zwei, die etwas auszumachen haben, unter ein schwarzes Tuch zurückziehen und schweigend fortsetzen, was sie redend begonnen haben.

Er wußte, daß er nicht einschlafen würde, er lag und wartete, bis er die Schritte von Zumpe hörte, der Gombert auf Ausguck ablöste, dann stand er auf und zog sich an. Die Schritte von Gombert entfernten sich nicht – dröhnende Schritte auf dem weißgewaschenen Deck, die er immer hörte, wenn sich die Männer oben ablösten –, und er glaubte, sie nun stehen zu sehen: flüsternd, wachsam, in eine Nock gedrückt und unablässig die Messe beobachtend, deren Bulleyes abgedunkelt waren. Vorsichtig, als ob er es vermeiden wollte, den Jungen zu stören, verließ er die Kammer und trat an Deck und blieb im Schatten der Tür stehen: der Himmel war bedeckt, die Luft feucht und kalt. Gegen die offene See hin lief der scharfe Blinkstrahl ihrer Kennung, der vom Turmmast schneidend auf das dunkle Wasser fiel, schmal und bestimmt war in der Nähe, breit und immer schwächer zum Horizont und schließlich endete wie eine Spur im Sand, die der Wind gelöscht hat. Das Wasser blitzte und flimmerte unter dem harten Licht, ein stechender Widerschein ging von ihm aus wie von verbrauchtem Öl in der Sonne, und die Gischt der zusammenstürzenden Wellen löste sich in einem Funkeln auf. Das Licht schlug eine

Schneise in die Dunkelheit über dem Wasser; Seevögel trieben quer in sie hinein, erhoben sich erschreckt, gingen im Dunkeln wieder erschöpft zu Wasser und hinterließen beim Aufsetzen eine schäumende Landespur. Freytag blickte voraus auf den hochgezogenen Bug und auf den verkürzten Bugspriet, der ihn schon das erste Mal, als er zu seinem Schiff hinausfuhr, an das zur Hälfte abgeschnittene Horn eines Hornfisches erinnert hatte und jetzt wieder daran erinnerte: der verkürzte Bugspriet verlieh dem Schiff plumpe Züge, machte es einem Segler ähnlich, der irgendwo aufgelaufen und dabei zusammengedrückt worden war. Auf den Inseln drüben flammten die Scheinwerfer eines Autos auf, schwenkten herüber und erloschen in dem Augenblick, in dem auch der Blinkstrahl des Schiffes endete und der Laternenträger wieder dunkel und gedrungen aufragte.

Freytag stieß sich mit der Schulter von der Wand ab und trat aus dem Schatten; von Backbordseite, wo die Kombüse lag, hörte er tappende Schritte, einen Fluch und einen unterdrückten Verständigungsruf, und er ging hinüber und blieb vor dem Schott der Kombüse stehen. Er zweifelte nicht, daß sie drinsaßen, doch er ging nicht hinein, sondern blieb neben dem Schott stehen, wickelte das Taschentuch um die knotigen Fingergelenke und schob die Hand in die Tasche. Er machte keinen Versuch, am Schott zu lauschen, doch selbst, wenn er den Versuch gemacht hätte, wäre nichts zu ihm gedrungen, denn ihre Verständigung – und er wußte, daß sie sich jetzt verständigten – erfolgte so lautlos, als ob sie nur Zeichen gebrauchten. Nach einer Weile verließ er seinen Platz und stellte sich unter die Wanten, von wo er das Schott der Kombüse im Auge behielt, und wenn der Blinkstrahl aufflammte, duckte er sich unter die Reling. Wasser sprühte über das Vorschiff, traf kalt und fein sein Gesicht, er spürte die Feuchtigkeit im Nacken und auf seinen Lippen, doch er blieb dort unter den Wanten, bis das Schott aufsprang und der erste herauskam.

Der erste war Philippi. Hinter ihm kamen Rethorn und Soltow heraus, und Freytag sah, wie sie sich flach gegen die Wand preßten und so dastanden, in einem Spalier regloser Drohung. Ein Wink – er konnte nicht erkennen, wer es war, der mit einem gebogenen Gegenstand winkte –, und sie schlugen hintereinander den Weg zur Messe ein. Alle waren bewaffnet. Freytag folgte ihnen, er ging aufrecht in dem harten Licht, das vom Turmmast über das Deck fiel, ging ohne Zuruf, ohne Warnung hinterher, bis Soltow seinen Schritt hörte, sich geduckt umwandte und ihn erkannte und in der Sekunde des Erkennens einen leisen Pfiff ausstieß. Soltow blieb stehen, schob einen Vierkantschlüssel in den Ärmel hinauf; auch Rethorn und Philippi legten den Arm an den Körper, drehten ihre Handflächen nach außen und verbargen ihre Schlagwaffen, als sie Freytag erkannten. Sie standen sich gegenüber, sahen einander ohne Überraschung, doch mit offener Mißbilligung an – so, als hätten sie insgeheim damit gerechnet, sich zu begegnen, und gleichzeitig solch eine Begegnung verwünscht. Rethorn zeigte mit dem Daumen in Richtung zur Messe und sagte: »Laß uns dahin, in einer halben Stunde sind wir fertig mit ihnen. Es dauert nicht länger.«

»Ich würde unter Deck gehen an eurer Stelle«, sagte Freytag.

»Wenn du nicht mitmachen willst, dann laß uns rüber«, sagte Rethorn. »Du kannst dich raushalten aus allem, wir besorgen das allein.«

»Geht unter Deck«, sagte Freytag.

»Hast du vergessen, wer auf dem Schiff ist?«

»Ich habe nichts vergessen.«

»Zwei von ihnen schlafen«, sagte Rethorn. »Nur der Blöde ist wach und sitzt unter dem Ventilator, wie er besser nicht sitzen kann.«

»Ich denke, ihr habt mich verstanden.«

»Warum bist du dagegen?« sagte Rethorn.

»Geht unter Deck. Ich bin nicht daran interessiert, daß Gombert morgen einen von euch in Segeltuch näht.«

»Dann –«

»Ja?«

»Wir werden es versuchen«, sagte Rethorn.

»Aber nicht auf diesem Schiff«, sagte Freytag, »nicht, solange ich Kapitän bin.«

Er schwieg, verblüfft über das, was er gesagt hatte, denn in all den Jahren, in denen er ein Schiff geführt hatte, war es nie vorgekommen, daß er mit seiner Stellung an Bord drohen mußte, und an Rethorns Haltung, auch an der Haltung der andern, die ihn mit skeptischer Verwunderung musterten, merkte er sofort, daß etwas geschehen war, was er nicht beabsichtigt hatte.

»Verschwindet«, sagte er, »geht mit euren Totschlägern schlafen.«

»Ich würde sie in die Werkzeugkammer bringen«, sagte plötzlich eine Stimme, »da gehören sie hin und nicht ins Bett.«

In der offenen Tür der Messe stand Doktor Caspary, hinter ihm, die abgesägte Schrotflinte in der Hüfte, Eugen Kuhl, der zustimmend grinste und, nachdem Doktor Caspary lächelnd hinausgeschlendert war, die Tür von innen schloß.

»Ist etwas los auf Deck?« rief Zumpe vom Ausguck.

»Nichts«, antwortete Doktor Caspary. »Wir stellen nur die Nachteile der Nachtarbeit fest.«

»Kommt«, sagte Rethorn, und er, Philippi und Soltow gingen zum Achterschiff, wobei jeder von ihnen einen Arm steif nach unten hielt, so daß es aussah, als trüge jeder von ihnen eine Prothese. Aufgeräumt blickte Doktor Caspary ihnen nach, bis sie verschwunden waren, dann wandte er sich zu Freytag und sagte: »Ich habe gut geschlafen, doch ihre Stimmen weckten mich.«

»Das tut mir leid«, sagte Freytag.

»Ah«, sagte Doktor Caspary, »es ist eine Erfahrung, die ich schon früh gemacht habe: gerade da, wo man vor dem Lärm sicher zu sein glaubt – auf dem Land, auf dem Wasser, auf einer Insel, quält er einen erst recht, wenn auch auf andere Weise: hier herrscht das einzelne Geräusch, und eine gewisse Stimme reicht bereits aus, um einen Krampf im Gehirn hervorzurufen.«

»Ich muß rauf zur Brücke«, sagte Freytag.

»Darf ich Sie begleiten?«

»Ich kann Sie nicht daran hindern.«

»Das stimmt«, sagte Doktor Caspary. »Es hört sich merkwürdig an, doch es trifft zu.«

Sie stiegen zur Brücke hinauf, und Freytag öffnete ein Schapp, dessen Wände mit Seekarten bedeckt waren und in dem nur ein breiter Tisch stand und ein Stuhl. Der Tisch war mit einer dicken Glasplatte bedeckt, unter der ebenfalls eine Seekarte lag. In einem Regal schräg hinter dem Stuhl lagen Bücher und obenauf eine Kladde mit verstärktem Pappdeckel.

Doktor Caspary zog die Kladde heraus, schlug sie auf, trat unter die elektrische Birne und begann flüchtig zu lesen.

»Ihr Logbuch?« fragte er.

»Ja«, sagte Freytag.

»Es enthält alles, was an Bord passiert, nicht wahr?«

»Alles.«

»Fürchterlich«, sagte Doktor Caspary. »Die Zeit eines Schiffes muß fürchterlich sein, wenn jeder Tag und jedes Ereignis so festgehalten werden: alles ist nachzuschlagen, keine Lücke, kein Geheimnis. Hier wird das Leben zu einer einzigen Buchhaltung.«

»Es hat seine Vorteile«, sagte Freytag.

»Ah«, sagte Doktor Caspary, »ich habe immer versucht, besondere Ereignisse zu vergessen, zu verwischen. Am liebsten hätte ich jeden Tag damit begonnen, die Spuren des vorhergehenden zu löschen; denn was soll man von einem neuen Tag erwarten, der noch im Schatten des alten steht?«

»Eine Abrechnung«, sagte Freytag.

»Sehr gut«, sagte Doktor Caspary lächelnd und, nach einer Pause und indem er vorblätterte zur letzten Eintragung: »Ich vermute, daß wir auch schon die Ehre hatten, in Ihrem Buch zu erscheinen.«

»Noch nicht«, sagte Freytag.

»Wollten Sie es jetzt nachholen?«

»<u>Ich bin gezwungen dazu. Alles, was an Bord passiert, gehört ins Logbuch.</u>«

Doktor Caspary nickte traurig, tippte mit dem Zeigefinger auf den Pappdeckel des Logbuchs und sagte: »Das sind die Fallen, die wir nicht merken: die Fallen der Ordnung. Wir haben uns so schrecklich daran gewöhnt, wie Ihr Schiff sich an die Kette gewöhnt hat.«

»Ich muß jetzt arbeiten«, sagte Freytag.

»Ich weiß«, sagte Doktor Caspary, »Sie wollen den Ereignissen auf den Fersen bleiben. Aber wie wäre es, wenn Sie unsern Besuch nicht erwähnten, einen weißen Fleck ließen, so daß später niemand mehr entscheiden kann, was wirklich passiert ist? Sie sollten es versuchen, Sie sollten einfach alles ausfallen lassen: wie sie uns rausholten, welches Wetter herrschte, was an Bord geschah – nichts sollte in Ihrer Buchhaltung erwähnt werden, und auf einmal würde Ihr Schiff ein Geheimnis haben, einen dunklen Punkt. Man würde dann später einmal sagen: Damals, auf dem Feuerschiff, kurz vor den Winterstürmen – aber niemand würde etwas Genaues wissen.«

»Geben Sie mir das Logbuch«, sagte Freytag.

»Und dann?«

»<u>Alle Ereignisse an Bord gehören hinein.</u>«

»Auch unser Besuch?«

»Ja«, sagte Freytag, »alles.«

»Wir sind aber nicht daran interessiert, erwähnt zu werden. Obwohl ich gespannt wäre, welche Zensuren Sie uns geben würden, legen wir keinen Wert darauf, in Ihr Buch eingesperrt zu werden. Ich bin sicher, daß wir uns verstanden haben.«

»Geben Sie mir das Buch«, sagte Freytag.

Doktor Caspary legte das Logbuch auf den Tisch und begann, den Siegelring mit weichen, mechanischen Bewegungen in der Hüfte zu polieren und die Hand, an der der Ring steckte, ebenso mechanisch von Zeit zu Zeit unter die nackte elektrische Birne zu heben. Dabei verfolgte er, wie Freytag das Logbuch an sich nahm, es aufschlug, darin blätterte und es schließlich zuklappte und ins Regal stellte, ohne eine Eintragung gemacht zu haben.

»Wir haben uns verstanden, Kapitän«, sagte Doktor Caspary. »Wahrscheinlich gibt es keinen an Bord, mit dem ich mich so gut verstehe wie mit Ihnen.«

Es klang sehr überzeugend, klang wie ein Geständnis, und Freytag hob überrascht das Gesicht und sah den Mann erwartungsvoll an, und er glaubte auch für einen Augenblick zu erkennen, daß Doktor Caspary bereit war, ihm etwas zu erklären oder anzuvertrauen, doch dann erschien wieder das maskenhafte Lächeln auf seinen Zügen, lautlos und plötzlich, so wie sich der Spiegel der See verändert, und Freytag erhob sich und ging hinaus auf die Brücke.

»Darf ich mich zu Ihnen stellen?« sagte Doktor Caspary.

»Ich kann Sie nicht daran hindern«, sagte Freytag.

Unter der sternlosen Schwärze des Horizonts standen die Lichter eines aufkommenden Schiffes, wanderten langsam herauf, hoben sich wie das Periskop eines auftauchenden U-Bootes, mühsam, gleichmäßig, so daß es aussah, als erhöbe sich das Schiff vom Grunde der See. Der Blinkstrahl des Feuerschiffes zuckte ihm entgegen wie ein weisender Arm, erlosch und flammte wieder auf.

»Sehen sie uns drüben?« fragte Doktor Caspary.

»Wir sind der Ansteuerungspunkt«, sagte Freytag. »Sie sehen uns auf fünfzehn Seemeilen.«

»Demnach richten sie sich nach uns.«

»Sie richten sich nach der Kennung des Schiffes«, sagte Freytag.

»Sehr gut«, sagte Doktor Caspary, »ich habe Sie verstanden. Die andern richten sich nach der Kennung, die Sie geben. Es ist ihnen gleichgültig, wer an Bord des Feuerschiffes ist, solange sie ihre Kennung erhalten, die ihren Kurs bestimmt. Solange an diesem Mast das Licht aufflammt, sind die Männer auf den anderen Schiffen zufrieden, denn sie glauben, daß damit die Ordnung auf See besteht. So ist es doch?«

»Ja«, sagte Freytag, »so ungefähr.«

»Die andern kümmern sich also nicht darum, wer ihnen die Kennung gibt?«

»Sie erhalten die Kennung, die sie brauchen«, sagte Freytag, »die sie an den Bänken vorbeibringt zum Hafen – alles andere geht sie nichts an.«

»Gut«, sagte Doktor Caspary, »dann würde es auch den andern nichts ausmachen, wenn sie die Kennung von meinen Leuten bekämen, statt von Ihren.«

»Was haben Sie vor?«

»Nichts. Ich versuche nur, dahinterzukommen; ich versuche mir vorzustellen, was es bedeutet, daß die andern von Ihrem Feuerschiff nur die Kennung erwarten, sonst nichts. Wer für die Kennung sorgt, ist ihnen gleichgültig.«

»Solange der Kurs stimmt und Sicherheit besteht, kann es ihnen gleichgültig sein.«

»Und wenn er plötzlich nicht mehr stimmt, wenn sich die Kennung überraschend ändert, heimlich, ohne Ankündigung – was werden die andern tun? Wahrscheinlich das, woran sie gewöhnt sind: sie werden die Kennung aufnehmen, sie empfangen und, ohne mit der Fahrt herunterzugehen, auf den Sandbänken auflaufen. Erst wenn sie mit dem Kiel festsitzen, werden sie merken, daß sie etwas versäumt haben: sich für die zu interessieren, die ihnen die Kennung verschaffen.«

»Dafür sind wir da«, sagte Freytag, »und drüben wissen sie, daß sie sich auf uns verlassen können. Bisher haben wir sie sicher reingebracht.«

»Sie sind aber nicht mehr allein an Bord«, sagte Doktor Caspary.

»Das habe ich gemerkt«, sagte Freytag.

»Da drüben aber wissen sie nichts davon«, sagte Doktor Caspary und deutete auf das Schiff, das hell erleuchtet und mit glimmender Bugsee näher kam, um sie quer zu passieren.

»Wir haben sie in der Hand, und wir brauchen nicht sehr viel zu tun, um sie auf die Sandbänke zu schicken. Sie würden sich doch sicher nach dem richten, was wir ihnen rübergeben?«

»Ja«, sagte Freytag, »sie würden sich danach richten.«

»Mehr wollte ich nicht wissen, Kapitän. Nehmen Sie eine Zigarette?«

Freytag zeigte mit dem Finger auf die kalte Zigarette, die er zwischen den Lippen hielt, schüttelte den Kopf und hob das Nachtglas an die Augen und blickte zu dem Schiff hinüber. Es war ein Passagierdampfer mit erleuchtetem Mitteldeck und zwei Reihen erleuchteter Bulleyes, die wie Ketten von kleinen Monden durch die Dunkelheit glitten, sanft und feierlich. Der Dampfer hatte die Wracktonne passiert, lief jetzt querab, und Freytag erkannte die gekreuzten goldenen Schlüssel am Schornstein, das Reedereiabzeichen; er erkannte Schatten, die sich hinter den Bulleyes bewegten, eine Frau, die sich kämmte, Männer, die eine Persenning vom vorderen Luk zerrten, und er dachte, was drüben geschehen würde, wenn der Kiel knirschend in den Sand glitte, wenn eine Erschütterung durch das Schiff liefe, die Schraube es peitschend, wie die Schwanzflosse eines gestrandeten Wals, in wütender Anstrengung immer weiter in den zähen Grund drückte; er glaubte die Schreie zu hören, die Schritte auf den Gängen, wenn das Licht ausfiele, und dann das Splittern von Glas, Holz und Geschirr und das Rauschen aus dem Maschinenraum, von wo sie starken Wassereinbruch melden würden. Er setzte das Glas wieder ab, legte es in die Halterung und wandte sich zu Doktor Caspary um.

»Solange wir an Bord sind«, sagte er, »können sich die andern auf uns verlassen.«

»Es ist gut, daß Sie davon überzeugt sind«, sagte Doktor

Caspary, »so werden Sie dafür sorgen, daß sich daran nichts ändert und unser Boot fertig wird.«

Freytag schloß die Augen, legte die Hände auf das nasse Brückengeländer, stand schweigend, wie unter einer Anstrengung da und sagte nach einer Weile: »Was auf diesem Schiff auch passieren wird, es wird nie seine Position verlassen. Alles andere kann geschehen, aber nicht das. Das Schiff bleibt hier.«

»Sie haben es in der Hand«, sagte Doktor Caspary.

Freytag antwortete nicht, er beugte sich über das Brückengeländer hinab, blickte auf das Deck, wo eine Gestalt sich bewegte, seufzend, mit schleifendem Schritt; die Gestalt – Freytag erkannte, daß es der Mann mit der Hasenscharte war – ging unter ihm vorbei zum Fallreep, blieb eine Sekunde stehen, schwang sich über Bord und tauchte langsam weg; dann schrammte das Boot, das an der Vorleine festhing, dröhnend gegen die Bordwand, ein Sprunggeräusch drang zur Brücke herauf, und Freytag wußte, daß in diesem Augenblick nur noch zwei auf dem Feuerschiff waren, Doktor Caspary neben ihm und Eddie in der Messe.

»Das war Eugen«, sagte Doktor Caspary, »er ist ins Boot geklettert, um etwas zu erledigen«, und, während er Freytag mit schräggelegtem Kopf ansah: »Jetzt sind nur noch zwei von uns an Bord: ich schätze, Sie haben auch gerade daran gedacht, Kapitän.«

»Ja, ich habe daran gedacht«, sagte Freytag.

»Und haben Sie sich entschlossen?«

»Wozu?«

»Ich bin unbewaffnet«, sagte Doktor Caspary. »Ich hasse es, mit vollgestopften Taschen herumzulaufen; außerdem habe ich nur wenig Kraft und war nie ein Schläger. Solange ich lebe, habe ich nie eine körperliche Auseinandersetzung kennengelernt, nicht einmal als Junge auf dem Schulhof.«

»Soll ich Sie deswegen bedauern?« fragte Freytag, »oder was erwarten Sie?«

»Daß Sie wie ein Mann reagieren sollten, der jeden Tag auf diesem Schiff Buchhaltung führt.«

»Und was verstehen Sie darunter?«

»Sie könnten jetzt dafür sorgen, daß nur noch einer von uns an Bord ist: Eddie in der Messe.«

»Hören Sie zu«, sagte Freytag, »ich bin vielen Männern in meinem Leben begegnet, ich habe gesehen, wie sie aufstiegen und etwas wurden und untergingen, und ich habe alles an ihnen verstehen können, auch die Art, wie sie starben; doch Sie kann ich nicht verstehen. Sie sind der erste, von dem ich nicht weiß, was ich von ihm halten soll. Sie passen nicht zu den beiden andern. Sie sind ein Fall für sich.«

»Das stimmt«, sagte Doktor Caspary, »und ich hatte auch immer den Ehrgeiz, ein Fall für mich zu sein. Ich habe mich stets darum bemüht.«

»Es ist Ihnen auch gelungen«, sagte Freytag, und er griff plötzlich nach dem Glas, setzte es an und blickte achteraus, wo auf der eisengrauen See, wiegend und in langer Kette, rechteckige Papierstücke trieben, die schwach in der nun einsetzenden Dämmerung schimmerten und unmittelbar unter der Oberfläche träge zur Küste hinwanderten wie Schnitzel, die auf einer Jagd zur Markierung des Pfades ausgestreut werden. Wenn das Licht des Feuerschiffs aufflammte, blitzte das Wasser über den Papierstücken; einige kreisten hinter dem Heck in den Strudeln der Strömung, und von den Stücken, die am weitesten entfernt waren, hatten sich mehrere mit Wasser vollgesogen, sanken und trieben sinkend gegen die Küste hin, und in der Dunkelheit der Tiefe glommen sie wie treibende tote Fische. Die wiegende Kette der Papierstücke reichte weit in die Dämmerung über der See hinein, und Freytag verfolgte sie durch das Glas vor und zurück, vor und zurück; dann blickte er, ohne das Glas abzusetzen, aus den Augenwinkeln zu Doktor Caspary hinüber und sah, daß er im Windschatten lehnte und ebenfalls den wiegenden Zug der Papierstücke verfolgte.

»Sehen Sie das?« fragte Freytag.
»Ja«, sagte Doktor Caspary.
»Was ist das?«
»Briefe. Meine Freunde haben eine ganze Tasche voll von Briefen ins Boot gebracht. Ich vermute, daß Eugen unten sitzt und sie auf diesem Wege abschickt.«
»Wenn der Wind nicht dreht, werden sie vielleicht morgen schon den Strand bedecken«, sagte Freytag. »Einige zumindest«, und er dachte an das, was Rethorn ihm erzählt hatte, an den Briefträger, den einer von ihnen erschossen hatte und dessen Brieftasche verschwunden war; und er dachte auch, daß der erste, der die Briefe am Strand finden würde, argwöhnisch genug sein müßte, um seine Entdeckung herumzutragen, worauf sie sich an Land entschließen würden, Suchkommandos über die Bucht zu schicken.
»Sie haben recht«, sagte Doktor Caspary – und Freytag erschrak, als er wieder seinen Gedanken traf –, »wenn der Wind und die Strömung sich nicht ändern, wird der Strand morgen mit Briefen bedeckt sein, und wahrscheinlich wird schon der erste, der sie entdeckt, dafür sorgen, daß man sich nach dem Absender erkundigt.«
Doktor Caspary verließ eilig die Brücke, und diesmal folgte ihm Freytag; sie gingen vor bis zum Fallreep, beugten sich über die Reling und sahen den Riesen am Boden des Bootes sitzen, die abgesägte Schrotflinte neben sich und zwischen den ausgestreckten Beinen einen Stapel von Päckchen und Briefen, die er einzeln von oben abnahm, aufriß, durch einen Kniff auseinanderdrückte wie eine Lohntüte und, nachdem er Zeige- und Mittelfinger suchend in den Umschlag gezwängt hatte, mit knappem Schwung aus dem Handgelenk über Bord segeln ließ. In einige Umschläge fuhr er nur tastend hinein, andere riß er ganz auf, faltete Briefe auseinander, drehte und wendete sie in seiner Hand, und einmal unterbrach er seine Tätigkeit, um etwas in seine Brusttasche zu schieben. Freytag konnte nicht erkennen, was es war, das der

Mann da unten verschwinden ließ, doch er wußte, daß Eugen nach Geldscheinen suchte und daß er zumindest einen gefunden hatte.

Doktor Caspary beobachtete ihn eine Weile, bevor er ihn anrief und höflich überredete, keinen Brief mehr ins Wasser zu werfen. »Es ist nicht gut, Eugen«, sagte er, »drüben an Land werden sie die Briefe finden und sich aufmachen, um den Absender zu suchen, und sie brauchen nur den treibenden Briefen zu folgen, um hierher zu finden.« Eugen hörte aufmerksam zu, und Doktor Caspary redete sehr höflich zu ihm hinab, machte ihm Komplimente – »ein Mann wie du kann so etwas rasch einsehen« –, bis der Riese zustimmend nickte, Päckchen und Briefe in eine Posttasche scharrte und mit Tasche und Flinte wieder an Bord des Feuerschiffes kletterte, wo er die Briefe Doktor Caspary übergab.

»Es sieht vielleicht so aus, als ob wir eine Poststation aufmachen wollten«, sagte Doktor Caspary, »aber Sie brauchen nichts zu fürchten, Kapitän: hier an Bord wollen wir keinen Schalter einrichten. Außerdem fehlt uns ein Sonderstempel, der in diesem Fall angebracht wäre.«

»Dafür werden Sie bezahlen müssen«, sagte Freytag. »Alle, die diese Briefe geschrieben haben und empfangen sollten, werden eines Tages ihre Forderungen stellen.«

»Sie irren sich«, sagte Doktor Caspary, »bei der Post hat niemand etwas zu fordern; was erst einmal in ihrer Obhut ist, kann nicht zurückverlangt werden: mein Freund weiß es.«

Er schwieg, denn ein Schatten hoppelte über das Deck und zwischen die Beine der Männer, so daß sie instinktiv auseinandertraten, und gleich darauf hörten sie Gomberts Schritte und seine werbende Stimme: »Edith«, rief er, »komm, Edith, komm«, und während er sich geduckt näherte, ein schnappendes Geräusch mit den Fingern hervorrufend, hoppelte die Krähe um die Füße der Männer, wobei einer der schlapp weghängenden und beschnittenen Flügel über das Deck schleifte.

»Komm, Edith, komm«, lockte Gombert, und Eugen wiederholte echohaft »komm, komm«, und stupste die Krähe mit dem abgesägten Lauf der Flinte.

»Eine Saatkrähe«, sagte Doktor Caspary.

»Vorsicht«, rief Gombert, »treten Sie nicht auf ihren Flügel.«

Die Krähe hockte zwischen den parallelstehenden Füßen des Riesen, den graphitfarbenen, an der Spitze angesplitterten Schnabel leicht geöffnet und das bläulich schimmernde Gefieder gesträubt.

»Vorsicht«, sagte jetzt auch Freytag, »es ist eine wertvolle Krähe, sie kann sprechen.«

»Der Wert des Sprechens hängt von den Texten ab«, sagte Doktor Caspary.

»Was kannst du denn?« fragte der Riese. »Kannst du das Gesangbuch aufsagen oder ein Märchen erzählen? Los, fang mal an, flüster mir was ins Ohr.«

»Sie beherrscht sicher das Leuchtfeuerverzeichnis«, sagte Doktor Caspary.

»Komm, Edith, komm«, sagte Gombert lockend.

Eugen bückte sich, senkte langsam eine Hand, deren Finger zangenartig gespreizt waren, so, als wollte er sie wie eine Gabel auf den Hals der Krähe stoßen, doch bevor er sie berührte, reckte sich der Vogel, schnappte hinauf und hieb den angesplitterten Schnabel in den Handballen des Mannes, der erschrocken zurückzuckte und dabei die Krähe, die sich festgebissen hatte, mit emporriß. Der scharfe Schnabel riß den Handballen auf; die Krähe plumpste wieder auf Deck, reckte den Hals zu einer Schluckbewegung und blieb, nachdem sie sich kräftig geschüttelt hatte, ruhig sitzen.

Eugen betrachtete seine blutende Hand, preßte und betastete sie erstaunt, und auf einmal schlossen sich seine gelblichen Ziegenaugen zu einem Spalt, seine Hand schoß diesmal so schnell herab, daß die Krähe sich duckte wie ein Huhn, das gegriffen wird. Er packte sie am Hals und warf sie über Bord. Die beschnittenen Flügel klatschten in schnellem und hoffnungslosem Schwingen, und es klatschte noch einmal, als der gefiederte Körper aufs Wasser schlug. Die Krähe tauchte nicht unter, die ausgebreiteten Flügel fingen den Sturz ab und begannen jetzt verzweifelt zu schlagen, während die Krallen in wilden Laufbewegungen über das Wasser ruderten wie die kleinen Füße eines Bleßhuhns, das sich in die Luft zu erheben versucht und es nicht kann, weil sein Körper zu schwer ist. Eine schmale Bahn von Gischt und Blasen entstand dort, wo die Krähe sich schlagend und rudernd über das Wasser bewegte, eine Bahn, die zunächst gerade vom Schiff wegführte, dann in einem Bogen verlief und in immer enger werdenden Kreisen endete; zuletzt schlug nur noch ein Flügel. »Sie ruft nicht einmal um Hilfe«, sagte Doktor Caspary.

Der Mann mit der Hasenscharte hob das Gewehr und schoß, die Schrotladung schmetterte in den Körper der Krähe und auf das Wasser und riß eine flache Fontäne hoch. Der Flügel des Vogels streckte sich, tauchte unter Wasser und hing schlaff herab.

»Ihr fiel nichts mehr ein«, sagte Eugen, lud die Flinte, wandte sich blitzschnell zu Gombert um und sah ihn ruhig auf sich zukommen mit geöffneten, ein wenig vorgestreckten Händen.

»Paß auf«, rief Freytag.

»Komm, Edith, komm«, sagte der Riese, wobei er Gomberts Stimme imitierte.

»Bleib stehn«, sagte Freytag.

»Komm«, sagte der Riese, »komm ganz nah heran.«

Er hielt die abgesägte Flinte in der Hüfte, den Finger am Abzug, den Lauf auf Gomberts Bauch gerichtet, und seine Augen wurden schmal.

»Geh zurück, Gombert«, sagte Freytag.

»Noch zwei Meter«, sagte Eugen und legte den Kopf zurück; seine Zungenspitze fuhr einmal über den gespaltenen Mund, seine blutende Hand griff stützend unter den Lauf der Flinte.

»Gombert!« sagte Freytag scharf.

Gombert blieb ratlos stehen, senkte die Arme; ein Zukken lief durch sein hängendes Gesichtsfleisch. Er blickte auf den Lauf der Flinte, drehte sich um und trat an die Reling und sah hinab auf den schwarzen, schlapp in der Dünung treibenden Körper der Krähe, die langsam achteraus wanderte wie die schimmernde Kette der Briefe.

»Ich fürchte, Kapitän«, sagte Doktor Caspary, »es wird Zeit, daß wir hier wegkommen; meine Freunde sind schon ungeduldig. Sorgen Sie dafür, daß unser Boot fertig wird, und denken Sie daran, daß wir uns eine Frist gesetzt haben. Was wir uns ersparen können, zählt als Gewinn.«

Die Nebelbank über der langen Bucht: mittags, als sich der Nebel von den Inseln her gegen das Schiff bewegte, wurde das Wasser glatt und marmorschwarz, der Bug des Feuerschiffes warf eine steile, brandrote Silhouette, Stille lag auf der See, und die Sonne stand matt und strahlenlos über der Nebelbank. Das helle Ping-Ping eines kleinen Hammers tönte über das Schiff, und in regelmäßigen Abständen der tiefe, warnende Heulton der Nebelsirene, der von der Brücke dröhnend in das fließende Weiß eindrang und in echolosen Schwingungen über die Bucht lief. Wie eine Glocke lag der Nebel über dem Schiff, wie eine flache Kuppe, die sich unaufhörlich veränderte, den Laternenträger und die Masten verbarg, wehend über die Aufbauten zog und sich auf das Wasser hinabwälzte.

Freytag stand auf der Brücke und lauschte dem stampfenden Maschinengeräusch eines Schiffes nach, das immer näher und näher gekommen war, eine Weile querab erfolgte und sich jetzt seewärts entfernte, ohne daß er oder Zumpe, der als Nebelposten auf dem Bug stand, das Schiff gesehen hätten. Das stampfende, mahlende Geräusch wurde schwächer, war nur als leichtes Dröhnen vorhanden, als Erinnerung dann, bis es schließlich verschwand.

»Er ist weg«, sagte Freytag leise.

Hinter ihm trat Philippi aus dem Kartenschapp, als ob

er auf dieses Stichwort gewartet hätte. Gleichgültig schnippte er eine Zigarettenkippe ins Wasser, stellte sich gleichgültig neben Freytag und schob die Hände in die Taschen und senkte sein Gesicht.

»Wir sind fertig«, sagte Freytag, »mehr wollte ich nicht von dir: gib nichts durch als deine Meldungen, verabschiede dich, wie du dich immer verabschiedet hast, und mach sie auf der Direktion nicht mißtrauisch. Es gibt keine besonderen Ereignisse an Bord.«

»Wenn man dir zuhört und die Augen schließt, könnte man es glauben«, sagte Philippi.

»Ich weiß, was ich zu tun habe«, sagte Freytag.

»Herzlichen Glückwunsch«, sagte Philippi.

»Geh jetzt und gib deine Meldungen durch.«

»Vorher bitte ich aber um eine Unterschrift.«

»Wozu? Du hast bisher alle Meldungen selbst unterschrieben.«

»Ich brauchte auch nicht die Augen zuzumachen, wenn ich sie durchgab.«

»Ich unterschreibe«, sagte Freytag.

Philippi nickte und verließ grußlos die Brücke, ein spöttisches Lächeln auf seinem Habichtsgesicht; krachend flog die auf Rollen laufende Tür des Funkraums auf, schloß sich mit gleicher Heftigkeit, und Freytag trat in das Kartenschapp, setzte sich an den Tisch und legte sich mit dem Oberkörper auf die Glasplatte. Kalt spürte er das Glas gegen Wange und Schläfe drücken, spürte seinen Atem auf dem Handrücken, und unter den tiefen Heultönen der Nebelsirene empfand er ein Gefühl fröstelnder Müdigkeit. Er stand auf, öffnete die Tür und hakte sie fest, dann legte er sich abermals, die Arme unter der Brust verschränkt, auf den Tisch und versuchte zu schlafen.

Er schlief nicht ein. Er öffnete die Augen und lag wach da und blickte auf seine knotigen Fingergelenke, auf den kupfernen Schimmer, der über dem weichen Haar seines Handrückens lag, auf die dicke Glasplatte, die von seinem Atem trichterförmig beschlug, und er dachte an die alte weiße Stadt unten in der Ägäis. Er überraschte sich selbst dabei, daß er an sie dachte, erschrak, denn er hatte lange geglaubt, sie aus seiner Erinnerung verloren zu haben, doch nun breitete sie sich terrassenförmig unter dem Vorgebirge und war da in der grausamen Helle: die Stadt, in der die Wurzeln seines Gedächtnisses für immer liegen würden. Vom Fallreep her drangen Rufe zu ihm hinauf, ein scharfer Luftzug wie von einer Kette schnell fliegender Enten strich über das Schiff. Er dachte an die Stadt, die sich den nackten Berg eroberte, ihre Hütten immer höher vorschickte bis zu den violetten Schatten unter dem Gipfel, und er sah ihre Spiegelung auf dem hellgrünen Wasser: die gedrungene, blendende Kirche, die weißen Hütten mit den Dachgärten, auf denen Wäsche zum Trocknen hing; der Schuppen, der gegen das Meer gewinkelte, schützende Arm der Pier, und er glaubte das Donnern des Zuges zu hören, der durch die Schlucht ins Hinterland fuhr. Und während er es zu hören glaubte, näherte sich ein Schritt dem Kartenschapp, ein Schritt, der aus verzweifelter Ferne zu kommen schien, fiel und fiel und sich mit unerträglicher Langsamkeit näherte, so, als zögere er, das Ziel zu erreichen, oder als fehle es ihm an Kraft, an Sicherheit: hart und echolos auf Deck, schleifend im Backbordgang, entschieden dann auf dem eisernen Niedergang – so kam er näher, und Freytag dachte an die alte weiße Stadt und hörte den quälenden Schritt, doch er blieb liegen über der kalten Glasplatte des Kartentisches, bis der Schritt auf der Brücke erklang. Müde richtete er sich auf und blickte zur offenen Tür: im Türrahmen stand Fred.

»Ah«, sagte Freytag, »du bist es. Es hörte sich an, als ob du ganz von der Küste gekommen wärst und es nie schaffen würdest bis hier herauf.«

Der Junge antwortete nicht, streifte den Alten mit einem Blick schweigsamer Feindseligkeit, trat ins Kartenschapp und hakte die Tür aus und schloß sie.

»Willst du dich nicht setzen?« fragte Freytag.

»Ich habe selten so gut gestanden«, sagte Fred.

Freytag lächelte und ließ die kalte Zigarette im Mundwinkel wippen.

»Kann ich dir helfen?« fragte er.

»Ich brauche deine Hilfe nicht«, sagte Fred. »Ich möchte dir etwas sagen.«

»Ich weiß«, sagte Freytag, »ich habe damit gerechnet.«

»Etwas, was ich dir schon sehr lange sagen möchte.«

»Ja, ich weiß: du hast lange auf diesen Augenblick gewartet, und nun glaubst du, daß er gekommen ist.«

»Einmal mußte ich mit dir sprechen.«

»Ja.«

»Wir haben nicht viel zu besprechen. Ich möchte dir nur sagen, daß ich jetzt glaube, was sie damals erzählten und nicht aufgehört haben, bis heute zu erzählen. Jetzt ist mir alles klar. Zuerst habe ich es nicht geglaubt und habe immer wieder versucht, zu vergessen, was sie erzählten, aber nun weiß ich, daß alles stimmt.«

»Was soll stimmen?« fragte Freytag.

»Daß du Natzmer im Stich gelassen hast damals. Du hast nichts getan, um ihn zu befreien und zurückzuholen; du bist ohne ihn an Bord gegangen, weil –«

»Weil?«

»Du bist feige«, sagte Fred. »Du hast Natzmer im Stich gelassen, weil du Angst hattest, daß dir selbst etwas passieren könnte; ja, das stimmt, ich weiß es jetzt: du hast nichts getan, um ihn zurückzuholen, so wie du auch jetzt nichts tust, weil die andern bewaffnet sind.«

»Dann weißt du mehr als ich«, sagte Freytag, »und ich war dabei.«

»Man braucht nicht dabeigewesen zu sein, um Bescheid zu wissen.«

»Und worüber weißt du Bescheid?«

»Ich habe es oft genug gehört«, sagte Fred, »die ganze Geschichte und die Rolle, die du in dieser Geschichte gespielt hast – damals, als du auf der ›Klintje‹ fuhrst.«

»Wir hatten Getreide an Bord«, sagte Freytag, »zwölfhundert Tonnen Weizen, und wir kreuzten zwischen den Inseln unten in der Ägäis.«

»Als du ohne Natzmer an Bord zurückkamst, wollte die ganze Besatzung an Land und ihn rausholen, aber du warst dagegen, und ihr fuhrt ohne ihn ab.«

»Erzählen sie das?« fragte Freytag mit resigniertem Lächeln.

»Ich weiß, daß es so war«, sagte Fred. »Ihr habt lange draußen vor der Stadt gekreuzt, und als ihr festmachtet, haben sie euch mit Steinen empfangen und mit Latten, in denen Nägel steckten. Keiner von euch wagte sich von Bord, auch du nicht, aber als du zur Kommandantur befohlen wurdest, mußtest du das Schiff verlassen, heimlich, im Morgengrauen, und du nahmst Natzmer mit und Lubisch, deinen Steuermann.«

Der Junge unterbrach sich in der Erwartung, daß der Alte etwas sagen, ihn berichtigen werde, er blickte ihn herausfordernd an, mit offener Verachtung, doch Freytag saß da in einer Haltung apathischen Zuhörens, schwieg und nickte unmerklich, und der Junge fuhr fort: »Ihr drei gingt von Bord – das stimmt doch? –, im Morgengrauen, als sie noch nicht mit Steinen und Latten vor dem Schiff waren; es war viel zu früh, die Kommandantur noch geschlossen, und ihr wolltet euch in der Nähe der Kommandantur verstecken und dort warten, bis sie geöffnet wurde. Sag ruhig, wenn etwas nicht stimmt; ich möchte, daß du alles hörst, was ich weiß, damit Klarheit zwischen uns besteht: ihr schlicht euch zur Kommandantur, sie war geschlossen, und es war kein Versteck in der Nähe, wie ihr geglaubt hattet; dafür wurdet ihr aber von den anderen erwartet, die euch abfingen und rausbrachten in die Schlucht; sag, wenn etwas nicht stimmt. Dort in der Schlucht haben sie Natzmer gefesselt und ihm Seewasser eingeflößt; er lag auf dem Felsen in der Sonne, zwei Tage lang, und ihr wart die ganze Zeit dabei und habt seinen Hunger gesehn und habt gehört, wie er euch rief. Nach zwei Tagen brachten sie dich und Lubisch zurück, das Schiff war ausgelaufen und ankerte auf Reede, und sie zeigten auf das Schiff, warfen euch ins Wasser und befahlen euch, hinauszuschwimmen. Du schwammst hinaus, aber Lubisch tauchte und versuchte, sofort an Land zurückzukommen und in die Schlucht, in der Natzmer immer noch gefesselt lag. Lubisch versuchte es so lange, bis sie auf ihn schossen und ihn in die Schulter trafen, während er schwamm: sag nur, wenn etwas nicht stimmt. Und als die ganze Besatzung an Land wollte, um Natzmer rauszuholen, da hast du es verhindert; du hast befohlen, den Anker einzuholen, du hast Natzmer im Stich gelassen, weil du Angst hattest vor ihren Gewehren. Du bist feige.«

Fred blickte gespannt auf seinen Vater, ohne Erschrockenheit über das, was er gesagt hatte; er erwartete etwas, von dem er nicht wußte, wie es sich äußern würde: schroffe Zurückweisung oder Erbitterung oder Zorn; er rechnete damit, daß sein Vater automatisch zur Selbstverteidigung übergehen, ihm eine Reihe sauberer Gründe aufzählen würde, aber es erfolgte nichts, er sah ihn nur apathisch dasitzen, gekrümmt, die knotigen Finger auf der Glasplatte, und er trat unwillkürlich einen Schritt auf ihn zu, beugte sich vor und fragte: »Hast du alles gehört? Ich bin fertig; mehr hatte ich nicht zu sagen, mehr kann man nicht sagen.«

Freytag bewegte die Lippen, als wollte er, bevor er zu reden anfing, sichergehen, daß das, was er zu sagen vorhatte, auch zu hören sein werde; dann fragte er: »Erzählen sie das?«

»Ja«, sagte Fred, »das wird erzählt; ich habe es schon vor Jahren gehört, von Natzmers Sohn, von Elke Lubisch, und immer, wenn ich Lubisch selbst sah mit seinem steifen Arm, dachte ich daran, und ich ging nie an seinem Haus vorbei, wenn er auf der Bank saß.«

»Von ihnen hast du's gehört«, sagte Freytag.

»Ich habe es von allen gehört«, sagte Fred, »in meiner Klasse wußte es jeder.«

»Hast du sie gefragt?«

»Sie haben mich gefragt.«

»Und du hast ihnen erzählt, was du von denen wußtest, die nicht dabei waren?«

»Es reichte«, sagte Fred.

»Kann sein«, sagte Freytag, »vielleicht ist es genug, wenn man die Wahrheit in kleinen Mengen erfährt. Wer die Hälfte weiß, weiß auch etwas.«

»Ich brauchte dich nicht mehr zu fragen«, sagte Fred.

»Lubisch war auch dabei«, sagte Freytag. »Du hättest ihn fragen können, wenn er auf der Bank vor seinem Haus saß, du hättest ihm nicht auszuweichen brauchen.«

»Er hätte dasselbe erzählt«, sagte Fred.

»Er kann nicht dasselbe erzählen, niemand kann dasselbe erzählen, was ein anderer schon erzählt hat; von Lubisch hättest du eine andere Geschichte zu hören bekommen, denn er war dabei.«

»Er hätte nur bestätigt, was ich schon wußte, und ich hatte Angst vor dieser Bestätigung.«

»Nein«, sagte Freytag, »Lubisch hätte anders begonnen als du und anders aufgehört. Er hätte dir gesagt, daß wir zwölfhundert Tonnen Weizen an Bord hatten, als wir mit der ›Klintje‹ runterfuhren, zwölfhundert Tonnen, die für das Hungergebiet bestimmt waren: Lubisch wußte es; und er wußte auch, daß wir kurz vor dem Hafen neue Order von der Reederei erhielten, wonach wir außer Sichtweite des Hafens kreuzen und warten sollten. Du hättest mich nicht zu fragen brauchen, um das zu erfahren; Lubisch hätte es dir auch gesagt, und von ihm hättest du auch gehört, daß wir einen Griechen an Bord hatten, der aus dem Hungergebiet von der Insel stammte; Kaxi nannten wir ihn, weil keiner seinen Namen, der so ähnlich klang, behalten konnte. Kaxi war der stärkste Mann an Bord, der arbeitete, wie ich nie einen Menschen habe arbeiten sehen, und als wir Weizen für seine Insel luden, ließ er sich nicht ablösen und arbeitete, bis die ganze Ladung an Bord war.«

»Dieser Grieche spielt keine Rolle«, sagte Fred.

»Wart nur ab«, sagte Freytag, »wenn du Lubisch gefragt hättest, wüßtest du, welch eine Rolle Kaxi spielte; denn als wir den Kurs änderten, den Weizen nicht an Land brachten, sondern zwischen den Inseln kreuzen mußten, kam er zu mir und bat mich, in den Hafen einzulaufen. Ich sagte ihm, daß ich eine Order von der Reederei hätte, zu kreuzen, und er sagte, daß die Reederei nur warten wollte, bis die Weizenpreise noch höher gestiegen wären; ich konnte ihm nicht helfen.

Wir kreuzten mehrere Tage, und an einem Abend schien der Grieche verrückt geworden zu sein; er kam zu mir und fragte mich, ob ich in den Hafen einlaufen würde, wenn es ihm gelänge, die ganze Besatzung im Zweikampf zu besiegen – er war einfach verrückt geworden bei dem Gedanken an seine Leute. Und Lubisch hätte dir erzählt, daß ich Kaxis Vorschlag in der Messe weitergab und daß alle dafür waren, denn nichts ist so öde wie das Kreuzen und Warten auf neue Order.

Wir hatten Sonne und eine ruhige See, auf dem Mitteldeck wurden Matten ausgebreitet, Natzmer wurde zum Schiedsrichter gewählt, ja, und an den Abenden, wenn es kühler wurde, meldeten sich Männer aus der Besatzung, um gegen den Griechen zu kämpfen. Er besiegte alle, die sich gemeldet hatten, und als ich allein übriggeblieben war, begriff ich, daß unsere Abmachung soviel galt wie ein Versprechen und daß ich dies Versprechen würde einlösen müssen, wenn es mir nicht gelang, ihn fertigzumachen.«

»Hast du ihn besiegt?« fragte Fred.

»Ich weiß nicht«, sagte Freytag. »Lubisch hätte dir erzählt, daß fast die ganze Besatzung an Deck war, als ich gegen ihn antrat. Zuerst hatte ich ihn unten, dann saß er rittlings auf mir und versuchte, meine Hände auseinanderzubringen, mit denen ich ihn würgte, und als er es geschafft hatte, drückte ich ihn hoch und rollte zur Seite, worauf ich ihn in einen einfachen Nelson bekam, aber er konnte sich befreien, indem er einen Zug in seine Schulter und in seinen Nacken brachte, daß ich glaubte, er würde mir den Arm herausreißen. Dann, als ich ihn in der Beinschere hatte und seine Halsschlagader zuschnürte, geschah, was alle von der Besatzung sahen und was auch Lubisch sah: Kaxi lag halb auf mir, so daß es schien, als könnte er mich erdrücken, und in diesem Augenblick schlug Natzmer zu. Ich habe es nicht gesehen, aber Lubisch sah, wie Natzmer dem Griechen mit einer Holzleiste ins Genick schlug, ich war nicht begeistert davon, obwohl ich wußte, daß der Erste mir nur helfen wollte – seine Gegenwehr hörte sofort auf, er blieb mit dem Gesicht nach unten liegen, und drei von uns mußten ihn runterbringen und weckten ihn mit einer Pütz Seewasser. Am nächsten Morgen, als die Küste für kurze Zeit in Sicht kam, sprang der Grieche über Bord.«

»Hat er es geschafft bis an Land?«

»Ja«, sagte Freytag, »und vierundzwanzig Stunden später erhielten wir Order, in den Hafen einzulaufen und die Ladung zu löschen; und wir wurden empfangen, wie du es gesagt hast: mit Steinen und Latten, in denen Nägel steckten. Kaxi war noch vor uns in die Stadt gekommen, und sie wußten, daß wir mit dem Weizen an Bord gekreuzt hatten; sie wußten alles – wie Lubisch dir bestätigt hatte, wenn du ihm nicht ausgewichen wärst, und von ihm hättest du auch erfahren können, daß die Leute auf der Insel unseren Weizen am liebsten ins Wasser geschüttet hätten, denn für sie war es dreckiger Weizen. Wenn die Kommandantur nicht bewaffnete Männer an die Pier geschickt hätte, wäre kein Zentner von der Ladung an Land gekommen, aber ich muß dir sagen – und Lubisch würde es auch erwähnt haben –, daß die Männer von der Kommandantur insgeheim genauso dachten wie die andern, auch für sie war es dreckiger Weizen, der entladen wurde, und sie redeten nicht mit uns und drehten uns den Rücken zu, während sie das Löschen bewachten. Wir alle mißtrauten ihnen. Und nachdem die Ladung gelöscht war, wurden wir aufgefordert, zur Kommandantur zu kommen – Natzmer, Lubisch und ich –, sie nannten uns eine Zeit am Vormittag, obwohl sie sahen, daß wir an einem Vormittag nicht zwei Schritte über die Pier gehen konnten, ohne mit Steinen bombardiert, von nägelbesetzten Latten zerschlagen zu werden, und so gingen wir schon in der Morgendämmerung von Bord, bevor noch die Stadt erwachte und die Leute sich vor dem Schiff versammelten. Heute glaube ich, daß die Aufforderung nicht von der Kommandantur kam, auch wenn ein Gendarm sie überbrachte; denn später hat die Kommandantur kein Interesse mehr für uns gehabt, obwohl sie erfahren haben sollte, was passiert war. Lubisch war dabei, als wir zu dritt von Bord gingen und in der Straße, in der die Kommandantur lag, von bewaffneten Männern gezwungen wurden, auf einen Lastwagen zu steigen, der uns rausbrachte in die Schlucht, in der es keine Häuser gab. Oberhalb des Eisenbahndammes hörte der Weg auf, der Lastwagen hielt, und als wir absprangen, stand Kaxi da mit einer Holzleiste in der Hand. Er gab Natzmer den Schlag zurück, ohne ein Wort zu sagen; auf seinen Wink fesselten sie den Ersten, flößten ihm Seewasser ein und legten ihn auf die Felsen in die Sonne. Dort lag er zwei Tage und eine Nacht, und wir hockten mit den andern im Halbkreis um ihn herum, aßen und tranken nichts während der ganzen Zeit – auch sie selbst aßen und tranken nichts –, und wenn wir uns rührten, griffen sie nach ihren altmodischen Revolvern, die vor ihren Füßen lagen. Weder sie noch wir sprachen miteinander in diesen beiden Tagen und in dieser Nacht, keiner durfte sich entfernen – wenn er sich erleichtern wollte, mußte es dort geschehen, wo er gerade hockte –; nein, wir hörten kein Wort; alles, was wir hörten, war das Donnern der Eisenbahn, die abends durch die Schlucht fuhr, und die Rufe der Raubvögel, die hoch über der Schlucht kreisten, sonst nichts. Sie zwangen uns, dazuhocken und auf Natzmer zu blicken, der gestreckt in der Fesselung auf den heißen Felsen lag – Lubisch war neben mir, und er hätte es dir erzählt, wenn du ihn gefragt hättest. Und wenn er seine Erinnerung ertragen hätte, dann wüßtest du jetzt, daß er nichts anderes tat als ich: dahockte und schwieg, und vielleicht an den Schlag dachte, mit dem Natzmer den Griechen in einem Augenblick erledigte, in dem meine Lage besser war, als er geglaubt hatte. Ich erzähle dir nur, was Lubisch erzählen müßte, wenn sein Gedächtnis nicht porös geworden ist. Er hätte dir gesagt, daß wir in der zweiten Nacht auf den Lastwagen steigen mußten – er und ich, nicht Natzmer –, daß sie uns zurückfuhren in die Stadt und dann die Uferstraße hinaus zu den Klippen, wo sie uns die Böschung hinabtrieben und uns die Lichter der ›Klintje‹ zeigten, die ausgelaufen war und draußen auf Reede ankerte. Kaxi war nicht mehr dabei. Die Männer, die uns begleitet hatten, warfen uns von den Klippen ins Wasser und standen oben mit ihren altmodischen Revolvern und sahen zu, wie wir schwammen. Lubisch schwamm hinter mir, und nachdem wir so weit von Land entfernt waren, daß sie uns nicht mehr hören konnten, redete er davon, an Land zu schwimmen und zur Schlucht zurückzukehren, um Natzmer zu suchen, aber ich wußte, daß sie oben auf den Klippen standen und nur darauf warteten: ich machte nicht mit. Und ich glaubte auch, daß er es aufgegeben habe, bis ich auf einmal merkte, daß er nicht mehr hinter mir schwamm, und dann hörte ich die Schüsse, hörte seinen Schrei; und ich drehte um und tauchte nach ihm, während sie auf uns schossen. Wir schwammen mehr als drei Stunden. Als wir an Bord kamen, war Lubisch bewußtlos.«

»Lubisch hat es versucht«, sagte Fred.

»Ja«, sagte Freytag, »und später an Bord wollten sie es auch versuchen, sie wollten zusammen an Land und Natzmer rausholen, obwohl wir neue Order hatten für Rotterdam. Einige dachten sogar, daß die Kommandantur sich an der Suche nach Natzmer beteiligen werde – dieselben Leute, die lieber nägelbesetzte Latten getragen hätten als die Gewehre, die uns schützen sollten. Wir hatten keine Waffen, und ich hielt auch damals nichts von dem Versuch, eine Revolvermündung zu überzeugen. Ich habe alles der Reederei übergeben und unserem Agenten – mehr konnte ich nicht tun; denn das Schiff hatte neue Order, und ich wollte die Besatzung zurückbringen.«

»Aber Natzmer ist nicht zurückgekommen«, sagte Fred. »Die Reederei hat Formulare ausgefüllt, und der Agent hat die Formulare zur Kommandantur gebracht, und das alles war genausoviel wert, als wenn ihr die Formulare über Bord geworfen hättet.«

»Natzmer war nicht mehr zu helfen. Du kannst immer in eine Lage kommen, in der dir nichts zu tun bleibt als dies: Formulare auszufüllen und sie weiterzugeben, obwohl du genau weißt, daß du ebensoviel erreichst, wenn du sie über Bord wirfst.«

»Das paßt zu dir«, sagte Fred. »Du hast nichts riskiert und warst nie bereit, etwas zu riskieren. Ehe du etwas versuchst, erkundigst du dich nach den Garantien, und du würdest nie etwas gegen einen Verbrecher tun, bevor er dir sein Ehrenwort gegeben hat, daß ihm die Munition ausgegangen ist: dann erst kommt deine Stunde.«

»Das hast du dir gut überlegt«, sagte Freytag.

»Es stimmt«, sagte Fred, »jetzt weiß ich es.«

»Du weißt nichts«, sagte Freytag. »Solange du glaubst, daß die einzige Möglichkeit eines unbewaffneten Mannes darin besteht, sich mit Gewehrmündungen einzulassen, halte ich nichts von dem, was du weißt. Ich werde dir etwas sagen, Junge: ich war nie ein Held, und ich möchte auch kein Märtyrer werden; denn beide sind mir immer verdächtig gewesen: sie starben zu einfach, sie waren auch im Tod ihrer Sache noch sicher – zu sicher, glaube ich, und das ist keine Lösung. Ich habe Männer gekannt, die starben, um damit etwas zu entscheiden: sie haben nichts entschieden, sie ließen alles zurück. Ihr Tod hat ihnen selbst geholfen, aber keinem anderen. Wer keine Waffen hat und keine Gewalt, hat immer noch mehr

Möglichkeiten, und manchmal glaube ich, daß hinter diesem Wunsch, sich um jeden Preis den Gewehrmündungen anzubieten, der schlimmste Egoismus steckt.«

»Das interessiert mich nicht«, sagte Fred, »ich will nur eins wissen: warum hast du Rethorn und die andern weggeschickt, als sie versuchten, die drei zu fassen?«

»Ich habe es dir gerade gesagt.«

»Und wenn sie es geschafft hätten?«

»Dann würde Gombert sie heute in Segeltuch einnähen; das wäre, was sie geschafft hätten.«

»Du willst also nichts gegen sie unternehmen?«

»Ich will, daß das Schiff seine letzte Wache beendet und daß alle an Bord sind, wenn wir einlaufen – nicht mehr; und darum wird auf diesem Schiff nichts getan ohne meine Zustimmung.«

»Das ist alles«, sagte Fred, »ich bin fertig.«

»Ich habe damit gerechnet«, sagte Freytag.

»Dann hast du dir Überraschungen erspart.«

»Einer wird sie erleben an Bord«, sagte Freytag mit resigniertem Lächeln, und er stand auf, als der Junge das Kartenschapp verließ, folgte ihm auf die Brücke, kletterte hinter ihm den Niedergang hinab und blieb unten im Backbordgang stehen und blickte ihm nach, wie er durch den Nebel zum Vorschiff ging: rasch, aufgerichtet, mit tackenden, echolosen Schritten; blieb stehen und wartete, bis er im träge ziehenden Nebel verschwunden war, und schlenderte dann zum Fallreep und beugte sich über die Reling.

Die Leine, an der sie das havarierte Boot festgemacht hatten, hing schlaff im Wasser, fächelte sanft hin und her wie der lange, graue Fühler eines Tiers, lautlos, schlangenhaft, als wollte es den algenbewachsenen Rumpf des Schiffes abtasten. Freytag blickte an der Leine entlang, in die Richtung, in der sich das Boot im Nebel befinden mußte und aus der er das Ping-Ping des kleinen Hammers gehört hatte, als er mit Philippi auf der Brücke war. Jetzt war alles still, er konnte keinen Schatten erkennen, keinen Umriß, und soweit er sehen konnte, führte die Leine nicht aus dem Wasser heraus zum Bug des Bootes. Leise rief er hinab, rief Soltows Vornamen, doch er erhielt keine Antwort. Auch an Deck des Feuerschiffs erschien niemand, als er rief, und er blickte argwöhnisch auf die schlapp im Wasser fächelnde Leine, die allmählich tiefer zu sinken schien, schwang sich plötzlich auf das Fallreep und kletterte hinab. Er ergriff die Leine, holte langsam die Lose durch und wartete, daß ein Ruck erfolgen, der Widerstand des Bootes sich melden würde; mit leisem Rauschen schleifte die Leine am Rumpf entlang auf ihn zu, lange, viel zu lange, so daß er, bevor er noch das Ende in der Hand hielt, wußte, daß etwas mit dem havarierten Boot geschehen war, und als dann das Ende kam – aufgedröselte, wie von einem Beilhieb durchschlagene Fasern –, zog er es herauf und untersuchte es und lauschte in den Nebel, als vermutete er, daß das von der Leine abgeschnittene Boot noch in der Nähe trieb. Dann holte er Schwung und schleuderte die Leine wieder hinaus und hörte, wie sie klatschend aufs Wasser fiel. »Rethorn«, dachte er, »er und kein anderer hat das Boot abgeschnitten, und wenn es doch Soltow getan haben sollte, dann stammt zumindest die Idee von Rethorn. Er wollte die Falle zuklappen lassen, und darum hat er ihnen ihr Boot genommen. Er wird es abstreiten, aber er allein hat es getan. Seit dem ersten Tag war er gegen mich.« Freytag kletterte das Fallreep hinauf an Deck, wo er sich wieder zurückwandte und in die Nebelbank lauschte, die über dem Schiff und über der Bucht lag, und jetzt dachte er an Doktor Caspary und die andern und versuchte sich vorzustellen, wie sie reagieren würden, wenn sie das Verschwinden des Bootes bemerkten: er glaubte Doktor Caspary dastehen zu sehen mit der fleckigen Sonnenbrille, den klobigen Siegelring mechanisch an der Hüfte polierend, und er glaubte seine Stimme zu hören, diese weiche, klare Stimme, die so höflich klang, wenn sie drohte. Langsam ging er zur Messe.

Er klopfte, ein breites Gesicht erschien hinter einem Bulleye, automatisch, so wie die Gesichter der ›Pappkameraden‹ auf einem Schießstand automatisch über der Böschung erscheinen, vorsichtig wurde eine Tür geöffnet, der Mann mit der Hasenscharte tauchte im Spalt auf, und mit heftigem Nicken seines Kopfes forderte er Freytag auf, hereinzukommen. Doktor Caspary saß am Tisch und legte Patience; in einer Ecke der Messe, auf zusammengestellten Stühlen, schlief Eddie, die Maschinenpistole am Kopfende, so daß er sie liegend erreichen, im Liegen hätte feuern können. Eugen kehrte zurück zu seinem Platz am Tisch, wo eine Emailletasse mit dampfendem Kaffee stand und von wo er grinsend das Spiel beobachtete.

Freytag sah sofort, daß es seine Karten waren, mit denen Doktor Caspary spielte, und er sah auch, daß der kleine Glasschrank, in dem er seine Karten aufbewahrte, offenstand.

»Es geht nicht auf«, sagte Doktor Caspary nach einer Weile, »nein, es geht nicht. Aber was sollte man auch von einem Spiel halten, in dem es nicht die Chance der Enttäuschung gibt.«

»Ich muß mit Ihnen sprechen«, sagte Freytag.

»Ist unser Boot fertig?«

»Nein.«

Ruhig schob Doktor Caspary die Karten zusammen, klopfte sie zu einem Packen zurecht und schob den Packen in eine Schutzhülle. »Ich bin bereit«, sagte er.

»Sie haben keine Möglichkeit mehr, von diesem Schiff wegzukommen«, sagte Freytag.

»Darf ich fragen, worauf sich Ihre Annahme stützt?«

»Ihr Boot ist weg«, sagte Freytag, »jemand hat es von der Leine abgeschnitten.«

»Ich denke, Ihre Leute wollten es reparieren; Eugen dachte dasselbe, nicht wahr, Eugen?«

»Es treibt im Nebel«, sagte Freytag, »und jetzt wäre es hoffnungslos, das Boot zu suchen. Wir würden es nicht finden.«

»Sie sehen aus, als ob Sie besorgt wären deswegen, Kapitän.«

»Ich hielt es nur für angebracht, es Ihnen zu sagen.«

»Ich schätze es hoch ein, aber ich war darauf vorbereitet. Ich hatte sogar schon früher damit gerechnet.«

Verblüfft wandte Freytag sich um, sein Blick lief durch die Messe, als ob er irgendwo ein Anzeichen, eine Erklärung für Doktor Casparys Gleichgültigkeit zu finden hoffte, und er wickelte das Taschentuch um seine Hand und spannte den Stoff durch einen Druck seiner Finger.

»Ich weiß nicht, ob Ihr Boot zur Küste treibt oder mit der Strömung hinaus.«

»Es ist unerheblich, was mit einem Boot geschieht, das man nicht mehr besitzt«, sagte Doktor Caspary.

»Sie waren auf das Boot angewiesen«, sagte Freytag.

»Aber wir hatten uns vorbehalten zu wählen.«

»Sie haben keine Möglichkeit mehr, von diesem Schiff wegzukommen.«

»Der Augenschein spricht dagegen, Kapitän, Sie haben Ihr Boot übersehen, und Sie haben nicht daran gedacht, daß das Schiff selbst, Ihr Feuerschiff, notfalls segeln kann, wenn's auch nur für die Kette eingerichtet ist.«

»Ich habe Ihnen bereits gesagt, daß dieses Schiff nie seine Position verlassen wird, solange ich an Bord bin.«

»Und wenn Sie jetzt zu raten hätten – was würden Sie uns raten?«

»Geben Sie es auf«, sagte Freytag, »stellen Sie sich. Selbst wenn Sie das Boot noch hätten: Ihre Chance, nach Faaborg oder sonstwohin zu kommen, ist so gering geworden, daß es sich nicht mehr lohnt, und sie wird von Stunde zu Stunde geringer.«

»Sehen Sie, Kapitän, darin unterscheiden wir uns: Sie halten nichts von der Unsicherheit, und ich halte nicht sehr viel von der Sicherheit: je geringer unsere Chance in Ihren Augen ist, desto mehr bin ich bereit, auf sie zu setzen. Dafür sprechen sogar gewisse Erfahrungen. Ich hatte einmal einen Schmuggler unter meinen Klienten, der auch während des Krieges seinem mühseligen Beruf nachging; und zwar suchte er sich für seine Grenzgänge gewissenhaft die Abschnitte der Front aus, auf denen das schwerste Störfeuer lag. Er kam immer durch, während sein Kompagnon, der ruhige Abschnitte vorzog, von einem nervösen Vorposten erschossen wurde. Ich denke, wir haben uns verstanden wie zuvor, und nun werden Sie wohl nicht erwarten, daß wir eine Chance aufgeben, deren Kostbarkeit eben darin besteht, daß sie so gering ist. Ich hoffe, daß Sie sofort Ihr Boot reparieren lassen und es uns billigerweise zur Verfügung stellen.«

Freytag nahm die kalte Zigarette aus dem Mund, zerdrückte und zerrieb sie zwischen den Fingern und fragte dann: »Waren Sie Rechtsanwalt?«

»Unter anderem bin ich Rechtsanwalt«, sagte Doktor Caspary und machte gegen Freytag eine seltsame, ironische Verbeugung.

Gombert hockte im Bug des Bootes, das in den Davits hing, und beobachtete das nächtliche Gewitter über der Küste: die harten Risse der Blitze, die wie mineralische Adern in der Dunkelheit aufzuckten, die tiefe Schwärze des Horizonts, das schwache Violett der Wolkenränder; stumpf und glanzlos lag die See unter dem abziehenden Schauer da, selbst der Schaum der Wellen leuchtete nicht, zog grau, nebelgrau über die Einöde des Wassers, und die Kennung des Feuerschiffs schien ihre Schärfe, ihre Härte und Kraft eingebüßt zu haben und blinkte unsicher zur Bucht hinaus wie eine Lampe, deren Batterie alt und verbraucht ist. Er hockte in seinem Ölzeug im Boot, hatte zwei wütende Schauer über sich ergehen lassen; er hatte den aufkommenden Wind wahrgenommen, der die Ankerkette gestrafft, die Nebelbank auseinandergetrieben hatte, und während der ganzen Zeit hatte er den schweren metallenen Marlspieker in der Hand gehalten wie einen plumpen Dolch. Niemand an Bord wußte, daß er hier hockte, geduldig und bereit, den Marlspieker vor sich, dessen dornartige Form sich gut der Hand einpaßte; gleich nach dem Essen hatte er sich unbemerkt ins Boot geschwungen, den Kopf eingezogen und so – den Oberkörper gekrümmt, die Beine weggestreckt – wartend dagesessen. Das Schiff tauchte brechend ein, ohne jedoch Wasser überzunehmen, der Laternenträger und die Masten schwankten, ritzten im Schwanken eine kurze, steile Schrift in den Himmel: gleichförmige Signale, Chiffren, die alle Masten auf See untereinander austauschten. Manchmal hob Gombert vorsichtig den Kopf über das Dollbord und blickte in die Richtung zur Messe und über das Mitteldeck, und wenn ein Geräusch erfolgte, kniete er sich hin und schloß die Finger fest um das nasse Metall des Marlspiekers. Er dachte an den Zettel, den er an Eugen adressiert und durch den Luftschacht in die Messe geworfen hatte, kurz vor dem Abendbrot, als Doktor Caspary mit Freytag auf dem Achterschiff war; er hatte sich nicht überzeugen können, ob der Riese ihn gleich gefunden und gleich gelesen hatte, doch er wußte, daß der Zettel nicht im Schacht steckengeblieben, sondern in die Messe hinabgefallen war. Gombert war nicht sicher, ob Eugen das, was er ihm geschrieben hatte, für sich behalten werde; vielleicht hatte er den Zettel sofort Doktor Caspary gezeigt, und dann wartete er jetzt umsonst. Vielleicht aber hatte er alles mit seinem Bruder besprochen – eine Möglichkeit, mit der Gombert rechnete –, und dann würde nicht der Riese, sondern eventuell Eddie zu den Davits kommen und sich überzeugen wollen, ob das, was Gombert geschrieben hatte, zutraf. Er hatte Eugen geschrieben, daß Doktor Caspary versuchen wollte, allein aus der Falle herauszukommen; ein Mann der Besatzung, den er bezahlt hätte, sollte ihm dabei helfen, das Boot zu Wasser zu bringen. Sobald Doktor Caspary die Messe nachts verließe, sollte Eugen ihm nicht folgen, sondern sofort zum Boot kommen und warten. Gombert hoffte nur, daß das Mißtrauen unter ihnen groß genug war.

Vier Stunden hockte er in dem Boot und lauschte, und er hörte nur Zumpes Selbstgespräche, die er auf Ausguck führte, Rethorns Schritte im Backbordgang, den Wind und das Zerspellen des Wassers, wenn das Schiff eintauchte. Er sah auf seine Uhr, setzte sich eine Frist und schob die Frist immer wieder hinaus. Er dachte nicht mehr an die Einzelheiten, die er auszuführen hatte, sobald einer von ihnen – der mit der Hasenscharte oder sein Bruder – unter dem Boot erscheinen sollte; zuerst hatte er daran gedacht und jede Bewegung oftmals vollzogen: die blitzschnelle Drehung im Boot, das Hochstemmen auf den Knien, den Ausgangspunkt der Hand, die den Marlspieker hielt, und das Niederstoßen mit der ganzen Kraft des Körpers – nun sah er auf die Uhr und dachte an eine letzte Frist.

Das Gewitter entlud sich weit über Land, so daß er nur die Blitze sehen, den Donner nicht hören konnte. Ein Kriegsschiff lief mit abgeblendeten Lichtern und in hoher Fahrt vorbei und schnitt eine weiß-grüne Linie in die lange Bucht. Die flachen Aufbauten verschwanden rasch in der Trübnis. Über den Inseln lag eine unentschiedene Helligkeit, die erste Blässe eines heraufkommenden, kalten Morgens. Auf dem Schiff rührte sich nichts.

Gombert richtete sich auf und schwang sich aus dem Boot. Er schob den Marlspieker in die Tasche seines Ölzeugs, ging zum Achterschiff, um die Strömung zu messen, kam auf Steuerbordseite wieder zurück und ging geduckt unter den dunklen Bulleyes der Messe vorbei und den Gang hinab zur Toilette. Als er vor der verkratzten Wand des Pissoirs stand, hörte er hinter sich die Pendeltür schwingen, dann einen knirschenden Schritt auf den geriffelten Fliesen, und jetzt schob sich eine Gestalt ans Nebenbecken: Gombert erkannte das Profil von Doktor Caspary.

»Ist das Gewitter vorbei?« fragte er.

»Es sieht nicht so aus«, sagte Gombert.

»Man hört aber nichts mehr.«

»Wahrscheinlich erholt es sich über der Küste und kommt wieder zurück.«

»Das wäre ein gutes Wetter, um zu segeln«, sagte Doktor Caspary.

»Ja«, sagte Gombert.

»Würden Sie uns helfen? Wir wollen in die Nähe von Faaborg; vor der Küste können Sie uns absetzen und zurückfahren zu Ihrem Liegeplatz.«

»Das müssen Sie mit dem Kapitän besprechen«, sagte Gombert.

»Ich habe Sie gefragt.«

»Ich habe nichts zu sagen.«

»Und wenn Sie etwas zu sagen hätten?«

»Wenn ich etwas zu sagen hätte, dann würde ich euch am Mast aufziehen, alle drei; und ich würde euch dort hängenlassen, bis wir einlaufen. Einen würde ich mir allerdings gesondert vornehmen.«

»So«, sagte Doktor Caspary lächelnd, »dann brauche ich also nicht betrübt zu sein, daß Sie noch nicht Kapitän sind. Es tut mir leid, aber unter diesen Umständen möchte ich es mir lieber versagen, Ihnen alles Gute für Ihre Karriere zu wünschen.«

»An Ihrer Stelle würde ich mir etwas anderes wünschen«, sagte Gombert.

»Ich tue es bereits«, sagte Doktor Caspary.

Sie drehten sich zur gleichen Zeit um, sahen einander betroffen an, als wären sie sich erst jetzt begegnet, und Gombert handelte wie in einem Reflex, den nur vollkommene Überraschung hervorruft: sein Arm zuckte hoch, die rechte Faust krachte gegen Doktor Casparys Kiefer, die linke schlug nach und schmetterte voll in sein Gesicht, so daß er mit ausgebreiteten Armen nach hinten fiel, wobei sein Hinterkopf im Sturz knapp den Beckenrand streifte. Er fiel auf den Rücken, die Sonnenbrille zersprang auf den Fliesen. Sein Körper krümmte sich und drehte sich in der Krümmung auf die Seite; Gombert kniete sich neben ihm hin und horchte auf den Gang hinaus, bevor er einen Arm unter den Nacken des Mannes schob und sein Gesicht aus dem Schatten emporhob. Ein Auge war geschlossen, das andere, das stark tränte, blickte ihn starr und gleichgültig an mit allmählich verschwimmendem Blick, und Gombert sah, daß es ein Glasauge war. Er horchte abermals, nur die Pendeltür schwang unregelmäßig hin und her, auf dem Gang blieb es still. Jetzt begriff er, was geschehen war, und überlegte, was geschehen könnte, wenn einer von ihnen – oder wenn auch Freytag – in die Toilette hereinkommen sollte, und einen Augenblick dachte er daran, zu verschwinden und den Mann liegenzulassen; doch vielleicht, dachte er, könnte das der Anfang für alles sein, ein befreiendes Signal, das die andern aufnehmen würden und das auch Freytag anerkennen würde, nun, da es einmal gegeben war und nicht mehr rückgängig gemacht werden konnte. Und er hob den Körper von den Fliesen auf, drückte ihn gegen die Wand des Pissoirs und brachte seine Schulter so darunter, daß der Körper einknickte und austariert über ihr lag.

Er brauchte nur eine Hand, um den Körper von Doktor Caspary auf seiner Schulter festzuhalten; in die andere nahm er den Marlspieker, drückte mit seiner Spitze die Pendeltür auf, verließ die Toilette und trat auf den schwach erleuchteten Gang hinaus. Unter den Bulleyes der Messe vorbei trug er Doktor Caspary über Deck, dann zur Brücke hinauf; er öffnete das Kartenschapp, ließ den schlaffen Körper von seiner Schulter auf den Stuhl gleiten, fand eine alte Signalleine in einem Regal und zog sie heraus, während er mit einer Hand den Körper festhielt, der sich zur Seite neigte und zu kippen drohte. Scharf fesselte er Doktor Caspary an den Stuhl, trat zurück wie ein Maler zurücktritt, der sein Bild begutachtet, prüfte den Sitz der Fessel, trat wieder vor und verknotete die Signalleine am Stuhlbein. Als er sich aufrichtete, glaubte er die Spur eines Lächelns auf Doktor Casparys Gesicht zu entdecken, oder die Ankündigung eines Lächelns, so daß er sich instinktiv über ihn beugte, ihn aufmerksam, mit Neugier und Widerwillen, betrachtete wie einen Käfer, der sich eine Zeitlang totgestellt hat und sich nun zu rühren beginnt. Und während er so über ihn gebeugt stand, hörte er Zumpes Stimme von der Tür, eine Stimme, in der unterdrückte Freude lag, Zustimmung und flüsternder Eifer.

»Hast du den Blöden erwischt?« fragte er flüsternd von der Tür.

»Komm rein und mach das Schott dicht«, sagte Gombert.

»Das ist ja der Überschlaue«, sagte Zumpe enttäuscht. »Ich dachte, du hättest einen von den andern beiden.«

»Der ist genausoviel wert«, sagte Gombert, »ohne ihn sind sie aufgeschmissen.«

»Hoffentlich ist ihnen das auch klar«, sagte Zumpe.

»Wir werden sie nacheinander kriegen«, sagte Gombert, »hübsch der Reihe nach, und den Großen behalte ich mir selbst vor. Jetzt ist der Anfang gemacht.«

»Weiß Freytag Bescheid?«

»Noch nicht. Aber wenn er es erfährt, muß er zu uns stehen. Jetzt kann er uns nicht zurückpfeifen.«

»Soll ich Rethorn holen?«

»Nein«, sagte Gombert. »Ich gehe zu Freytag runter und wecke ihn und sage ihm Bescheid.«

»Dann bleibe ich hier«, sagte Zumpe.

»Paß auf ihn auf«, sagte Gombert, »und wenn jemand kommt, schließ das Schapp zu.«

»Bei mir ist er sehr gut aufgehoben«, sagte Zumpe und zog den Schlüssel ab und steckte ihn in die Tasche. »Geh ruhig zu Freytag und sag ihm, was er zu tun hat.«

»Nimm den Marlspieker«, sagte Gombert.

Er gab Zumpe den schweren Marlspieker und verließ die Brücke, und Zumpe stellte sich mit dem Rücken vor die Tür des Schapps, sah auf das Deck hinab, in den kalten trüben Morgen über der Bucht. Hängende Wolkenfahnen bedeckten den Horizont, der Wind wurde stärker, sprühendes Flugwasser fegte über das Vorschiff, prasselte gegen den vorderen Mast und in feinen Tropfen bis zur Brücke hinauf. Die große Eisenbahnfähre verschwand hinter den Inseln.

Obwohl er das Verlangen hatte, in den Kartenraum zu treten und den gefesselten Mann zu sehen, blieb er draußen, um vor der Tür auf Gomberts Rückkehr zu warten, aber dann erfolgte ein ruckendes, polterndes Geräusch, das Seufzen, das ihn fürchten ließ, der Gefesselte sei mit dem Stuhl umgekippt, und so öffnete er doch die Tür und trat in den Kartenraum. Doktor Caspary saß immer noch auf seinem Stuhl; er ruckte an seiner Fessel und stemmte die Füße auf den Boden und versuchte, sich stemmend und ruckend mit dem Stuhl seitwärts zu bewegen. Es schien ihm nicht darauf anzukommen, die Fessel loszuwerden, er wollte sich nur zur Seite bewegen, und er setzte seinen Versuch fort, ohne Rücksicht darauf, daß Zumpe vor ihm stand. Keuchend, mit zurückgelegtem Kopf und gestrafftem Hals, ruckte er zentimeterweise vorwärts. Zumpe beobachtete ihn erstaunt, setzte ihm die Spitze des Marlspiekers ins Genick und sagte: »Bleib ruhig sitzen. Man wird dir früh genug Bewegung verschaffen.«

»Helfen Sie mir«, sagte Doktor Caspary.

»Was ist los? Was fehlt dir?«

»Da ist ein Spiegel«, sagte Doktor Caspary und wies mit dem Kopf auf einen rechteckigen Rasierspiegel, der in Sitzhöhe über dem Tisch hing.

»Laß ihn nur hängen«, sagte Zumpe.

»Ich will hineinsehen«, sagte Doktor Caspary.

»Du hast einen sehr schönen Hals«, sagte Zumpe.

»Helfen Sie mir.«

»Du siehst auch gut aus«, sagte Zumpe. »Ich habe mir immer überlegt, wie ein Herr aussehen müßte – jetzt weiß ich es: wenn es überhaupt so etwas wie Herren gibt, dann müssen sie so aussehen und so sein wie du: auch wenn er gefesselt ist, braucht der Herr einen Spiegel, und es würde ihm großen Kummer machen, wenn er einen unrasierten Hals in die Schlinge legen müßte. Stimmt's?«

»Drehn Sie den Stuhl etwas zur Seite, oder stellen Sie den Spiegel auf den Tisch.«

»Wir haben aber keinen Friseur an Bord«, sagte Zumpe.

»Ich brauch keinen Friseur«, sagte Doktor Caspary, »ich brauch nur den Spiegel.«

»Darf ich fragen, wozu?«

»Früher habe ich oft vor dem Spiegel gesessen und in mein Gesicht gesehen; es war sogar zeitweilig eine Lieblingsbeschäftigung von mir.«

»Solch eine Beschäftigung füllt einen Herrn auch aus«, sagte Zumpe.

»Ich saß mit einem Revolver vor meinem Spiegelbild und zielte auf das Gesicht, das ich sah: auf diese Stirn, auf diese Augen, zielte auf das Kinn oder zwischen die Lippen; stundenlang konnte ich so sitzen und das Gesicht unter dem Revolver betrachten.«

»Den Spiegel kannst du kriegen«, sagte Zumpe.

»Mehr brauch ich nicht«, sagte Doktor Caspary.

Zumpe nahm den Spiegel vom Haken, stellte ihn auf den Tisch und überzeugte sich davon, daß Doktor Caspary sein Gesicht im Spiegel sehen konnte, dann sagte er: »Der Revolver wird zu gegebener Zeit nachgeliefert«, ging hinaus und schloß den Kartenraum ab.

Gombert kam immer noch nicht zurück, obwohl Zumpe geglaubt hatte, seine Schritte nun hören zu müssen. Er lauschte am Niedergang, ging in die Brückennock und beobachtete das Deck, und nach einer Weile hörte er die Schritte von zwei Männern und dachte, daß Gombert mit Freytag zur Brücke heraufkam. Er trat an den Niedergang, um sie zu erwarten. Die Schritte kamen den Backbordgang herab, setzten aus, waren wieder zu hören, und jetzt sah er die beiden Brüder unten am Niedergang erscheinen: Eddie vorn: nervös, argwöhnisch, die Maschinenpistole in die Hüfte eingezogen; hinter ihm Eugen, müde, eine Zigarette schräg übers Kinn; sah, wie sie stehenblieben, zurücklauschten und, bevor Zumpe noch verschwinden konnte, gleichzeitig das Gesicht hoben und ihn reglos anstarrten: sie starrten ihn weder erstaunt noch überrascht oder verwirrt an, sondern so, als ob sie etwas Bestimmtes von ihm erwarteten, einen Zuruf oder eine Bewegung, vielleicht sogar eine augenblickliche Handlung, und wahrscheinlich wären sie unter ihm vorbeigegangen, wenn er ihrem erwartungsvollen Blick standgehalten und nichts getan hätte; doch plötzlich zog Zumpe seinen Oberkörper zurück und trat nach hinten in die Brückennock, und gleich darauf hörte er sie kommen. Er nahm den Marlspieker fest in die Hand, blickte auf den Einschnitt des Niedergangs, und da erschienen sie auf der Brückenplattform: der kurz hin- und herschwenkende Lauf der Maschinenpistole, Eddie und dann sein Bruder. Sie begannen, die Brücke zu untersuchen, sie gingen an Zumpe vorbei zur anderen Brückennock, flüsterten, zeigten hinab auf das Boot in den Davits; kamen zurück, ohne ihn aus den Augen zu lassen, und jetzt kamen sie zu ihm.

»Wo ist unser Mann«, fragte Eddie.

»In der Messe«, sagte Zumpe, »dort hat er sich eingemietet.«

»Er muß hier sein«, sagte Eddie.

»Auf der Brücke hat niemand etwas zu suchen«, sagte Zumpe.

»Hab keine Angst«, sagte der Riese, »wir tun deiner Brücke nichts; wir haben uns auch die Füße abgetreten.«

»Sag, wo er ist«, wiederholte Eddie.

»Ihr seid doch sonst so allwissend«, sagte Zumpe, »warum wißt ihr nicht auch dies?«

»Hier ist eine Tür«, sagte der Riese und bewegte den Drücker und versuchte, die Tür zum Kartenraum zu öffnen.

»Nimm deine Flossen da weg«, sagte Zumpe. »Niemand hat im Kartenraum etwas zu suchen, nur der Kapitän und der Steuermann.«

Eugen wiegte den Kopf, lachte ein stoßartiges, blödes

Lachen und rüttelte wieder an der Tür, so daß Zumpe unwillkürlich näher kam, den Marlspieker griffbereit in der Tasche.

»Mach auf, du«, sagte Eugen, »schnell, oder es wird etwas passieren.«

»Nimm deine Flossen vom Drücker«, sagte Zumpe warnend.

»Komm, du Zwerg, mach auf«, sagte Eddie.

»Dazu hat nur der Kapitän ein Recht und der Steuermann.«

»Und wir«, sagte Eddie. »Was wir dir sagen, ist genausoviel wert wie alles, was dir dein Kapitän sagt: du bist wohl noch nicht dahintergekommen.«

»Er hat eine sehr lange Leitung«, sagte Eugen, »zu lang für seine Körpergröße.«

Der Riese rüttelte noch einmal an der Tür, beugte sich dann zum Schlüsselloch hinab, während Eddie auf sein Gesicht sah, als hoffte er dort sogleich lesen zu können, was sein Bruder im Kartenraum entdeckte, und in dieser Sekunde zog Zumpe den Marlspieker aus der Tasche und holte aus. Er hatte den Punkt bereits im Auge – einen Punkt zwischen Eddies Schulter und Hals –, den die Spitze des Marlspiekers treffen sollte; doch bevor die Hand niederfuhr, wandte Eugen, der den gefesselten Mann im Kartenraum sofort gesehen hatte, den Kopf, sah die emporgerissene Hand über der Schulter seines Bruders und versetzte ihm einen knappen Stoß mit dem Ellenbogen, daß Eddie gegen das Brückengeländer taumelte, sich mit dem Rücken auffing und wieder abdrückte wie ein Boxer vom Seil, und in dieser Bewegung schoß er.

Schräg von unten nach oben zog der Lauf der Maschinenpistole, kleine zerrissene Flammen vor der Mündung; die Geschosse sägten in Zumpes Körper von der Hüfte bis zum Schlüsselbein, schleuderten ihn in die Brückennock zurück wie ein Sturmstoß, und er sah erstaunt aus, als er in die Knie ging, einen Augenblick sehr erstaunt dahockte und dann aufs Gesicht fiel. Seine Füße scharrten leicht auf der Brückenplattform, die hornharten, krallenartigen Finger tasteten zur Seite.

»Siehst du«, sagte Eugen traurig, »siehst du.«

Eddie schob die ausgeworfenen Patronenhülsen mit dem Fuß zur Seite und sagte: »Schnell, sie werden gleich kommen. Wir müssen etwas tun.«

»Der Doktor ist hier drin«, sagte Eugen.

»Dann mach die Tür auf.«

»Ich hab es versucht«, sagte Eugen, »aber die Tür ist stärker.«

»Weg da«, sagte Eddie, »nach hinten.«

Er hielt den Lauf der Maschinenpistole schräg gegen das Türschloß und feuerte; die Leiste splitterte, Querschläger sirrten über das Deck. Dünner Rauch entwickelte sich an der Einschußstelle. Mehrere Stöße feuerte er gegen das Schloß, und die Kugeln hieben es auseinander und sprengten die Tür auf. Während Eddie den Lauf zum Niedergang schwenkte, trat Eugen in das Kartenschapp und band Doktor Caspary los, der sich schmunzelnd die Handgelenke massierte, das Genick, dann eine Zigarette aus seinem Etui nahm, sie sorgfältig in die Spitze schraubte und anzündete.

»Danke Eugen«, sagte er höflich. »Das ist etwas, was ich dir nicht vergessen werde.«

»War's schlimm?« fragte Eugen besorgt.

»Nur enttäuschend«, sagte Doktor Caspary. »Es fällt ihnen nichts ein; in allem, was sie zeigen und tun, sind sie gediegen, erschreckend gediegen: in ihrer Phantasie und in ihren Straftaten.«

»Wir müssen abhauen«, sagte der Riese.

»Warum? Nun können wir doch in Ruhe frühstücken.«

»Draußen liegt einer und guckt nach unten«, sagte Eugen. »Der Zwerg, er hat's nicht besser haben wollen.«

»Ich habe es gehört«, sagte Doktor Caspary.

»Kommt raus da«, rief Eddie von der Brücke.

»Gleich wird Eddie ärgerlich«, sagte Eugen.

»Dann wollen wir rausgehen«, sagte Doktor Caspary.

Stimmen der Besatzung auf Deck, als sie das Kartenschapp verließen: Freytags Stimme, die belegte Stimme von Rethorn und die verstörten Rufe des Kochs: »es hat geschossen, hier wurde geschossen«, und dann Schritte unten und Getrappel auf dem Niedergang, bis Freytags Gesicht sich über die Plattform hob. Freytag stutzte, als er Eddie entdeckte und den Lauf der Maschinenpistole, der auf ihn gerichtet war, doch er tauchte nicht weg, hob sich langsam weiter empor, zäh, angestrengt, als verlangte die Mündung, in die er blickte, all seine Kraft; kam hinauf, bis die Kante des Niedergangs seinen Oberkörper abschnitt, blieb stehen, zögerte, sah jetzt auf den mit gespreizten Beinen dastehenden Mann, der ihn mit vollkommener und unberechenbarer Ruhe beobachtete und dann leise sagte: »Nicht weiter.«

Freytag gehorchte. Die Warnung gab ihm ein Gefühl der Sicherheit, er spürte, daß er die Grenze erreicht und, solange er sie nicht überschritt, kaum etwas zu erwarten hatte, und er löste seinen Blick von Eddie, sah über die Brücke und in die Nock, in der Zumpe lag: die Hände flach auf die Plattform gedrückt, als habe er seinen Körper im Sturz auffangen wollen.

»Geh zurück«, befahl Eddie. »Verschwindet alle und wartet, bis wir unten sind. Wir kommen jetzt runter.«

»Bitte«, sagte Doktor Caspary, »machen Sie den Niedergang frei.«

Wieder gehorchte Freytag, schob sich langsam nach unten; eine flüsternde Beratung, und die Schritte mehrerer Männer entfernten sich im Backbordgang, so daß sie keinem begegneten, als sie – Eddie voran und zum Schluß Doktor Caspary – hinabstiegen und in die Messe gingen, die der Riese vorsorglich abgeschlossen hatte. Erst als sie die Tür zur Messe hinter sich zugezogen hatten, traten Freytag, Gombert und Rethorn aus der Kombüse, wo sie gewartet hatten, und stiegen auf die Brücke hinauf.

Gombert kniete sich neben Zumpe hin und drehte ihn um: unter seinem Körper lag der Marlspieker, den er ihm selbst gegeben hatte, und von der Hüfte bis zur Schulter hinauf zog sich ein blutiger Streifen wie die Andeutung einer Schärpe, die die Geschosse in ihn hineingesägt hatten. Auf seinem Gesicht lag immer noch der gleiche Ausdruck gequälten Erstaunens, starr und endgültig, eingeschnitten wie in eine Maske. Sie nahmen die Mützen ab und sahen auf Zumpe hinab; dann kniete Freytag sich hin, öffnete Zumpes Jacke und leerte seine Taschen; legte eine Pfeife auf Deck, ein Bordmesser, verzinkte Nägel und eine verbeulte Tabaksdose und zuletzt die von der Geschoßgarbe durchlöcherte Brieftasche. Er klappte die Brieftasche auseinander, fand den fleckigen Zeitungsausschnitt unter dem Cellophanstreifen und wußte, daß es Zumpes Todesanzeige war, die er jedesmal hatte kreisen lassen, sobald Neue an Bord gekommen waren. Er steckte alles ein und richtete sich auf.

»Bring ihn runter«, sagte Freytag zu Gombert.
»Wohin?«
»Bring ihn ins Segelschapp.«
»Soll ich alles fertigmachen«, fragte Gombert.
»Warum fragst du?«
»Wenn das Versorgungsboot kommt – es könnte ihn mitnehmen an Land.«
»Ich weiß nicht«, sagte Freytag. »Zuerst bring ihn runter.«

Gombert hob den Toten an den Schultern an und schleifte ihn zum Niedergang, und Freytag stieß die hin- und herschlagende Tür des Kartenraumes auf, legte alles, was einst Zumpe gehört hatte, auf den Tisch und bedeckte es mit dem Logbuch.

»Was willst du tun?« fragte Rethorn. »Wir müssen seinen Tod melden, die Direktion muß es erfahren, und Zumpes Angehörige müssen es auch erfahren.«
»Er hatte keine Angehörigen«, sagte Freytag. »Ich weiß nicht, wo er rumsaß und was er machte, wenn wir in der Werft waren; ich weiß nur, daß keiner auf ihn wartete.«
»Dann muß es die Direktion erfahren«, sagte Rethorn.

»Er hat nicht aufgepaßt«, sagte Freytag, »Zumpe hat sich nicht an das gehalten, was wir abgemacht hatten.«

»Sag nur, daß du ihm die Schuld gibst für alles.«

»Nein«, sagte Freytag, »ihm nicht, aber dem Mann, der im Nebel das Boot abgeschnitten hat. Wenn Soltow ihr Boot repariert hätte, dann wären sie jetzt von Bord, und wir könnten unsere Meldung abgeben und dafür sorgen, daß sie keine zwanzig Meilen weit kommen.«

»Ich habe das Boot nicht abgeschnitten«, sagte Rethorn.

»Wer dann?« rief Freytag.

»Ich nicht, und ich habe auch keinem gesagt, daß er das Boot abschneiden soll. Ich gebe dir mein Wort.«

»Du weißt, wieviel ich von deinem Wort halte«, sagte Freytag verächtlich.

»Ich war es nicht«, sagte Rethorn.

»Laß mich allein«, sagte Freytag. »Ich kann dich jetzt nicht brauchen.«

Er ließ Rethorn stehen, zog den Stuhl heran, setzte sich und blickte auf das Logbuch, und dann nahm er es in die Hand und schlug es auf. Lange las er die letzten Eintragungen, er selbst hatte sie gemacht, doch nun muteten sie ihn wie aus einer fremden Zeit an, von einem anderen Mann als dem geschrieben, der er jetzt war oder zu sein glaubte: die Seenachrichten, die Wettermeldungen, die Schiffsbewegungen in der Bucht – alles kam ihm unglaubhaft vor, und der ewig wiederkehrende Schluß – keine besonderen Ereignisse – erschien ihm wie eine bequeme Lüge, mit der er seine Versäumnisse zu decken versucht hatte oder seine Unfähigkeit, wirklich alles zu erfahren, was sich ereignet hatte; und während er das empfand, faltete er das Logbuch auseinander und begann zu schreiben. Früher hatten zehn Zeilen genügt, um einen Tag abzustreichen und loszuwerden; jetzt – und er merkte es erst, als die ganze Seite voll war – war es nötig, einen Extrabogen anzuheften, den er hinter die Datumsseite legte und mit einer Klammer befestigte. Er schrieb alles auf, das, was er selbst gesehen und gehört hatte: seine Anordnungen notierte er, die Handlungen der Besatzung und das Verhalten der drei Schiffbrüchigen – vom ersten Tage an. Er glaubte, weder seine Vermutungen ausgelassen zu haben noch die entscheidenden Stellen der Gespräche, die er aus dem Gedächtnis zitierte, und nachdem er vier Seiten über den ersten Tag geschrieben hatte, hatte er das Gefühl, daß dieser Tag noch nicht abgeschlossen war und daß immer noch etwas fehlte.

Plötzlich hob er den Kopf. Die Tür mit dem zerschossenen Schloß schlug nicht mehr; ein Fuß hatte sich in den Spalt geschoben, eine Hand um die zersplitterte Leiste gelegt. Freytag schloß das Logbuch sofort, legte es ins Regal zurück und holte das Zeug, das in Zumpes Taschen gewesen war, mit einer wischenden Armbewegung zu sich heran. Er spürte, wie die Tür schräg hinter ihm geöffnet wurde, fühlte die Nähe des eintretenden Mannes, seinen unterdrückten Atem, doch er blickte sich nicht um, obwohl ihn die fremde Anwesenheit herumzuzwingen suchte. Und dann hörte er die weiche, klare Stimme von Doktor Caspary: »Ich mußte noch einmal zurückkommen«, sagte er, »ich habe damit gerechnet, Sie zu stören, doch ich mußte Ihnen sagen, wie sehr ich den Vorfall bedaure.«

»Es war kein Vorfall«, sagte Freytag, »es war Mord.«
»Sie vergessen, daß es in Notwehr geschah.«
»Was ich gesehen habe, habe ich gesehen.«
»Was einer sieht, reicht nicht aus.«
»Gehn Sie fort«, sagte Freytag, »gehn Sie zu Ihren Leuten.«
»Meine Leute bedauern ebenfalls, was geschehen ist.«
»Sie und Ihre Leute haben nie etwas bedauert.«
»Vielleicht haben Sie recht«, sagte Doktor Caspary. »Wahrscheinlich haben wir nie etwas bedauert, denn wer bedauert, will nicht vergessen, und wir wollen gründlich vergessen: darin gleichen sich meine Leute – wie Sie meinen – und ich. Trotzdem bin ich hier heraufgekommen,

um Ihnen wenigstens zu sagen, daß das, was geschehen ist, nicht zu geschehen brauchte.«

»Ist das alles?« fragte Freytag.

»Nein«, sagte Doktor Caspary höflich, »keineswegs. Ich habe Ihnen noch etwas anderes zu sagen: wir haben uns entschlossen, Sie zu verlassen; unglücklicherweise können wir nicht die Tür öffnen und gehen, denn es ist beileibe nicht jedem gegeben, über Wasser zu wandeln. Wir sind dabei auf Hilfe angewiesen, und wenn Ihr Beiboot nicht in zwei Tagen fertig ist, werden Sie uns helfen, mit dem Schiff dort hinzukommen, wo wir hinwollen. Wir werden uns Ihre Hilfe sichern, Kapitän, seien Sie davon überzeugt. Ich kenne Ihre Antwort und Ihre Überzeugung – lassen Sie es nicht so weit kommen, daß Sie erfahren müssen, wieviel beide wert waren. Es gibt etwas, das stärker ist als alle Überzeugungen – im Ernstfall zumindest.«

»Sie kommen sich sehr stark vor, ich weiß; so wie Sie redet man, wenn man einen Revolver in der Tasche hat, aber ich möchte Sie einmal hören, wenn Sie unbewaffnet wären oder wenn auch wir Waffen hätten.«

»Was Sie feststellen, ist nicht neu, Kapitän: so wie heute ein Revolver den Satzbau verändern kann, so hat schon die erste Schleuder dafür gesorgt, daß sich der Umgangston zwischen Menschen änderte: Wer Waffen hat, findet immer ein anderes Verhältnis zur Sprache als ein Unbewaffneter. Übrigens habe ich mich entschlossen, auch etwas einzustecken – obwohl ich jedes Gewicht in der Tasche hasse; vielleicht sagen Sie das Ihrem Mann, der die Toilette gerade für gut genug hielt, mich niederzuschlagen. Ich hoffe nur, daß es ohne Ihr Wissen geschah.«

»Täuschen Sie sich nicht«, sagte Freytag, »täuschen Sie sich ja nicht: wenn Sie versuchen sollten, den Anker dieses Schiffes mit Gewalt hochzuholen, dann werden Sie etwas erleben. Alles können Sie an Bord versuchen, aber nicht das. Sie werden sich wundern.«

Doktor Caspary entdeckte den Federhalter auf dem

Tisch, blickte zum Logbuch im Regal, nahm es heraus, schlug es auf und begann zu lesen. Das Gestell der Sonnenbrille war mit dünnem Draht geflickt, ein Glas fehlte, so daß sein Gesicht jetzt eulenhafte Züge trug. Er las ohne Reaktion zu Ende, was Freytag geschrieben hatte, dann legte er das Logbuch auf den Tisch und riß die Seiten heraus.

»Sie erlauben doch«, sagte er. »Ich handle nur in Übereinstimmung mit meiner Ansicht, daß es Ihrem Schiff gut täte, endlich ein Geheimnis zu haben, einen dunklen Punkt. Außerdem wissen Sie bereits, daß wir an unseren Spuren nicht sonderlich interessiert sind.«

»Das Versorgungsboot«, rief Rethorn vom Ausguck zur Brücke hinüber.

»Das Versorgungsboot kommt«, sagte Freytag und erhob sich.

»Was bedeutet das?« fragte Doktor Caspary.

»Genau das, was Sie gehört haben«, sagte Freytag und erhob sich. »Das Versorgungsboot kommt längsseits.«

»Also Besuch«, sagte Doktor Caspary.

»Angenehmer Besuch«, sagte Freytag.

»Bleibt das Boot lange hier?«

»Das liegt an uns«, sagte Freytag, »und daran, wieviel wir zu erzählen haben.«

»Ich fürchte, Sie haben nicht allzuviel zu erzählen.«

»Es gibt immer etwas zu erzählen.«

»Sehr gut«, sagte Doktor Caspary. »Wir werden die Messe räumen und hier heraufziehen, auf die Brücke – zumindest für die Dauer Ihres Besuches. Sie kennen unsere Lage, Kapitän, und Sie wissen, wozu sie uns unter Umständen zwingen könnte. Berücksichtigen Sie das bei Ihren Erzählungen.«

»Was verlangen Sie?« fragte Freytag.

»Daß Sie das verschweigen, worauf es Ihnen ankommt – so wie es in einer guten Erzählung der Fall ist. Man braucht nicht alles zu verstehen, und einige Ungewißheiten muß man in Kauf nehmen. Wenn Ihr Besuch Fragen stellt oder sich zu wundern beginnt, dann verweisen Sie ihn aufs Lexikon.«

»Sie sind –«

»Ja, was wollten Sie sagen?«

»Ich wünsche mir, euch einmal zwischen die Finger zu kriegen«, sagte Freytag, »euch alle drei, hintereinander oder wie ihr es haben wollt, offen, von Mann zu Mann, und dann möchte ich mich mit euch unterhalten. Ihr würdet so klein werden, so klein.«

»Irren Sie sich nicht, Kapitän: eine gewisse Größe des Menschen wird nicht nur durch seine Beweggründe, sondern auch durch seine Anatomie garantiert.«

Freytag legte das Logbuch zurück an seinen Platz und ging hinab zum Fallreep, wo ein Teil der Besatzung stand und das Versorgungsboot erwartete, das tief im Wasser liegend direkt auf sie zuhielt. Der lang vorgezogene Bug des Versorgungsbootes schnitt durch die Wellenkämme, drückte das Wasser bis zu den schmalen Stoßfendern auf; schlingernd kam es von achtern auf, gewann an Breite, und nun winkte einer im Heck mit der Hand, stand auf, nahm die Ruderpinne zwischen die Schenkel und manövrierte das Boot stehend ans Fallreep.

Ohne den Kopf zu wenden, blickte Freytag zur Brücke hinauf und sah die beiden Brüder hinter der Brüstung geduckt dastehen und wußte, daß sie ihre Waffen in der Hand hatten. Bevor die Leine klatschend hinabfiel zum Versorgungsboot, gab Freytag Gombert ein Zeichen, sprach auf ihn ein, und Gombert trat zu jedem, der am Fallreep stand, und flüsterte ihm etwas zu; dann kamen die Männer aus dem Versorgungsboot an Deck, zwei Männer in schweren Joppen, hoch gewachsen, schlecht rasiert; sie trugen schwarze Schirmmützen auf dem Kopf und die Hosen in den Stiefeln. Sie sagten »Moin« und schoben die Hände in die Taschen und witterten in Richtung zur Messe.

»Wenn ich hier nicht was zu trinken bekomme«, sagte der eine, »verdurst ich auf der Stelle. Mir ist einfach schwarz vor Durst.«

»Also gehn wir in die Messe«, sagte Freytag.

Zuerst tranken sie Rum mit Tee und saßen unter den angedunkelten Porträts ehemaliger Feuerschiffs-Kapitäne, während die anderen Güter und Post aus dem Versorgungsboot übernahmen. Freytag schob ihnen eine Kiste mit sehr guten Zigarren hinüber, holte eine Flasche sehr guten Kognak, und sie klopften ihre Pfeifen aus und ließen die Tassen mit Rum und Tee stehen, und einer von ihnen sagte: »Im allgemeinen bekommt man im Ausverkauf nur Nusch; bei euch ist es umgekehrt: Ihr fahrt die bessern Sachen auf beim Winterschlußverkauf.«

»Wie fühlt man sich auf der letzten Wache?« fragte der andere.

»Anders als sonst«, sagte Freytag. »Ich kann mir gar nicht vorstellen, daß wir hier weggehen.«

»So hab ich's mir gedacht«, sagte der eine.

»Kennst du Bohnsack?« fragte der andere. »Er lag mit seinem Schiff draußen vor dem Kanal, und als sie es einzogen, hat er sich die Aufbauten von einem alten Dampfer, den sie abwracken wollten, an Land setzen lassen; er hat sie gekauft und hat sich alles so eingerichtet wie auf seinem Schiff. Es ist genau wie an Bord. – Willst du dir auch so was zulegen?«

»Ich weiß nicht«, sagte Freytag, »noch sind wir nicht an Land.«

»Es dauert aber nicht mehr lange.«

»Ich wäre froh, wenn ich alles hinter mir hätte.«

»Warum trinkst du nichts?« fragte der eine. »Es ist ein sehr guter Kognak, und außerdem deiner.«

»Nicht jetzt«, sagte Freytag.

»Dann auf euer Wohl«, sagte der andere.

Sie tranken, seufzten, dann sagte der eine von ihnen: »Wir sollten uns von dem Kasten verabschieden, bevor er eingezogen wird.«

»Das ist nicht nötig«, sagte Freytag.

»Nur einen Rundgang«, sagte der andere.

»Trinkt noch was«, sagte Freytag.

»Eine gute Idee«, sagte der eine und roch mit geschlossenen Augen an einer Zigarre.

»Ich hab euch auch was mitgebracht«, sagte der andere, »ein Abschiedsgeschenk.«

Er hob vorsichtig einen runden Pappkarton auf den Tisch, löste die Schnur und forderte Freytag auf, den Deckel abzuheben.

»Eine Torte?« fragte Freytag.

»Wie gehabt«, sagte der eine, »diesmal nur mit Kirschen.«

»Ich würde sie schnell essen, denn in den letzten drei Tagen werden viele längsseits kommen, und dann könnt ihr eine Konditorei aufmachen, soviel Torten werden sie euch an Bord bringen.«

»Ich werde Trittel suchen, damit er uns einen Kaffee kocht«, sagte Freytag.

»Laß man«, sagte der andere, »das kann ich besorgen, dabei sehe ich mich gleich ein bißchen um.«

»Ich finde ihn schneller«, sagte Freytag. »Ich bin gleich wieder zurück. Nehmt euch in der Zwischenzeit noch einen Kognak.«

»Keine Einwände«, sagte der eine.

»Bei euch ist es so gemütlich wie zu Hause«, sagte der andere. »Darum will ich die Gemütlichkeit auch nicht stören.«

»Hier liegt eine Patrone«, sagte der eine. »Schrot. Schießt ihr Enten?«

Freytag nahm ihm die Schrotpatrone aus der Hand. »Fred hat sie verloren«, sagte er, »mein Junge. Ich habe ihn mit an Bord.«

»Mach schnell«, sagte der andere, »sonst trinken wir die ganze Flasche aus.«

»Ich weiß nicht, was ich mehr bewundern soll«, sagte Doktor Caspary zu Freytag, »Ihre Vorsicht oder Ihre Standfestigkeit. Jedenfalls wären Ihre Freunde ohne Ihre Hilfe kaum ins Boot gekommen, während Sie selbst den

Eindruck machen, als ob Sie sich in der ganzen Zeit ausgeruht hätten. Glauben Sie, daß das Versorgungsboot sicher zurückfindet?«

»Das braucht nicht Ihre Sorge zu sein«, sagte Freytag.

»Aber es sind doch Ihre Freunde«, sagte Doktor Caspary, »und sie hatten eine bemerkenswerte Schlagseite, als sie von Bord gingen. Wenn ich einen Anlaß dazu hätte, würde ich mir Sorgen machen.«

Freytag saß auf einem Klappstuhl, der mit Segeltuch bespannt war, sah dem vage blinkenden Hecklicht des Versorgungsbootes nach, das sich in der fahlen Nachmittagsdunkelheit entfernte: sie hatten zweimal zusammen Kaffee getrunken und vor dem Kaffee und zum Kaffee Kognak, und die hochgewachsenen Männer in den Joppen hätten vergessen, daß sie zurückmußten, wenn Freytag sie nicht daran erinnert hätte. Jahrelang waren sie hinausgeschlingert zum Feuerschiff, doch nie hatten sie sich so festgesoffen wie diesmal; zuletzt hatte keiner mehr von ihnen geredet: schweigend, mit hängenden Augenlidern hatten sie sich gegenübergesessen, von Zeit zu Zeit ihre Körper, die vornüberzusacken drohten, schreckhaft gestrafft, wobei sie sich wieder fanden und, auf ein schnalzendes Kommando, ihre Gläser ergriffen. Unter dem aufgestützten Arm des einen Mannes hindurch hatte Freytag die Tür der Messe beobachtet, an seinen geröteten Ohren vorbei durch das Bulleye geblickt, und als der Wind sich legte, fahle Dunkelheit über die Bucht fiel und Freytag wußte, daß sie etwas zu erwarten hatten, war er aufgestanden und hatte die Männer zum Boot gebracht und war zur Brücke hinaufgegangen. Das Pfeifen in den Antennendrähten hatte aufgehört, das Schiff lag unbewegt da an langer Ankerkette. Zwei Tümmler zogen vorbei, schnellten sich in die Luft, tauchten gekrümmt ein, kamen mit kleiner, zischender Fontäne wieder hervor; sie schwammen zur offenen See hinaus und schnitten eine Spur über das glanzlose Wasser. Die See war jetzt ohne Widerschein, stumpf und grau; das dunkle Blau des Inselstrichs war verschwunden, das warnende Grün der Wracktonne, nirgendwo das stechende, kupferne Aufblitzen bewegten Wassers, und die Küste, die wie eine flimmernde Spiegelung über dem Horizont gestanden hatte – so, als schwebe sie stahlgrau über dem Wasser –, sank mit der fahlen Dunkelheit und kam außer Sicht. Sie gaben Seewarnnachrichten durch.

Doktor Caspary legte den schmalen Lederriemen des Fernglases über seinen Nacken; er trug einen Stuhl aus dem Kartenschapp heraus, machte gegen Freytag eine Geste, mit der er um Einverständnis bat, und setzte sich. Lange beobachtete er das Versorgungsboot durch das Glas, sah das vage Licht immer tiefer auf die See hinabsinken, bis es schließlich herkunftslos über das Wasser zu gleiten schien, trübe, unsicher flackernd, und dann kippte es plötzlich flach in die See und blieb verschwunden.

»Ich schätze, nun werden sie bald an Land sein«, sagte Doktor Caspary. »Jedenfalls kommen sie noch vor dem Wetter nach Hause. Sie glauben doch auch, Kapitän, daß wir etwas zu erwarten haben?«

»Sie haben eine Menge zu erwarten«, sagte Freytag.

»Es trifft mich nicht unvorbereitet«, sagte Doktor Caspary. »Ich erwarte immer etwas; seit vielen Jahren rechne ich jeden Tag mit einem ganzen Bündel von Quittungen.«

»Die werden Sie bekommen«, sagte Freytag, »vielleicht schon bald.«

»Um so besser«, sagte Doktor Caspary. »Ein Schuldner rechnet schließlich damit, gelegentlich einen Wechsel zu sehen; wenn er zu jedem Termin ausbleibt, beginnt man argwöhnisch zu werden und fragt sich, was dahinterstecken mag.«

»Man wird Sie schon nicht vergessen«, sagte Freytag.

»Ich bin nicht so zuversichtlich«, sagte Doktor Caspary.

Freytag hatte bisher über die Brüstung hinausgesprochen, ohne Doktor Caspary anzublicken; jetzt drehte er sich um und sagte:»Ich bin in meinem Leben Männern begegnet, die mir zuwider waren, wenn ich sie nur ansah – Typen, die ich am liebsten als Kielschwein hinter dem Schiff gehabt und durch alle Wasser der Erde geschleift hätte, aber keiner war mir so zuwider wie Sie. Ich frage mich manchmal, ob so etwas wie Sie überhaupt einen Vater gehabt haben kann.«

»Sie werden lachen«, sagte Doktor Caspary, »ich hatte einen; und da Sie sich schon nach ihm erkundigen: er war sogar ein bekannter, frommer Mann, wenigstens bei denen, die unterwegs sind – bei den Reisenden in der Eisenbahn. Da Sie selbst die Eisenbahn wenig benutzt haben, dürften Sie ihn kaum kennen, aber viele würden sich sofort erinnern, wenn der Name meines Vaters genannt wird. Nicht lange nach dem ersten Krieg hat mein Vater auf fast allen Bahnhöfen Norddeutschlands Kioske aufstellen lassen, in denen Südfrüchte und religiöse Schriften verkauft wurden; auf den Kiosken stand groß: ›Erfrischungen für alle Wege‹, und darunter, etwas kleiner: ›Vertrau' dich Reinhold Caspary an.‹ Das stand auch auf den Obsttüten, während die religiösen Schriften Titel hatten, die auf den Zustand eines Reisenden Bezug nehmen. Sie hießen etwa: ›Alle Wege führen zu Dir‹, oder ›Die Reise durchs Nadelöhr‹, und einmal las ich die Überschrift: ›So süß bringt nur Er dich ans Ziel‹ – worunter man durchaus meinen Vater und seine Blutapfelsinen verstehen konnte. Die Kioske ließen sich gut an; mein Vater hatte erkannt, daß der Mensch in der Eisenbahn mehr vom Durst als vom Hunger geplagt wird, und dieser bescheidenen Erkenntnis verdankte er sein Vermögen.«

Doktor Caspary schwieg lächelnd, zündete sich eine Zigarette an und fuhr fort: »Sie sind der erste Mann, Kapitän, dem ich dies erzähle; es geschieht überhaupt zum ersten Mal, daß ich von meinem Vater spreche. Ich hielt nicht viel von ihm.«

Freytag sah sich überrascht um: wie einmal schon, so

klang es auch diesmal überzeugend und wie ein Geständnis, und er hatte das Gefühl, daß Doktor Caspary ihn nicht nur unterhalten wollte. Er sagte – und im Augenblick, da er es sagte, merkte er, daß es etwas anderes war als das, was er zu sagen vorhatte –: »Ihr Vater wird genausoviel von Ihnen gehalten haben.«

»Das stimmt«, sagte Doktor Caspary. »Er hat es mir oft genug zu verstehen gegeben, und bald nachdem mein Vater ein Vermögen erworben hatte, verpachtete er die Kioske, vergrub sich in seinem Zimmer und zeigte nur noch zweierlei Interessen: die Bibel und unsere Familiengeschichte. Was die Heilige Schrift angeht, so wurde er ein bekannter Bibelausleger, dessen Kommentare zu den alttestamentarischen Prophetien gern von Sonntagsblättern gedruckt, allerdings, wie mein Vater zu verstehen gab, zu schlecht bezahlt wurden. Was unsere Familiengeschichte betrifft, so mußte mein Vater bekümmert entdecken, daß sie nicht bis zu den Kreuzzügen hinabreichte, und nicht nur dies: beim Stöbern fand er etwas, das seinen Kummer noch vertiefte: alle vierzig Jahre – das fand er heraus, und er eröffnete es uns an meinem sechzehnten Geburtstag – tauchte in unserer nicht sehr bemerkenswerten Familie ein bemerkenswerter Querschläger auf, ein Gewohnheitsdieb, ein Betrüger, ein Mörder – wobei er allerdings hinzufügte, daß es sich ausnahmslos um begabte Querschläger gehandelt habe. Das Fazit, zu dem er gelangt war, faßte er in die Worte: ›Jetzt sind gerade wieder vierzig saubere Jahre vorbei‹, und darauf wußte er nichts anderes zu tun, als mich eindringlich und stumm befragend anzublicken, obwohl er mit demselben Recht meinen Zwillingsbruder Ralph hätte anblicken können. Jedenfalls tat ich an jenem Abend folgendes: ich trat vor einen Spiegel und entdeckte einen Fremden.«

Ein heftiger Windstoß fuhr über das Schiff und brausend über das Wasser, das sich zu riffeln begann wie Wellblech, aufgeworfen wurde und, während weite Flächen der Bucht noch glatt und glanzlos waren, als ob ein unsichtbarer Zaun sie schützte, krausend in Richtung zur Küste lief. Das Schiff schien sich zu heben unter dem Stoß, torkelte leicht und schwojte, und der Bugspriet drehte langsam, als suchte er sich in die Richtung zu bringen, aus der ein neuer Stoß erfolgen könnte. Ein polterndes Geräusch drang aus dem Kettenkasten im Vorschiff. Gombert räumte die Back auf und ging nach vorn und blickte auf die Kette hinab, die durchhängend zum Grund führte. Hinter den Inseln warf ein Küstenschoner Anker.

»Jetzt scheint es wohl zu beginnen«, murmelte Doktor Caspary gleichgültig.

Freytag schwieg und schlug den Kragen seiner Joppe hoch.

»Immerhin«, sagte Doktor Caspary, »Sie können sich vorstellen, wie mir zumute war, als mich mein Vater so eindringlich anblickte. Es hatte fast den Anschein, als ob er mich für berufen oder auserwählt hielt, den nun fälligen Querschläger in der Familientradition abzugeben. Ich kann nicht sagen, daß ich darüber erschrak; ich begann lediglich, mich mit diesem Gedanken zu beschäftigen – ohne daß ich etwa damit anfing, in meinem Zimmer Fliegen zu quälen, und als mein Zwillingsbruder sich später für das juristische Studium entschied, entschied auch ich mich dafür. Wir saßen in denselben Kollegs, schrieben dieselben Arbeiten, und etliche Leute – mein Vater allerdings ausgenommen, denn er starb während unseres Studiums – sahen bereits voraus, daß unsere bis dahin übereinstimmenden Bemühungen zu einem Anwaltsbüro mit dem Briefkopf: Caspary & Caspary führen würden.

Fast hätten diese Leute auch recht behalten, doch dann – und mir fallen dabei die alttestamentarischen Prophetien ein, die mein Vater so gern kommentierte – verlangte unsere Familientradition ihre Schuldigkeit: ich muß sagen, das erste Mal handelte ich ganz instinktiv, beziehungsweise spontan; zufällig war ich Zeuge einer Erpressung geworden; ich empörte mich gegen den Erpresser und fand keine andere Möglichkeit, ihn zu bestrafen, als ihn meinerseits zu erpressen. Da er sich damit abfand, hielt ich mich in diesem Fall für gerechtfertigt; gleichzeitig aber empfand ich so etwas wie eine größere, generelle Rechtfertigung für mein zukünftiges Tun in dieser Hinsicht – die größere Rechtfertigung ging von meiner Familie aus: die Tatsache, daß gerade wieder vierzig ›saubere‹ Jahre vorbei waren und ein Querschläger erwartet wurde, ließ mich annehmen, daß meine Familie mir gleichsam auf dem Vorwege alles bewilligen werde, was einer unrühmlichen Ausnahme zugestanden werden muß: besondere Leiden, besondere Laster und eine besondere Moral. Da man sich auch bei der Wahl seiner Verbrechen vergreifen kann, ließ ich mir Zeit und plante mit Umsicht: um etwas Bemerkenswertes zustande zu bringen, muß man unabhängig sein – eine Voraussetzung, die überall gilt und die ich dank meines Vaters erfüllte, der mich – wer weiß – eines Tages vielleicht sogar selbst dazu gebracht hätte, für die Erfüllung des Familiengesetzes zu sorgen... Hören Sie mir noch zu? Gut... Ich begann also, meine Neigungen zu beobachten, meine Bedürfnisse und stellte bald fest, daß ich unter einem ansehnlichen Lebenshunger litt: ich wollte erfahren, was einem Mann nur möglich ist zu erfahren; ich wollte mehr aufnehmen, sammeln und an mich reißen, als in einem Leben, in einer Existenz zu schaffen ist. Wir sind alle Leibeigene unseres Selbst, gefangen wie das Insekt im Bernstein, wir sind gekreuzigt an dies eine Leben, und jede fremde Erfahrung müssen wir erst durch die Festungstore unseres Ichs einschmuggeln. Das paßte mir nicht; ich wollte nicht nur ich sein, nur in dieser armseligen Identität mit Wolfram Caspary leben, und so begann ich, mir systematisch mehrere Leben zuzulegen... Interessiert es Sie noch, ja?...«

Doktor Caspary machte eine Pause, rieb den klobigen Siegelring in der Hüfte, nachdenklich, als wollte er eine Staubschicht der Erinnerung fortwischen, dann legte er Freytag eine Hand auf die Schulter und deutete mit der andern auf einen treibenden Gegenstand in der Dunkelheit.

»Da«, sagte er, »sehen Sie das?«

Es war ein matt schimmernder Gegenstand, der von den kurzen heftigen Seen vorbeigetrieben wurde, und Freytag erhob sich und sah ihm nach, ohne ein Wort zu sagen. Der Bug tauchte jetzt tief ein und nahm Brecher über, deren Wasser schäumend über das Mitteldeck spülten, und das Schiff ruckte hart an der Kette und schien sich aufzubäumen in seiner Fesselung. In den Antennendrähten und in den Wanten pfiff der Wind, auf den Inseln flammten Lichter auf, die unsicher herüberblinkten. Die See war mit Schaumkronen bedeckt.

»Er ist verrückt«, dachte Freytag, »er ist einer von denen, die man zu heiß gebadet hat. Das ist genau einer von diesen Burschen, denen das Leben nicht ausreicht, weil sie nicht eine einzige Sache zustande kriegen.«

»Sehen Sie«, sagte Doktor Caspary – und er hob seine Stimme, um sich besser verständlich zu machen –, »so fand ich einen Ansatzpunkt für das, was ich vorhatte: ich legte mir drei Leben zu. Eins fiel mir gewissermaßen in den Schoß, oder es wurde mir wie eine Speise gebracht, die ich zwar nicht bestellt hatte, die aber so gut aussah, daß ich mich dennoch entschloß, sie zu essen: das Leben meines Zwillingsbruders Ralph. Ich nahm es an, nachdem wir zusammen mit unserm Segelboot in der Elbmündung gekentert waren. Da ich unsicher war, wieviel ich mir als Schwimmer zutrauen durfte – Sie wissen, daß Ertrinkende mit Vorliebe klammern –, wagte ich nicht, meine wenigen Kräfte bei einer Hilfeleistung zu verschwenden, die wahrscheinlich doch umsonst gewesen wäre. Ich rettete mich mit Ach und Krach ans Ufer, mein Bruder ertrank. Ich übernahm seine Anwaltspraxis, ließ mich selbst für tot erklären und fand ein Leben als hamburgischer Rechtsanwalt... Hören Sie? Ich bin noch nicht fertig...«

Freytag war aufgestanden, trat nun ins Kartenschapp und befestigte die hin- und herschlagende Tür. Eine Weile blieb er im Kartenschapp, kam dann wieder heraus und sah über das Schiff, das schwer übernahm, sich nach jeder See schüttelte und aufrichtete wie nach einem Schlag. Die kalte Zigarette zwischen seinen Lippen war naß gesprüht, und er schmeckte den bitteren Tabakssaft. Wie ein greller Pfeil zuckte das Licht ihrer Kennung in die niedrige Dunkelheit, erlosch und flammte wieder auf. Draußen auf der offenen See wurden Blinksignale gewechselt.

»Das war das erste Leben, das ich mir zulegte«, sagte Doktor Caspary.

»Es genügt«, sagte Freytag und musterte den Mann mit einem Blick aufmerksamer Verachtung.

»Nun kommt das zweite.«

»Sie können es später Ihrem Richter erzählen«, sagte Freytag, »ich habe keine Zeit.«

»Interessiert Sie mein Leben nicht?« fragte Doktor Caspary.

»Mehr, als Ihnen angenehm sein kann«, sagte Freytag, »aber ich habe jetzt keine Zeit. Ich muß mich um das Schiff kümmern. Wir bekommen Sturm in der Nacht.«

»Darf ich hier oben bleiben?«

»Machen Sie, was Sie wollen.«

»Noch eins, Kapitän: Ihr Steuermann hat nicht das Boot abgeschnitten. Ich war es; ich selbst habe die Leine gekappt und das Boot hinausgestoßen in den Nebel.«

Freytag, der bereits am Niedergang war, drehte sich um und kam zurück.

»Warum haben Sie das getan?« fragte er.

»Oh«, sagte Doktor Caspary, »ich wollte nur einen zweiten Schiffbruch verhindern; ich wollte vermeiden, daß wir nur einen Kilometer weit kommen und dann liegen bleiben: ein guter Maschinist kann das so einrichten. Ich wollte ganz sichergehen, Kapitän, und ich glaube, daß es für uns keine bessere Garantie gibt, ans Ziel zu kommen, als wenn wir mit Ihnen fahren, mit dem Feuerschiff: darum habe ich unser Boot abgeschnitten. Es sah mir zu sehr nach einer Mausefalle aus – wie mir auch Ihr

Beiboot zu sehr nach einer Mausefalle aussieht. Können Sie das verstehen?« Freytag erkannte, womit Doktor Caspary in diesem Augenblick rechnete; er sah, wie er sich unwillkürlich duckte, eine Hand in die Tasche seines Jacketts schob und in der Tasche etwas betastete und ruhig hielt.

»Also?« fragte er, »wann kann ich Ihnen weitererzählen, Kapitän? Ich möchte Ihnen gern weitererzählen. Nie zuvor habe ich einen Menschen getroffen, dem ich mich in gleicher Weise anvertraut hätte wie Ihnen, Kapitän: woran mag das liegen? An der Uneingeschränktheit, mit der wir uns verstehen? An Ihrer und an unserer Lage? Oder möchte ich Ihnen deshalb alles über mich erzählen, weil wir uns gegenseitig in der Hand haben? Jeder Mensch gleicht seinem Gegner, zu keinem findet er ein intimeres Verhältnis.«

Freytag antwortete nicht. Er drehte sich um und stieg den Niedergang hinab, und er wußte, daß Doktor Caspary über ihm stand und ihm lächelnd nachblickte. Er ging in seine Kammer, zog Seestiefel an, seinen Gummimantel, setzte eine wollene Mütze auf; dann stand er lauschend da, horchte auf das Knistern in den Spanten, auf die knackenden Geräusche in der Schiffswand, während er sich am Eisenrohrgestänge seines Bettes festhielt. »So hat er es gemerkt«, dachte Freytag, »er hat gespürt, was ich vorhatte, denn Soltow kann es ihm nicht gesagt haben, und Soltow ist der einzige, der es wußte. Er hat alles durchschaut: daß wir sie nur abstoßen wollten, eine Meile raus auf die Bucht, wo sie wie auf einem Tablett gelegen hätten für das Polizeiboot. Damit ist es also vorbei, und er wird uns zwingen wollen – ja, er und die andern werden uns zwingen, auf die Back zu gehen, und sie werden dastehen mit ihren Gewehren und Pistolen, alle drei, und die Läufe ihrer Waffen werden hin- und herschwenken und uns zeigen, was wir tun sollen. Sie werden es versuchen, sie haben keine andere Möglichkeit fortzukommen. Jetzt müssen wir darauf gefaßt sein.«

99

Das Schiff sackte unter ihm weg und hob sich, als wollte es sich senkrecht auf den Bugspriet stellen, er wurde gegen das Bettgestänge geschleudert, stützte den Anprall mit blitzschnell vorgezogenen Händen ab und hörte, wie die Stühle über den Boden rutschten und gegen die Wand krachten. Wenn das Schiff einbrach, ertönte ein dumpfer Knall, und ein Zittern lief durch den Rumpf wie ein Schauer. Wieder sackte das Schiff weg und holte schwer über; die Spindtür flog auf, Freds Koffer rutschte aus dem obersten Fach und schollerte durch den Raum. »Vielleicht ist das die Zeit«, dachte Freytag, »die Zeit des Sturms kann eine Änderung bringen. Jetzt müssen wir etwas Neues versuchen.« Er überlegte, ob er zu Philippi hinaufgehen und mit ihm sprechen sollte, obwohl er wußte, was erfolgen würde, sobald die Direktion ihre Lage erfahren hätte: sie würden ein Polizeiboot schicken und ihn und die Besatzung auffordern, mit der Polizei zusammenzuarbeiten, und die Direktion würde nicht zweifeln, damit den besten Rat gegeben zu haben. Doch er brauchte sich nicht anzustrengen, um vorauszusehen, was an Bord geschehen würde, sobald das Polizeiboot vor dem Schiff erschien. Er dachte an Gombert und an das, was er einzuleiten versucht hatte, als er Doktor Caspary in das Kartenschapp brachte; damals war Freytag dagegen gewesen, weil er seinen eigenen Plan hatte, aber würde er jetzt, da sein Plan nicht mehr galt, auch noch rückgängig zu machen versuchen, was Gombert – oder ein anderer von der Besatzung – tun würde, weil er sich genötigt fand, einen Anfang zu machen? Freytag dachte daran, ohne sich zu entschließen. Er legte den Koffer und die Stühle aufs Bett, ging mit angewinkelten Ellenbogen den Gang hinab und weiter zum Vorschiff und nach unten in die Segelkammer. Das Schiff trudelte stark. Er ließ sich auf alle viere hinab, kroch zur Segelkammer und hörte jetzt, wie das Wasser auf das Vorschiff schmetterte, er hörte es so deutlich und spürte es so nah, daß er unwillkürlich den Kopf einzog. Hastig griff er nach dem

Drücker, stieß die Tür zur Segelkammer auf; seine Hand tastete an der Wand hinauf, dorthin, wo sich der Lichtschalter befinden mußte: er drehte den Schalter herum, das Licht flammte nicht auf. Tastend, mit vorgeschobenen Händen, kroch er in die Segelkammer, hockte sich hin, den Rücken gegen die Wand gestützt und drehte abermals den Lichtschalter um: es blieb dunkel, und er hockte nur da und dachte an Zumpe, der vor ihm oder neben ihm in der stickigen Dunkelheit zwischen den Notsegeln lag. Würde Caspary sie zwingen, die Notsegel zu gebrauchen?

Einen Augenblick war er sicher, einen Schritt zu hören, einen Fluch und das Poltern eines Körpers im Gang, und er glaubte an der Stimme Fred erkannt zu haben und wartete, doch bis zur Segelkammer kam niemand nach vorn. Er verließ die Segelkammer, kroch auf allen vieren zurück und stieg hinauf ins Funkschapp. Es war leer. Er betrat die Brücke, und auch hier traf er niemand – obwohl er damit gerechnet hatte, Doktor Caspary anzutreffen –, und als er zum Ausguck hinüberwollte, stellte sich ihm Eddie in den Weg. Freytag erkannte ihn sofort: Eddie hielt sich mit einer Hand am eisernen Geländer fest, in der andern trug er die Maschinenpistole, deren Lauf er Freytag mühsam in die Hüfte drückte. Freytag lächelte, als eine See das Schiff anhob und niederwarf, so daß Eddie gegen das Geländer prallte, aufstöhnte und die Pistole zurückriß.

»Was ist los?« schrie Freytag.

»Mein Bruder ist weg«, schrie Eddie.

»Ich habe ihn nicht gesehen!«

»Er ist weg!«

Eddie winkte auffordernd, sie traten in den Windschutz, hielten sich fest und näherten ihre Gesichter einander – so weit, daß sie die Wärme ihres Atems zu spüren glaubten.

»Wo ist er?« rief Eddie.

»Ich habe keine Zeit, auf ihn aufzupassen«, sagte Freytag.

Eddie machte eine wütende Bewegung.

»Ich finde ihn«, rief er drohend.

»Vielleicht hat er sich verlaufen«, rief Freytag. »Ihr kommt so selten aus der Messe raus.«

»Ich werde es nachholen«, rief Eddie und wandte sich ab und verschwand stolpernd in der Dunkelheit. Freytag blieb stehen im Windschutz, sah über das Achterschiff: die Wolken zogen so niedrig über die Bucht, daß der Blinkstrahl der Kennung sie traf; auf der See leuchtete es von Schaumkronen, die sich hochreckten und glitzernd auseinanderwarfen. Regen war in der Luft, der Wind nahm an Stärke nicht zu. »Er ist vorsichtig und bewaffnet«, dachte Freytag, »und bei ihm wird keiner versuchen, was Gombert bei Caspary versuchte. Wahrscheinlich liegt er in der Latrine und kotzt.« Er beschloß, zu den Toiletten hinunterzugehen und danach Fred zu suchen. In den Vertiefungen der eisernen Plattform standen Pfützen, und sprühendes Flugwasser traf prasselnd, wie Hagel, sein Gesicht, als er aus dem Windschatten trat und überlegte, wie er am sichersten zum Niedergang käme. Er blickte auf die Plattform, sah, daß die Entlüftungsklappe zur Kombüse offenstand, und glaubte, den Duft von sehr gutem Kaffee wahrzunehmen. Ein schwacher Lichtschimmer lag auf der schräggestellten Klappe. Freytag bückte sich, den Rücken gegen die Bank mit den Schwimmwesten gestemmt, das Flugwasser fegte über ihn hinweg, die Wärme legte sich auf sein Gesicht wie eine offene Hand. Vor dem langen geschrubbten Tisch unten in der Kombüse saßen Trittel und Eugen und tranken Kaffee, sie saßen sich an einer Ecke des Tisches gegenüber, Trittel trug auch jetzt seine Kochmütze, die einen langen, drohenden Schatten warf, der sich über die Decke und über die Wand bewegte, sobald der Koch aufstand und neuen Kaffee vom Herd holte. Sein zerfurchtes Gesicht, sein magerer Nacken und die mageren Arme hatten in dem unsicheren Licht eine grünliche Farbe. Wenn die Töpfe und Deckel in ihren Haltungen zu scheppern begannen, hob er sein Gesicht und blickte sie stumm an, als wollte er sie verwarnen. Nie sah er auf den

Mann mit der Hasenscharte. Eugen hatte seinen Oberkörper auf den Tisch gestützt, hielt den dampfenden Kaffee vor seinem Gesicht und trank in kleinen, scharfen Zügen. Über die Emailletasse hinweg grinste er Trittel an, ohne mit ihm zu reden. Aus seiner Gesäßtasche ragte der Knauf eines großkalibrigen Revolvers.

Freytag beobachtete sie, lauschte und wartete darauf, daß einer von ihnen etwas sagte, doch er hörte nichts, sah nur das grinsende Gesicht von Eugen und Trittels grünliches Gesicht mit den blicklosen Augenschatten, und er zog sich wieder empor, ging über die Plattform zum Niedergang und hinab zu den Toiletten und schließlich in seine Kammer zurück.

Fred lag angezogen auf dem Bett. Er rührte sich nicht, hob nicht den Kopf, als sein Alter reinkam, er blieb einfach liegen, die Füße gespreizt unter dem Bettgestänge, um nicht herausgeschleudert zu werden. Freytag trat an das Bett des Jungen heran, sah auf ihn herab und sagte: »Fred.«

Der Junge richtete sich schweigend auf, zog seinen Pullover über den Gürtel, sprang aus dem Bett.

»Wohin willst du?« fragte Freytag.

»Nach draußen«, sagte Fred tonlos.

»Draußen ist kein Wetter für dich«, sagte Freytag. »Ich würde liegenbleiben und schlafen.«

»Das kann ich zu Hause«, sagte Fred.

»Vielleicht hätte ich dich dort lassen sollen.«

»Warum«, sagte Fred. »Ich finde es sehr interessant hier. Etwas Besseres hättest du mir gar nicht bieten können. Ich habe eine Menge erfahren hier.«

»Merk dir, was du sagst, du wirst unvorsichtig«, sagte Freytag.

»Laß mich vorbei«, sagte Fred.

Freytag drückte sich gegen die Spindtür und ließ Fred vorbei, der draußen auf dem Gang unentschlossen stehenblieb, zurücksah, dann in die Richtung verschwand, in der die Kammern von Philippi und Rethorn lagen.

»Warum bin ich hier«, dachte Freytag. »Warum suchte ich ihn, warum lauf ich herum und such einen von ihnen? Ist es soweit, daß sie alle gegen mich sind? Warum bin ich nicht auf der Brücke? Ich wußte doch, wie er mir antworten würde: Warum also?«

Ein langer, wippender Schatten auf der Wand, der ihm vertraut vorkam, und bevor Freytag sich umdrehte, wußte er, daß es der Schatten von Trittels Kochmütze war, die wie ein mehlweißer Lampion über dem zerfurchten Gesicht stand, verbeult und leicht zusammengesackt.

»Komm«, sagte Freytag, »komm nur rein«, und er drehte sich um und sah Trittel, wie er ihn nie zuvor gesehen hatte: keuchend stand der Koch an der Tür, die Lippen aufgerissen, die Augen starr vor schweigendem Entsetzen; sein Adamsapfel fuhr schluckend den Hals hinab, seine Hände bewegten sich heftig unter der Schürze, ruckten, verschränkten sich, während der magere Körper schwankte. Er blieb neben der Tür stehen, als wagte er nicht, die Kammer von Freytag zu betreten.

»Komm rein«, befahl Freytag und schloß hinter dem Koch die Tür. Trittel gehorchte, kam mit schleppenden, unsicheren Schritten auf das Bett zu, mit einem Ausdruck verstörter Unterwürfigkeit.

»Setz dich hin«, befahl Freytag.

»Es ist passiert«, sagte der Koch. Er rieb seine Hände unter der Schürze, blieb vor Freytag stehen und fiel plötzlich vor ihm auf die Knie.

»Du mußt mir helfen«, sagte er mit zurückgeworfenem Kopf, »jetzt ist es passiert.«

»Was?«

»Es ging auf einmal los, ich weiß nicht, wie es kam.«

»Sag, was passiert ist«, befahl Freytag.

»Ich fühl es noch in der Hand«, sagte der Koch, »wie er sich hochwarf ins Messer.«

»Ihr habt zusammen Kaffee getrunken.«

»Hast du es gesehn?« fragte Trittel erschrocken.

»Nein«, sagte Freytag, »ich sah nur, daß ihr zusammen Kaffee trankt.«

»Er kam herein und wollte Kaffee haben«, sagte der Koch leise, »ich hatte warmen Kaffee und gab ihm welchen, und wir tranken zusammen.«

»Steh auf«, sagte Freytag, »komm, setz dich aufs Bett.«

»Zuerst sagte er nichts, und dann fing er von Zumpe an und fragte, ob wir ihn auf Eis gelegt hätten oder was wir mit ihm machen wollten.«

»Liegt er oben bei dir?« fragte Freytag.

Trittel schüttelte den Kopf. »Er trank seinen Kaffee und ließ mich nicht aus den Augen, und nachdem er seinen Kaffee getrunken hatte, wollte er etwas zu essen haben. Ich gab ihm Brot und Ölsardinen, und er aß, und während er aß, konnte ich hin- und hergehen, ohne daß er mich beobachtete, und auf einmal dachte ich an euch und glaubte, daß ihr es erwarten würdet von mir und daß ihr es auch tun würdet an meiner Stelle: Ihr hättet es doch getan, nicht wahr?«

»Was ist passiert?« fragte Freytag.

»Ich hatte mich gerade vorher rasiert – ich weiß, daß du es nicht leiden kannst, wenn ich mich in der Kombüse rasiere – und ich sah das Rasiermesser daliegen und wollte es nehmen, aber ich brachte es nicht fertig. Ich nahm das andere Messer. Als ich ihn traf – ich fühle es noch in der Hand –, wollte er aufspringen, doch er kam nicht mehr hoch und fiel neben den Hocker. Ihr hättet es doch auch getan, oder? Mein Gott, sag doch, was du getan hättest?«

»Wo ist er jetzt?« fragte Freytag.

»Er ist nicht mehr an Bord«, sagte Trittel, »ich habe ihn rausgetragen, und eine See nahm ihn mit. Jetzt sind nur noch zwei in der Messe.«

»Ja«, sagte Freytag, »jetzt sind nur noch zwei da.«

»Du mußt mir helfen«, sagte der Koch. »Du wirst mir doch helfen, ich habe es doch für euch getan, für dich und die andern und für Zumpe. Sag doch etwas!«

»Es ist geschehen«, sagte Freytag.
»Hätte ich es nicht tun sollen?«
»Wir werden es erfahren«, sagte Freytag, »bald.«

Es kam kein Sturm auf in der Nacht. Als der Regen einsetzte, kalt und strömend wie ein Wolkenbruch, ließ der Wind nach; die See wurde ruhiger, und gegen Morgen ging der Küstenschoner unter den Inseln ankerauf. Nur die Dunkelheit, eine niedrige Dunkelheit blieb, und hoch über dem Schiff wehte ein mächtiger Zug durch die Luft. Freytag schlief auf dem Stuhl im Kartenschapp, als Gombert die Mine entdeckte, hereinstürzte und ihn wachrüttelte und ihm das Glas gab. Zuerst fand und fand er sie nicht, obwohl er nur den Ausschnitt absuchte, den Gombert bezeichnete; doch dann sah er die schwarze Kappe mit den Hörnern leicht aus dem Wasser herausstoßen, sah das träge, plumpe Pendeln des schwarzen Körpers, das Überschwappen des Wassers, und auf einmal tauchte die Mine weg, ohne eine Spur zu hinterlassen. Der Bug des Feuerschiffes wies auf die offene See, und die Mine trieb auf sie zu, schwankend, mit marternder Langsamkeit, wie der plumpe Körper eines toten Tieres, den die See entführt. Jedesmal, wenn sie weggetaucht war, hatte Freytag Mühe, sie wiederzufinden: manchmal kam sie so weit hoch, daß die schwarze Rundung erkennbar war; manchmal verriet nur das Aufschwappen des Wassers, wo sich die Mine befand. Mitunter blieb sie längere Zeit verschwunden, so daß Freytag dachte, sie sei gesunken und werde nie mehr hochkommen, und dann stießen unvermutet die Bleikappen ihrer Hörner aus einer Welle.

Ungeduldig stand Gombert neben ihm, während er die Mine beobachtete.

»Siehst du sie?« fragte er immer wieder, und Freytag sagte: »Ja, ich sehe sie.«

»Sie treibt auf uns zu«, sagte Gombert.

»Ich sehe es«, sagte Freytag.

Er setzte das Glas ab, die Mine war sechshundert Meter vom Schiff entfernt und trieb sehr langsam auf sie zu.

»Glaubst du, daß sie hier rankommt?« fragte Gombert.

»Es sieht so aus«, sagte Freytag.

»Vielleicht taugt sie nichts mehr. Kann sein, daß sie durch die lange Zeit im Wasser unbrauchbar geworden ist.«

»Wir können es abwarten«, sagte Freytag, »wenn sie losgeht, war sie in Ordnung.«

»Ich denke, sie haben alles geräumt hier, und draußen vor der Bucht ist das Wasser minenfrei.«

»Es ist minenfrei – bis auf einige, die sie nicht gefunden haben.«

»Und was sollen wir tun?«

»Wir müssen sie dazu bringen, daß sie einen Bogen ums Schiff macht oder sich entschließt, unterzugehen, bevor sie hier ist.«

Er gab Gombert das Glas zurück, fuhr sich mit den Fingern übers Gesicht, holte die halbe Zigarette aus dem Kartenschapp und verließ die Brücke. Freytag ging zur Messe hinab. Seitdem er von Trittel erfahren hatte, was nachts in der Kombüse geschehen war, hatte er Doktor Caspary nicht gesehen, er hatte auch Eddie nicht mehr gesehen. Zweimal klopfte er mit der Faust gegen die Tür, das scharrende Geräusch von Stuhlbeinen erfolgte, die über den Boden gezogen wurden, dann öffnete Doktor Caspary die Tür und blieb im Spalt stehen. Er lächelte überrascht. Er sagte: »Es tut mir leid, aber ich kann Sie jetzt nicht reinlassen; einer meiner Freunde ist noch nicht soweit. Kann ich etwas für Sie tun?«

»Ich muß mit Ihnen sprechen«, sagte Freytag.

»Worüber? Ich denke, zwischen uns ist alles klar?«

»Würden Sie rauskommen an Deck? Ich möchte Ihre beiden Freunde nicht stören.«

»Sie sind gesund und brauchen viel Schlaf.«

»Hoffentlich schlafen sie nicht beide zu gleicher Zeit«, sagte Freytag.

»Zu gegebener Zeit werden beide wach sein«, sagte Doktor Caspary.

Freytag merkte, daß er log, spürte auch, daß Doktor Caspary etwas zu verbergen suchte: eine Unsicherheit, eine bestimmte Enttäuschung, und in diesem Augenblick wußte Freytag, daß der Mann, der ihm mit der geflickten Sonnenbrille gegenüberstand, aus Furcht log.

»Das Schiff ist in Gefahr«, sagte Freytag leise.

»Ich weiß«, sagte Doktor Caspary, »aber in einer Gefahr befinden wir uns immer: mittlerweile sollten wir uns daran gewöhnt haben. Noch etwas?«

»Wir brauchen Ihre Hilfe«, sagte Freytag.

»Dazu muß ich mich kämmen«, sagte Doktor Caspary; »einen Augenblick, warten Sie auf mich.«

Er verschwand, kehrte nach kurzer Zeit wieder und ließ, indem er die Hände vorstreckte, seinen Jackettärmel auf den Unterarm rutschen – als Zeichen, daß er bereit sei, zu helfen.

»Kommen Sie mit«, sagte Freytag.

Sie stiegen zur Ausguck-Plattform hinauf, Freytag nahm Gombert das Glas ab und reichte es Doktor Caspary; dann wies er mit der Hand in die Richtung, in der die Mine trieb, und sagte: »Sehen Sie durch das Glas; Sie werden finden, was ich meine. Sehen Sie genau hin: eine Mine treibt auf uns zu, ungefähr fünfhundert Meter vom Schiff.«

Doktor Caspary trat einige Schritte zur Seite, bevor er das Glas ansetzte und die See beobachtete.

»Ja«, sagte er, »ich sehe sie – jetzt ist sie wieder weg.«

»Sie treibt auf das Schiff zu«, sagte Freytag.

»Und wie kann ich Ihnen helfen?« fragte Doktor Caspary. »Soll ich die Mine überreden, in eine andere Richtung zu treiben? Oder soll ich sie mit Worten entschärfen?«

»Das betrifft Sie genauso wie uns«, sagte Freytag.

»Sehr gut«, sagte Doktor Caspary. »Es gibt also etwas, vor dem wir gleich sind; auf einmal kann eine Lage eintreten, die uns vergessen läßt, welche Verhältnisse an Bord bestehen. Plötzlich sind wir alle Gefangene einer Lage, in der wir aufeinander angewiesen sind.«

»Sie treibt langsam«, sagte Freytag, »wir haben noch Zeit.«

»Vielleicht taugt sie ja nichts«, sagte Gombert.

»Es gab Minen, die lagen zwanzig Jahre im Wasser, und zwanzig Jahre sind Schiffe über sie weggefahren, und als man sie vergessen hatte, da gingen sie eines Tages los.«

»Wie also soll ich Ihnen helfen?« fragte Doktor Caspary.

»Wir müssen sie abschießen«, sagte Freytag, »bevor sie zu nah am Schiff ist. Wenn Sie es nicht wollen oder Ihre Freunde, dann werde ich es tun.«

»Sehen Sie, Kapitän, darin liegen die Vorzüge, bewaffnet zu sein: wenn eines Tages eine Mine auf Sie zutreibt, können Sie sich das Ding bequem vom Leibe halten.«

»Werden Sie uns helfen?« fragte Freytag.

»Ich werde mit meinen Freunden sprechen«, sagte Doktor Caspary, »und wenn sie einverstanden sind, werden wir etwas tun.«

Lächelnd verschwand er nach unten in die Messe, und Gombert sah Freytag von der Seite an und sagte: »Ich hätte das nicht getan an deiner Stelle.«

»Was hättest du denn getan?«

»Ich weiß nicht«, sagte Gombert, »aber dies nicht. Ich hätte mir nicht helfen lassen von ihnen.«

»Du kannst manchmal irgendwo drinstecken«, sagte Freytag, »wo dir nur dein Gegner helfen kann. Ich persönlich würde ihre Hilfe nie annehmen, aber das Schiff braucht sie, und das Schiff ist wichtiger als alles andere.«

»Hast du Zumpe vergessen?«

»Ich habe nichts vergessen.«

»Wer wird die Mine abschießen«, fragte Gombert, »der Blöde oder sein Bruder?«

»Sein Bruder«, sagte Freytag, »und das wird das letzte

Mal sein, daß er schießt. Ich kann dir nicht mehr sagen als dies.«

»Ist etwas passiert?«

»Ja, es ist etwas passiert, und du wirst es früh genug hören.«

Jetzt traten Eddie und Doktor Caspary an Deck, und sie winkten ihnen, herzukommen. Eddie wies das Glas zurück, das Freytag ihm reichen wollte; er beobachtete mit bloßem Auge die See, mehrere Schritte von den Männern entfernt; aus seinen Bewegungen war jede Lässigkeit verschwunden, auf seinem Gesicht lag ein Ausdruck müder Brutalität. Flüchtig blickte er in die Richtung, in der die Mine trieb, er konnte sie nicht finden, und als Doktor Caspary sie ihm zeigte, winkte er den Männern, noch weiter zurückzutreten; dann legte er die Maschinenpistole auf die Reling, zielte und wartete.

Keiner sah mehr auf ihn; alle standen und beobachteten schweigend, mit peinigender Erwartung die Stelle auf dem Wasser, an der die schwarzen Hörner erscheinen mußten. Als sie erschienen, feuerte Eddie, und die Kugeln zirpten über das Wasser; eine Kette von Fontänen wurde hochgerissen, fünfzig oder sogar hundert Meter vor der Mine, die nach dem Feuerstoß wegsackte wie ein Körper, der in Deckung geht. Eddie schubste die leeren Patronenhülsen mit dem Fuß außenbords, zog die Maschinenpistole in die Schulter ein und wartete, und jetzt wurde die Mine hochgetragen, so daß ihr schwarzes oberes Rundprofil deutlich über dem Wasser war. Eddie feuerte zwei Stöße und zog dabei hoch, und sie hörten deutlich den Aufprall der Geschosse auf dem metallenen Körper, und sie sahen die Fontänen rings um die Mine.

»Sehr gut«, rief Doktor Caspary, »du hast sie getroffen, Eddie.«

»Der Dreck geht nicht los«, sagte Eddie.

»Man muß die Hörner treffen«, sagte Gombert.

»Kluges Kind«, sagte Eddie, »das hätte mir meine Oma auch gesagt.«

Die Stelle, an der die Mine jetzt träge rollte und trieb, wurde durch hochschwappendes Wasser bezeichnet, sie mußte knapp unter der Oberfläche sein, und diesmal wartete Eddie nicht, bis sie auftauchte, sondern zielte und schoß, setzte ab und schoß noch einmal. Und da sammelte sich die See wie unter einem gewaltigen Griff, brach auf, hob sich bebend, als stiege ein Berg aus dem Wasser; eine Fontäne aus Gischt und Schaum schoß empor, schien einen Augenblick stillzustehen und schnellte dann, wie durch neue Kraft weitergetrieben, abermals hoch. Ein Schauer lief über die See, eine Druckwelle folgte ihm, und das tonnenschwere Gewicht des Wassers, das die Explosion hochgerissen hatte, fiel klatschend zurück.

Eddie starrte ungläubig auf das Ereignis, das er selbst hervorgerufen hatte, und Doktor Caspary rieb mit kurzen, eckigen Bewegungen seinen Siegelring in der Hüfte und sagte: »Sehr gut, Eddie. Das war das Beste, was ich von dir gesehen habe.«

»Sie taugte doch etwas«, sagte Freytag zu Gombert, »sie war noch brauchbar.«

»Hätte ich nicht gedacht«, sagte Gombert.

»Seid ihr bedient?« fragte Eddie, während er die Maschinenpistole in die Hüfte einzog, davonging und im Davongehen den Lauf über die Gruppe der Männer schwenkte.

»Geh zu Trittel«, sagte Freytag zu Gombert, »er soll mir Kaffee auf die Brücke bringen.«

»Mit zwei Tassen«, ergänzte Doktor Caspary, der plötzlich den Kopf hob, lächelte und auf Rethorn zuging, der mit verschränkten Armen unter den Wanten stand. Sie gaben sich die Hand, sie sprachen miteinander und blickten zu der Stelle hinaus, wo die Mine hochgegangen war.

Freytag stieg zur Brücke hinauf, blicklos an den Männern seiner Besatzung vorbei, die, als die ersten Schüsse erfolgten, an Deck gekommen waren und die Explosion der Mine beobachtet hatten. Er spürte ihre Mißbilligung und ihre Erwartung, er spürte ihr Verlangen nach einem Zeichen, nach einer Aufforderung oder nur danach, eingeweiht zu werden in das, was er selbst vorhatte. In ihrer Haltung lag die Enttäuschung über jede ausgebliebene Aktion, für die sie ihn verantwortlich machten. Er spürte es noch, als er auf der Brücke stand und zu ihnen hintersah. »Sie werden es nicht begreifen«, dachte er. »Sie werden nicht verstehen, daß ihretwegen nichts geschehen darf. Wenn wir etwas anfangen, sind sie die ersten, die bezahlen müssen.«

Regenschleier wehten über die Bucht, verdeckten die Inseln, verdeckten den Horizont. Ein Flugzeug zog hoch und unsichtbar über sie hinweg, und ein dumpfes Rollen lief über die Bucht, das vom Artillerie-Übungsplatz an der Küste herüberkam.

»Ein guter Himmel für Dorsche«, dachte Freytag. »Wenn sie nicht hier wären, würde ich den Zockler rauswerfen.« Er ging zum Niedergang, sah Trittel mit dem Kaffee heraufkommen, den er an Freytag vorbei ins Kartenschapp trug, mit verstörter Unterwürfigkeit servierte und danach, das Tablett in der Hand, rückwärts verschwand.

»Leg dich jetzt hin«, sagte Freytag.

Der Koch wandte sich erschrocken um, nickte, wollte zum Niedergang und wich gleich wieder zurück, als er Doktor Caspary entdeckte, der, eine gewaltsame Munterkeit zur Schau tragend, auf die Brücke kam.

»Ich will nichts von Ihnen«, sagte Doktor Caspary, »allenfalls eine Tasse Kaffee.«

»Ist gut, Karl«, sagte Freytag, und Trittel klemmte sich an den Männern vorbei.

Sie standen sich gegenüber und tranken schwarzen Kaffee, fühlten den warmen Dampf auf ihren Gesichtern und den heißen Druck im Innern nach dem ersten Schluck. Wieder bot Doktor Caspary dem Kapitän eine Zigarette an, wieder lehnte Freytag ab, indem er auf die kalte Zigarette wies, die er flach gepreßt hatte zwischen seinen knotigen Fingern.

»Sie schulden mir noch etwas, Kapitän«, sagte Caspary

und setzte die Tasse ab. »Sie schulden mir noch Zeit als Zuhörer: ich glaube, daß ich Ihnen noch nicht alles erzählt habe über mich.«

»Von manchen weiß man genug, wenn sie schweigen«, sagte Freytag.

»Von manchen – aber nicht in meinem Fall«, sagte Doktor Caspary.

»Warum wollen Sie mir das erzählen?«

»Ich weiß nicht genau, Kapitän. Ich vermute aber, daß ich in Ihnen einen Mann getroffen habe, der mir am nächsten kommt: unsere Nähe ergibt sich nicht aus dem, worin wir übereinstimmen, sondern aus der Vollkommenheit, mit der wir uns in jeder Hinsicht widersprechen. Sie würden erschrecken, wenn Sie wüßten, wie sehr ich Sie verstehe und wie nah wir uns gegenüberstehen. Ihr Leben, Kapitän, wäre das einzige, das ich noch hätte führen können, wenn ich mich nicht für mein Leben entschieden hätte, oder für meine drei Leben. Vom ersten erzählte ich Ihnen ja – es bestand darin, daß ich als mein eigener Bruder dessen Anwaltspraxis übernahm. Nun, und das zweite Leben ergab sich aus dem ersten: in der Anwaltspraxis gewann ich rasch die Einsicht, daß jedem Menschen ein schuldhaftes Verhalten nachzuweisen ist, wenn man es nur darauf anlegt. Jeder, aber auch jeder taugt als Angeklagter: Reiche und Arme, Witwen und Waisen: nehmen Sie einen beliebigen Menschen, und ich garantiere Ihnen, daß sich etwas bei ihm finden läßt, wofür er nach landläufigem Recht zwei Jahre sitzen muß – und das bei nicht einmal drakonischer Strafzumessung. Daß noch nicht die ganze Welt ein einziger Gerichtshof geworden ist, liegt nur an der Überarbeitung der Richter und daran, daß es vorderhand keinen gibt, der sie selbst unter Anklage stellt. Sehen Sie, und so fand ich ein neues Leben: ich wollte herausbekommen, worin der Unterschied zwischen denen liegt, die man faßt und vor Gericht stellt, und denen, die zwar Angeklagte sind, aber frei herumlaufen. Ich wollte in Erfahrung bringen, wieviel man tun, wie viele Verbrechen man begehen kann, ohne daß es sich im Gesicht ausprägt oder gleich das Gericht interessiert. So führte ich neben meinem Anwaltsleben ein Leben als – ja, ich muß sagen als freier Zuchthäusler. Unter dem Namen eines bekannten Impresarios zog ich das größte Gerichtsunternehmen – Sie werden sagen: Erpressergeschäft – auf, das es je in Westdeutschland gegeben hat. Ich spezialisierte mich darauf, das Leben von besonders angesehenen und scheinbar ehrenwerten Leuten zu erforschen und ihnen dann das Ergebnis meiner Bemühung mit einer Rechnung zuzuschicken. Sie werden erstaunt sein: eine einzige Rechnung ist zurückgekommen – doch nur, weil der Angeklagte verstorben war –, alle anderen wurden bezahlt. Allerdings muß ich sagen, daß ich in meinem Privatgericht jede nur erdenkliche juristische Akribie gebrauchte, und ich bezweifle, daß ein ordentliches Gericht sorgfältiger in seiner Beweisaufnahme vorgehen kann, als ich es tat. Ich will nicht übersehen, daß ich meinen Erfolg auch der Tatsache zu verdanken habe, daß wir heute im Zeitalter der Juristen leben – in dem beinahe jeder kleine Chef, bevor er mit seiner Sekretärin schläft, seinen Rechtsbeistand anruft und sich nach den juristischen Folgen erkundigt.

Immerhin, mein zweites Leben brachte mir einen Erfolg, wie ich ihn als Anwalt nicht finden konnte. Das dritte Leben schließlich, das ich von dem zweiten finanzierte, führte ich als bescheidener Werftunternehmer: den Tod meines Bruders vor Augen, spezialisierte ich mich in meiner Werft darauf, verschiedene Typen von unsinkbaren Rettungsbooten entwickeln zu lassen – für Passagierdampfer, für Fischkutter, für Schiffbrüchige schlechthin. Das Boot, in dem Sie uns auffischten, ist übrigens eigenes Fabrikat, ein älteres Versuchsmodell.«

»Und die beiden?« fragte Freytag, der bisher anscheinend interesselos zugehört hatte.

»Sie meinen die Brüder Kuhl?«

»Ja.«

»Ich bin ihnen aus meinem zweiten Leben verpflichtet. Unsere Beziehungen gehen über eine Freundschaft hinaus.«

»Das sieht man euch an«, sagte Freytag, »ihr seid wie geschaffen füreinander.«

»Eugen fühlt sich nicht sehr wohl heute«, sagte Doktor Caspary.

»Es wird an der reinen Luft hier liegen«, sagte Freytag.

»Mag sein, mir bekommt die Luft auch nicht sehr. Es wird Sie erstaunen, Kapitän, doch ich habe bereits das Gefühl, zu lange an Bord zu sein.«

»Ich schätze, es geht Ihnen nicht allein so«, sagte Freytag, »andere haben auch dies Gefühl.«

»Hören Sie zu«, sagte Doktor Caspary, und er blickte sich schnell um, als wollte er sichergehen, daß niemand außer ihnen beiden auf der Brücke war; dann faßte er Freytag am Arm und zog ihn in die Brückennock.

»Ich möchte Ihnen etwas sagen, Kapitän, offen, nur unter uns.« Er sprach mit verändertem Tonfall, und Freytag glaubte jetzt auch in seiner Stimme Furcht zu erkennen.

»Ich möchte Ihnen ein Angebot machen, Kapitän, ein Angebot, wie Sie es nie in Ihrem Leben bekommen haben: Wenn Sie mir helfen, wegzukommen, bezahle ich Sie dafür. Bringen Sie mich zur Küste – ich werde Ihnen die Stelle zeigen, wo Sie mich absetzen können –, und ich zahle Ihnen dreißigtausend Mark. Ich habe das Geld hier, und wenn Sie einverstanden sind, könnte ich Sie sofort auszahlen.«

»Erscheinen Sie sich selbst nicht teurer?« fragte Freytag.

»Ich kann erhöhen«, sagte Doktor Caspary, »wieviel? Bestimmen Sie es selbst.«

»Für Sie allein oder auch für Ihre Freunde?«

»Für mich *und* für meine Freunde.«

»Das wollte ich wissen«, sagte Freytag.

»Ihr Schiff ist ohnehin auf der letzten Wache; es wird

eingezogen und nie mehr hierher zurückkehren. Ein letzter Umweg würde nichts für Sie bedeuten, aber das, was er Ihnen einbringt, könnte Ihnen eine angenehme Pensionszeit sichern. Was halten Sie von diesem Angebot, Kapitän?«

»Interessiert es Sie, ja?« fragte Freytag.

»Nennen Sie Ihre Bedingungen.«

»Ich kenne keine Bedingungen. Ich denke an den Mann, der unten liegt in der Segelkammer und den ihr erschossen habt: das ist euer Angebot. An dieses Angebot halte ich mich und an nichts anderes. Ich habe es annehmen müssen, weil mir keine Wahl blieb, aber ihr könnt euch darauf verlassen, daß ihr ein Gegenangebot bekommt. Vergessen Sie alles, was Sie mir sagten, und versuchen Sie nicht, es mir noch einmal zu sagen.«

»Werden wir nie zusammenfinden, Kapitän?«

»Sie sagten doch selbst, daß wir uns so gut verstehen, nicht wahr? Gut, dann verstehen Sie mich auch diesmal: ich denke an nichts anderes, als euch von Bord zu bekommen – so oder so; ich denke an den toten Mann und an den Tag, an dem wir frei sein werden auf diesem Schiff.«

»Sie könnten rasch dahin kommen«, sagte Doktor Caspary. »Mein Angebot bleibt bestehen.«

»Auf diesem Schiff wird niemand solch ein Angebot annehmen.«

»Ich bewunderte schon einmal Ihre Gewißheit – ich bewundere sie wieder.«

»Niemand«, wiederholte Freytag, »und ebensowenig wird dies Schiff seine Position verlassen, bevor wir offiziell eingezogen werden. Das bestimmt die Direktion.«

»Sie sagten es schon, Kapitän.«

»Um so besser, dann können Sie sich eine Enttäuschung ersparen.«

»Hören Sie, Kapitän, ich maße mir nicht an, Ihnen einen Rat zu geben, aber in einer Hinsicht möchte ich Sie – und ich weiß nicht, warum – warnen. Ich möchte Sie vor dem Hochmut warnen, eines anderen so sicher zu sein.«

»Kapitän ins Funkschapp!« rief eine Stimme, und Freytag stand einen Augenblick da, als überlegte er, ob er der Aufforderung nachkommen sollte; dann, während die Stimme Philippis abermals rief: »Kapitän ins Funkschapp«, wandte er sich um und sagte: »Ich möchte nichts verstecken vor Ihnen; Sie sollen Bescheid wissen, was ich von Ihnen halte und welch ein Ziel ich habe: ihr werdet verlieren, auch wenn ihr euch noch so stark fühlt.«

Philippi erwartete ihn, und als Freytag die Funkbude betrat, warf er die Rolltür hinter ihm zu, schob den Riegel von innen vor, drehte sich sprunghaft um, die Hände flach gegen die Tür gepreßt. Auf seinem Habichtsgesicht lag der Schimmer einer Genugtuung. Seine Daumen rubbelten rhythmisch über die Tür, so daß ein Geräusch entstand, hohl und bestimmt wie ein lässiger Wirbel auf einer Trommel.

»Also?« fragte Freytag, »was ist los? Was soll ich?«

»Wenn diese Wache vorbei ist, steige ich aus«, sagte Philippi.

»Wir steigen alle aus, jeder weiß das an Bord.«

»Wir werden nie mehr auf einem Dampfer sein.«

»Hast du mich gerufen, um mir das zu sagen?« fragte Freytag.

»Nein«, sagte Philippi, »das war nur meine Einleitung. Ich wollte dir sagen, daß die Direktion unterrichtet ist. Sie wissen, was los ist an Bord.«

Freytag sah ihn mißtrauisch an, fingerte nach seinem Taschentuch und zog es um die Hand, daß der Stoff über den Knöcheln spannte.

»Sie wissen über alles Bescheid«, sagte Philippi.

»Von wem?«

»Ich habe es durchgegeben«, sagte Philippi. »Die Direktion ist unterrichtet darüber, wer an Bord ist und was geschehen ist. Die Direktion mußte es erfahren.«

»So«, sagte Freytag leise, »sie mußte es erfahren. Du hast das entschieden.«

»Ich hielt es für meine Pflicht.«

»So, du hieltst es für deine Pflicht.«

»Die Direktion hat ein Recht, alles zu erfahren.«

»Und was wird deine Direktion tun – jetzt, wo sie alles erfahren hat?«

»Jedenfalls etwas und mehr, als du getan hast. Sie werden ein Boot schicken.«

»Siehst du, genau das habe ich mir gedacht: die Direktion wird ein Boot schicken. Und dann?«

»Jetzt wird etwas geschehen«, sagte Philippi, »das mußte ich dir sagen.«

»Du bist wie die andern«, sagte Freytag, »ihr glaubt alle, daß unbedingt etwas geschehen muß: ihr seid versessen darauf, gleich immer zu handeln: es ist wie eine Krankheit.«

Freytag musterte ihn ohne Erbitterung, mit gelassener Resignation und so gleichgültig, als sehe er durch ihn hindurch auf einen Grund. Nicht er war überrascht, sondern Philippi, überrascht, da die Reaktion ausblieb, auf die er gefaßt, auf die er auch vorbereitet war. Der Ausdruck hartnäckiger Genugtuung auf seinem Gesicht wich einem unsichern Erstaunen, und er drückte sich von der Tür ab, ging zu seinem Tisch, auf dem eine Kiste mit selbstgedrehten Zigaretten stand, nahm eine, zündete sie an. Er hatte geglaubt, Freytag zu überrumpeln, und nun fühlte er sich selbst überrumpelt durch die Überraschungslosigkeit des Kapitäns.

»Wann schicken sie das Boot?« fragte Freytag.

»Ich weiß nicht«, sagte Philippi.

»Ist es schon unterwegs?«

»Sie haben nichts gesagt.«

»Dann werden wir warten«, sagte Freytag, »warten und uns auf etwas gefaßt machen.«

»Was meinst du damit?«

»Alles, was ich sage.«

Zuerst schickten sie Soltow, und der Maschinist kam herein ins Kartenschapp, während Freytag das Logbuch schrieb, wartete, bewegte sich ungeduldig hinter dem Stuhl und sagte schließlich: »Sie sind alle vorn am Spill. Sie warten auf dich.«

»Gut«, sagte Freytag, und er schrieb weiter, schrieb die Seiten nach, die er schon einmal geschrieben und die Doktor Caspary herausgerissen hatte, setzte das Logbuch fort bis zu jenem diesigen Abend, und als er fertig war, kam Soltow abermals herein.

»Es wird Zeit, daß du kommst«, sagte er, »sie haben sehr viel Sehnsucht nach dir.«

»Wer?« fragte Freytag.

»Alle«, sagte Soltow. »Wir sind alle vorn am Ankerspill und warten auf dich.«

»Was soll da stattfinden?«

»Du wirst es merken, komm nur mit.«

Freytag legte das Logbuch in den Kartentisch, schloß ab und steckte den Schlüssel ein. Er wußte, daß es der Abend war, an dem die Frist, die Doktor Caspary ihm gesetzt hatte, ablief – ein diesiger Abend, trübe, verwaschen: die See war leer, das Schiff schwojte in der Strömung, ein flauer Wind, der ermüdet schien über den grauen Einöden des Wassers, ließ den schwarzen Ball an der Signalleine schwerfällig hin- und herpendeln, und die Inseln drüben wurden immer flacher, als gingen sie unter in einem Tal der Dämmerung. Freytag hatte nicht geglaubt, daß irgend etwas geschehen werde – vielmehr hatte er damit gerechnet, daß Doktor Caspary sein Angebot wiederholen, den Preis heraufsetzen würde –, und in der Sicherheit dieser Vermutung war er hinaufgegangen ins Kartenschapp und hatte das Logbuch geschrieben und es so weit gebracht, daß es mit dem Abend der Frist abschloß. Zufrieden darüber, sah er Soltow an und fragte: »Wer hat dich geschickt?«

»Er persönlich«, sagte Soltow. »Das nächste Mal wollte er selbst nach dir sehen.«

»Ich komme«, sagte Freytag.

»Es sind nur zwei von ihnen da«, flüsterte Soltow. »Einer fehlt. Ich hab mich schon gewundert, warum er nicht rauskam aus der Messe.«

»Jetzt werden sich manche wundern«, sagte Freytag.

Er ließ Soltow vorausgehen und dachte: »Du kommst nicht an sie heran; wer nicht handeln will wie sie, ist allein. Sie wollen um jeden Preis etwas tun, denn sie haben Angst vor der Entdeckung, daß sie allein stehen könnten. Ihr Handeln verbindet sie. Wahrscheinlich gibt es nichts, was so stark verbindet wie eine gemeinsame Handlung – wenn's nicht grade das Übliche ist –, und sie sind krank davon.«

Schweigend gingen sie den Niedergang hinab, über das verlassene Deck, und Freytag blieb stehen und beobachtete noch einmal mit bloßem Auge die See, in der Befürchtung, daß das Boot, das die Direktion schicken wollte, jetzt auf sie zukommen könnte.

Das Boot war nicht zu sehen, die lange Bucht war leer; eine Ölspur trieb auf die freie See hinaus, glättete das Wasser, führte braunes Gras und Plankenstücke und Astwerk hinaus.

»Komm«, sagte Soltow, »wir warten schon lange genug.«

Freytag folgte ihm zum Vorschiff, wo sie alle am Spill standen, und nun, da sie ihn kommen hörten, ihre Gesichter hoben und ihm entgegensahen: ruhig, unerbittlich, ohne Bedauern; kein Blick ließ ihn los: wie ein Flugzeug nachts in den Fangarmen der Scheinwerfer, so befand er sich im Fangkreuz ihrer Blicke, und ihre Gesichter drehten sich mit ihm, als er herankam, zwischen ihnen hindurchging und langsam wieder zurückkehrte. Er blieb stehen, sah jeden einzelnen an, seine Besatzung und die beiden andern und zuletzt Fred, der allein hinter Gombert stand. Plötzlich trat er auf Gombert zu und sagte: »Warum bist du nicht auf Ausguck?«

Gombert wich ihm aus, blickte stumm – als ob er es

ihm nur so erklären könnte – zu Eddie hinüber, der mit Doktor Caspary an der Reling stand; dann zuckte er die Achseln.

»Warum seid ihr alle nicht auf Station, wo ihr hingehört?« fragte Freytag, und da sie nur standen und ihn schweigend musterten: »Warum bist du nicht auf Station, Philippi? Und du, Rethorn?« Die kalte Zigarette wippte zwischen seinen Lippen. Er trat auf Gombert zu. Er sagte: »Du gehst jetzt auf Ausguck, oder hast du vergessen, was du zu tun hast?«

»Der Mann bleibt hier«, sagte Doktor Caspary von der Reling.

»Er fühlt sich hier sehr wohl«, sagte Eddie und nahm die Maschinenpistole fest in die Hüfte.

»Geht auf Station«, sagte Freytag drohend.

Die Männer blickten auf Eddie und auf Doktor Caspary und blieben – einem instinktiven Gefühl gehorchend, das ihnen Sicherheit zu garantieren schien, solange sie zusammen waren. Sie spürten, daß der erste, der sich aus der Gruppe entfernte, das größte Risiko laufen würde; so blieben sie und wandten sich sogleich wieder Freytag zu, als habe er selbst unmittelbar hervorgerufen, was jetzt geschah. Sie schoben ihm alles zu und überließen es ihm, den Zwang aufzuheben, unter dem sie gemeinsam standen: ihre Gesichter verrieten es. Und auf keinem der Gesichter fand Freytag ein Zeichen der Bereitschaft, ihm noch einmal zu folgen oder sich ihm noch einmal anzuvertrauen, in der Erwartung, daß er mit ihnen zusammen handeln werde, ja er glaubte sogar zu merken, daß der Zwang, unter dem sie standen, ihnen willkommen war, da er ihnen die Weigerung erleichterte, zu tun, was er in diesem Augenblick von ihnen verlangte. Er merkte es, und er drehte sich zu Doktor Caspary um und sagte: »Was haben Sie vor? Warum zwingen Sie die Besatzung, hier vorn zu bleiben? Wir haben zu arbeiten.«

»Ein Mann wie Sie kommt von keinem andern Stern«, sagte Doktor Caspary mit weicher, wohlklingender Stimme. »Sie wissen, was los ist. Sie haben Zeit gehabt, sich darauf einzustellen und zu verhindern, wozu wir uns jetzt gezwungen sehen.«

Blitzschnell sah Freytag zu seiner Besatzung zurück und rief: »Geht auf eure Plätze!«

Sie rührten sich nicht. Keiner der Männer folgte seinem Befehl.

»Geben Sie es auf, Kapitän«, sagte Doktor Caspary. »Versuchen Sie nicht, etwas hervorzurufen, wofür Sie nicht die Verantwortung übernehmen können: das paßt nicht zu Ihnen.«

»Was haben Sie vor?« fragte Freytag, obwohl er sah, was geschehen sollte.

»Wir werden den Anker einholen, und Sie werden uns an Land setzen; es ist gleichgültig wo, nur irgendwo an Land. Es wird nicht lange dauern – immerhin kommt Ihr Schiff so zumindest eine Nacht von der Kette.«

»Das Schiff bleibt hier«, sagte Freytag, und zum Maschinisten: »Geh in dein Schapp und mach die Lichter an; es wird Zeit.«

Soltow rührte sich nicht.

»Sehen Sie«, sagte Doktor Caspary, »nun verstehn mich Ihre Leute besser als Sie. Sie sollten merken, daß Sie allein stehen. Ich warne Sie, Kapitän.«

»Dann versucht's nur«, rief Freytag, »kommt her und versucht, den Anker raufzuholen. Los, wer von euch will es zuerst probieren?« Er ging zum Spill, stellte sich mit dem Rücken vor den Spillkopf, über den die großgliedrige Ankerkette lief, duckte sich da und hob die Fäuste, bereit, den Spillkopf gegen jeden zu verteidigen.

»Warum kommt ihr denn nicht?« sagte er.

»Nichts ist trauriger als ein Mann, der sich lächerlich macht«, sagte Doktor Caspary. »Sie machen sich lächerlich, Kapitän. Gehen Sie weg vom Spill.«

»Das Schiff verläßt nicht seine Position.«

»Gehen Sie weg vom Spill«, wiederholte Doktor Caspary leise.

»Komm«, sagte Rethorn plötzlich, »sei vernünftig und komm da weg.«

Freytag sah ihn überrascht und argwöhnisch an. Er nahm die kalte Zigarette aus dem Mund, zerrieb sie zwischen den Fingern und trat unwillkürlich vom Spill weg.

»Ich dachte schon, du hast deine Sprache verloren«, sagte Freytag, »und auf einmal machst du mir sogar Vorschläge.«

»Es sind nicht meine Vorschläge«, sagte Rethorn. »Ich sage nur, was du uns gesagt hast die ganze Zeit.«

»Ah«, sagte Freytag, »du hast also nichts dagegen, den Anker raufzuholen.«

»Einer ist genug«, sagte Rethorn.

»Dann bist du wohl sogar bereit, ihnen zu helfen? Vielleicht hat er dir auch ein Angebot gemacht?«

»Denk daran, was mit Zumpe geschehen ist«, sagte Rethorn.

»Ich denke daran.«

»Dann weißt du genug.«

»Ja«, sagte Freytag, »das weiß ich, im Gegensatz zu dir weiß ich, wann sich etwas lohnt. Ich bin mir im klaren darüber, wozu etwas gut ist und in welchem Augenblick. Das ist der Unterschied zwischen uns.«

»Fangen Sie an«, sagte Doktor Caspary, und Eddie echohaft: »Los, fangt an!«

Niemand rührte sich. Sie standen sich gegenüber wie in einem ungleichen Duell und schienen nur deshalb zu zögern, weil Freytag zwischen ihnen war. Die stumme Auseinandersetzung schnitt sich in ihm, und solange er dort stand, wie ein Magnet, der ihre Aufmerksamkeit an sich riß gleich Eisenspänen, geschah nichts, doch es würde etwas geschehen müssen – und weder er noch die andern zweifelten daran –, sobald er dort wegging. Und wieder begann Rethorn: »Komm weg da, oder hast du vergessen, was du uns selbst gepredigt hast? Es ist die letzte Wache, in ein paar Tagen laufen wir ein.«

»Na, und?«

»Es lohnt sich nicht.«

»Er hat dich wohl gekauft«, sagte Freytag. »Du redest, als ob du schon sein Geld in der Tasche hast.«

»Denk daran, was du uns gesagt hast: es soll niemand fehlen an Bord, wenn wir einlaufen.«

»Das hat sich geändert«, sagte Freytag. »Es kann vorkommen, daß man seine Meinung ändern muß, und dieser Augenblick ist jetzt da. Das Schiff bleibt vor Anker.«

»Ich halte mich daran, was du uns vorher gepredigt hast«, sagte Rethorn.

»Fangt an, ihr Denkmäler«, sagte Eddie und trat einen Schritt vor und legte den Finger auf den Abzug. Er entblößte seine Zähne, legte den Oberkörper leicht zurück, spreizte die Beine. Der Lauf der Maschinenpistole wanderte langsam über die Männer hin, blieb dann auf Freytag gerichtet, und bis auf Rethorn schoben sich die andern unwillkürlich nach vorn, als wollten sie den Kapitän in die Sicherheit ihrer Gruppe aufnehmen. Auch Fred bewegte sich unwillkürlich nach vorn, mit diesen gleitenden, gleichmäßigen Bewegungen, mit denen sich Katzen aus einem Bannkreis entfernen. Blaß und aufgerichtet, mit gehetztem Blick stand er nun schräg hinter seinem Alten, eine Hand in der Tasche, die Hand, die den metallenen Marlspieker hielt.

»Erwarten Sie nicht, daß ich anfange zu zählen«, sagte Doktor Caspary.

»Warum nicht«, sagte Freytag, »Zählen beruhigt, und vielleicht kommt der Anker von alleine hoch, wenn Sie zählen.«

»Zum letzten Mal«, sagte Eddie, »fangt an!«

Rethorn trat ans Spill, legte beide Hände auf den Hebel und blickte auf den verrosteten Schäkel, mit dem die Kette gesichert war und der gelöst werden mußte, damit die Kette eingeholt werden konnte, und bevor Freytag noch bei ihm war, sprang Eddie zwischen sie und hob die Maschinenpistole, um Rethorn bei seiner Arbeit zu decken.

»Macht den Schäkel los«, befahl Rethorn. »Wir holen die Kette ein.«

Niemand bückte sich, um den Schäkel loszuschrauben.

»Nimm die Hände vom Spill«, sagte Freytag.

»Sei vernünftig«, sagte Rethorn, »du weißt, was passiert.«

»Ich komme«, sagte Freytag.

»Komm nur«, sagte Eddie, »versuch es.« Er senkte den Lauf, richtete ihn fest in Höhe der Gürtellinie auf Freytag und legte den gekrümmten Finger auf den Abzug. Ratternd sprang der Spillmotor an, arbeitete unter fauchenden Stößen, doch auch jetzt bückte sich niemand, um den Schäkel zu lösen.

Freytags Körper sackte etwas zusammen, als er den ersten Schritt tat und dann, als ob er aus einer Blockierung befreit wäre, weiterging mit mechanischen, schwerfälligen Schritten, auf Eddie zu, hinter dem in vollkommener Deckung Rethorn stand und jetzt den Spillmotor abstellte, der mit heiserem Schleifgeräusch auslief. Und wie treibende Stämme in einem Strom, die durch eine Kette verbunden sind, schwenkten die anderen herum und folgten Freytag in derselben mechanischen und schwerfälligen Art, vielleicht weniger freiwillig als unter einem unwillkürlichen Zwang, der sie nur nachholen ließ, was er tat, so daß Eddie als er sie alle auf sich zukommen sah, einen Augenblick verwirrt zu Doktor Caspary zurücksah, gleich einem Schwimmer, der in jähem Verdacht den Kopf wendet und zum Ufer zurückblickt. Doktor Caspary lächelte und nickte ihm zu.

»Paß auf«, rief Rethorn.

Freytag ging weiter, den Blick des Mannes suchend, der ihm den Lauf entgegen hielt, er fand den Blick, zog ihn auf sich, und er erkannte in ihm alle Wachsamkeit und Bereitschaft.

»Nicht weiter«, sagte Eddie unvermutet, und mit leiser Stimme: »nicht weiter.«

Die andern zögerten, blieben stehen, nur Freytag bewegte sich weiter auf ihn zu, zäh jetzt, mit kurzen, mühsamen Schritten, so, als fühle er bereits den Widerstand, der von dem bläulichen Lauf der Maschinenpistole ausging und der für ihn spürbar war wie ein Stock, dessen Spitze gegen sein Bauchfell drückte. Er glaubte unbedingt einen körperlichen Widerstand zu empfinden – nun, da er die Warnung gehört hatte und trotzdem weiterging, und als Eddie schoß – einen einzigen Schuß nur, der nicht anders klang als das Zusammenschlagen zweier Bretter: hell, trocken und fast enttäuschend –, vermutete er eine Sekunde lang nichts anderes, als daß diese Stockspitze, die er als Widerstand zu fühlen geglaubt hatte, nun in ihn eingedrungen war. Er riß beide Hände hoch und preßte sie auf seinen Leib, sein Gesicht verzerrte sich, sein Körper knickte ein, und dann drehte er sich lautlos, fiel auf die Knie und stützte sich mit den Händen ab, und bevor seine Arme nachgaben und durchsackten, hatte Fred den Marlspieker aus der Tasche gezogen: er blickte nicht mehr auf seinen Alten, holte aus dem Gelenk aus und brauchte nur einen halben Schritt zu tun, um Eddie zu erreichen, der den Lauf der Maschinenpistole gesenkt und immer noch auf Freytag gerichtet hatte.

Fred schlug die Spitze des Marlspiekers nicht mit seiner ganzen Kraft in Eddies Rücken, dennoch war er erschrocken und erstaunt darüber, wie tief das dornspitze Werkzeug in den Rücken eindrang; der Junge war so erschrocken darüber, daß er den Marlspieker losließ und zurückschnellte und Eddie wanken sah – so, wie er die Getroffenen im Kino wanken gesehen hatte, wenn ihnen das gefiederte Pfeilende aus dem Rücken herausstand –, und bevor Philippi ihm noch die Maschinenpistole aus der Hand reißen konnte, stürzte Eddie und begrub die Waffe unter seinem Körper.

»Der andere!«, rief Soltow, aber Gombert war schon neben Doktor Caspary. Er packte ihn an den Handgelenken und riß seine Arme auf den Rücken, so daß Doktor Caspary aufstöhnte.

»Jetzt bist du dran«, sagte Gombert.

»Ich sehe es«, sagte Doktor Caspary, »Sie brauchen es mich nicht fühlen zu lassen.«

»Jetzt bekommt ihr alles zurück.«

Während er Doktor Caspary in die Messe stieß und Soltow und Philippi Eddie aufhoben, um ihn ebenfalls in die Messe zu tragen, knieten Fred und der Koch bei Freytag. Trittel band seine Schürze ab, wickelte sie zusammen und schob sie dem Kapitän unter den Hinterkopf. Oberhalb des Gürtels sah Fred den Blutfleck, der sich im Gewebe des Hemds ausbreitete, und er mußte an Tinte denken, die von Löschpapier aufgesaugt wird.

»Kapitän«, rief Trittel, »Herr Kapitän.«

Bis auf Philippi kamen die andern aus der Messe zurück und stellten sich um Freytag herum; auch Rethorn kam hinter dem Spill hervor, und sie standen alle da, bis Gombert sagte: »Ich bring ihn in seine Kammer.«

Er hob Freytag auf, trug ihn ohne abzusetzen vom Vorschiff runter. Als sie im Backbordgang waren, rief Soltow: »Ein Boot! Es kommt genau auf uns zu.«

»Es kann ihn gleich an Land bringen«, sagte Rethorn.

»Du sei still«, sagte Gombert. »Du sag nie mehr ein Wort hier!«

Er setzte Freytag behutsam ab, Trittel schob seine Schürze unter, und Fred kniete allein bei seinem Alten und sah hinab in das hautstraffe Gesicht, das gespannt war wie unter der Anstrengung eines stummen Protestes. Eine Hand Freytags zuckte, er versuchte, sie zu heben, auf seinen Leib zu pressen, in dem das Feuer durch seine Eingeweide lief: er schaffte es nicht.

»Fred?« fragte er plötzlich, und dann: »Fahren wir, Fred?«

»Nein, Vater«, sagte der Junge.

»Alles in Ordnung?«

»Alles«, sagte der Junge.

Ein Freund der Regierung

Zu einem Wochenende luden sie Journalisten ein, um ihnen an Ort und Stelle zu zeigen, wie viele Freunde die Regierung hatte. Sie wollten uns beweisen, daß alles, was über das unruhige Gebiet geschrieben wurde, nicht zutraf: die Folterungen nicht, die Armut und vor allem nicht das wütende Verlangen nach Unabhängigkeit. So luden sie uns sehr höflich ein, und ein sehr höflicher, tadellos gekleideter Beamter empfing uns hinter der Oper und führte uns zum Regierungsbus. Es war ein neuer Bus; ein Geruch von Lack und Leder umfing uns, leise Radiomusik, und als der Bus anfuhr, nahm der Beamte ein Mikrofon aus der Halterung, kratzte mit dem Fingernagel über den silbernen Verkleidungsdraht und hieß uns noch einmal mit sanfter Stimme willkommen. Bescheiden nannte er seinen Namen – »ich heiße Garek«, sagte er –; dann wies er uns auf die Schönheiten der Hauptstadt hin, nannte Namen und Anzahl der Parks, erklärte uns die Bauweise der Mustersiedlung, die auf einem kalkigen Hügel lag, blendend unter dem frühen Licht.

Hinter der Hauptstadt gabelte sich die Straße; wir verloren die Nähe des Meers und fuhren ins Land hinein, vorbei an steinübersäten Feldern, an braunen Hängen; wir fuhren zu einer Schlucht und auf dem Grunde der Schlucht bis zur Brücke, die über ein ausgetrocknetes Flußbett führte. Auf der Brücke stand ein junger Soldat, der mit einer Art lässiger Zärtlichkeit eine handliche Maschinenpistole trug und uns fröhlich zuwinkte, als wir an ihm vorbei über die Brücke fuhren. Auch im ausgetrockneten Flußbett, zwischen den weißgewaschenen Kieseln, standen zwei junge Soldaten, und Garek sagte, daß wir durch ein sehr beliebtes Übungsgebiet führen.

Serpentinen hinauf, über eine heiße Ebene, und durch die geöffneten Seitenfenster drang feiner Kalkstaub ein, brannte in den Augen; Kalkgeschmack lag auf den Lippen. Wir zogen die Jacketts aus. Nur Garek behielt sein Jackett an; er hielt immer noch das Mikrofon in der Hand und erläuterte mit sanfter Stimme die Kultivierungspläne, die sie in der Regierung für dieses tote Land ausgearbeitet hatten. Ich sah, daß mein Nebenmann die Augen geschlossen, den Kopf zurückgelegt hatte; seine Lippen waren trocken und kalkblaß, die Adern der Hände, die auf dem vernickelten Metallgriff lagen, traten bläulich hervor. Ich wollte ihn in die Seite stoßen, denn mitunter traf uns ein Blick aus dem Rückspiegel, Gareks melancholischer Blick, doch während ich es noch überlegte, stand Garek auf, kam lächelnd über den schmalen Gang nach hinten und verteilte Strohhalme und eiskalte Getränke in gewachsten Papptüten.

Gegen Mittag fuhren wir durch ein Dorf; die Fenster waren mit Kistenholz vernagelt, die schäbigen Zäune aus trockenem Astwerk löcherig, vom Wind der Ebene auseinandergedrückt. Auf den flachen Dächern hing keine Wäsche zum Trocknen. Der Brunnen war abgedeckt; kein Hundegebell verfolgte uns, und nirgendwo erschien ein Gesicht. Der Bus fuhr mit unverminderter Geschwindigkeit vorbei, eine graue Fahne von Kalkstaub hinter sich herziehend, grau wie eine Fahne der Resignation.

Wieder kam Garek über den schmalen Gang nach hinten, verteilte Sandwiches, ermunterte uns höflich und versprach, daß es nicht mehr allzu lange dauern würde, bis wir unser Ziel erreicht hätten. Das Land wurde hügelig, rostrot; es war jetzt von großen Steinen bedeckt, zwischen denen kleine farblose Büsche wuchsen. Die Straße senkte sich, wir fuhren durch einen tunnelartigen Einschnitt. Die Halbrundungen der Sprenglöcher warfen schräge Schatten auf die zerrissenen Felswände. Eine harte Glut schlug in das Innere des Busses. Und dann öffnete sich die Straße, und wir sahen das von einem Fluß zerschnittene Tal und das Dorf neben dem Fluß.

Garek gab uns ein Zeichen, Ankündigung und Aufforderung; wir zogen die Jacketts an, und der Bus fuhr langsamer und hielt auf einem lehmig verkrusteten Platz, vor einer sauber gekalkten Hütte. Der Kalk blendete so stark, daß beim Aussteigen die Augen schmerzten. Wir traten in den Schatten des Busses, wir schnippten die Zigaretten fort. Wir blickten aus zusammengekniffenen Augen auf die Hütte und warteten auf Garek, der in ihr verschwunden war.

Es dauerte einige Minuten, bis er zurückkam, aber er kam zurück, und er brachte einen Mann mit, den keiner von uns je zuvor gesehen hatte.

»Das ist Bela Bonzo«, sagte Garek und wies auf den Mann; »Herr Bonzo war gerade bei einer Hausarbeit, doch er ist bereit, Ihnen auf alle Fragen zu antworten.«

Wir blickten freimütig auf Bonzo, der unsere Blicke ertrug, indem er sein Gesicht leicht senkte. Er hatte ein altes Gesicht, staubgrau; scharfe, schwärzliche Falten liefen über seinen Nacken; seine Oberlippe war geschwollen. Bonzo, der gerade bei einer Hausarbeit überrascht worden war, war sauber gekämmt, und die verkrusteten Blutspuren an seinem alten, mageren Hals zeugten von einer heftigen und sorgfältigen Rasur. Er trug ein frisches Baumwollhemd, Baumwollhosen, die zu kurz waren und kaum bis zu den Knöcheln reichten; seine Füße steckten in neuen, gelblichen Rohlederstiefeln, wie Rekruten sie bei der Ausbildung tragen.

Wir begrüßten Bela Bonzo, jeder von uns gab ihm die Hand, dann nickte er und führte uns in sein Haus. Er lud uns ein, voranzugehen, wir traten in eine kühle Diele, in der uns eine alte Frau erwartete; ihr Gesicht war nicht zu erkennen, nur ihr Kopftuch leuchtete in dem dämmrigen Licht. Die Alte bot uns faustgroße, fremde Früchte an, die Früchte hatten ein saftiges Fleisch, das rötlich schimmerte, so daß ich am Anfang das Gefühl hatte, in eine frische Wunde zu beißen.

Wir gingen wieder auf den lehmigen Platz hinaus. Neben dem Bus standen jetzt barfüßige Kinder; sie beobachteten Bonzo mit unerträglicher Aufmerksamkeit, und dabei rührten sie sich nicht und sprachen nicht miteinander. Nie trafen ihre Blicke einen von uns. Bonzo schmunzelte in rätselhafter Zufriedenheit.

»Haben Sie keine Kinder?« fragte Pottgießer.

Es war die erste Frage, und Bonzo sagte schmunzelnd: »Doch, doch, ich hatte einen Sohn. Wir versuchen gerade, ihn zu vergessen. Er hat sich gegen die Regierung aufgelehnt. Er war faul, hat nie etwas getaugt, und um etwas zu werden, ging er zu den Saboteuren, die überall für Unruhe sorgen. Sie kämpfen gegen die Regierung, weil sie glauben, es besser machen zu können.« Bonzo sagte es entschieden, mit leiser Eindringlichkeit; während er sprach, sah ich, daß ihm die Schneidezähne fehlten.

»Vielleicht würden sie es besser machen«, sagte Pottgießer. Garek lächelte vergnügt, als er diese Frage hörte, und Bonzo sagte: »Alle Regierungen gleichen sich darin, daß man sie ertragen muß, die einen leichter, die andern schwerer. Diese Regierung kennen wir, von der anderen kennen wir nur die Versprechungen.«

Die Kinder tauschten einen langen Blick.

»Immerhin ist das größte Versprechen die Unabhängigkeit«, sagte Bleiguth.

»Die Unabhängigkeit kann man nicht essen«, sagte Bonzo schmunzelnd. »Was nützt uns die Unabhängigkeit, wenn das Land verarmt. Diese Regierung aber hat unsern Export gesichert. Sie hat dafür gesorgt, daß Straßen, Krankenhäuser und Schulen gebaut wurden. Sie hat das Land kultiviert und wird es noch mehr kultivieren. Außerdem hat sie uns das Wahlrecht gegeben.«

Eine Bewegung ging durch die Kinder, sie faßten sich bei den Händen und traten unwillkürlich einen Schritt vor. Bonzo senkte das Gesicht, schmunzelte in seiner rätselhaften Zufriedenheit, und als er das Gesicht wieder hob, suchte er mit seinem Blick Garek, der bescheiden hinter uns stand.

»Schließlich«, sagte Bonzo, ohne gefragt worden zu

sein, »gehört zur Unabhängigkeit auch eine gewisse Reife. Wahrscheinlich könnten wir gar nichts anfangen mit der Unabhängigkeit. Auch für Völker gibt es ein Alter, in dem sie mündig werden: wir haben dieses Alter noch nicht erreicht. Und ich bin ein Freund dieser Regierung, weil sie uns in unserer Unmündigkeit nicht im Stich läßt. Ich bin ihr dankbar dafür, wenn Sie es genau wissen wollen.«

Garek entfernte sich zum Bus, Bonzo beobachtete ihn aufmerksam, wartete, bis die schwere Bustür zufiel und wir allein dastanden auf dem trockenen, lehmigen Platz. Wir waren unter uns, und Finke vom Rundfunk wandte sich mit einer schnellen Frage an Bonzo: »Wie ist es wirklich? Rasch, wir sind allein.« Bonzo schluckte, sah Finke mit einem Ausdruck von Verwunderung und Befremden an und sagte langsam: »Ich habe Ihre Frage nicht verstanden.«

»Jetzt können wir offen sprechen«, sagte Finke hastig.

»Offen sprechen«, wiederholte Bonzo bedächtig und schmunzelte breit, so daß seine Zahnlücken sichtbar wurden.

»Was ich gesagt habe, ist offen genug: wir sind Freunde dieser Regierung, meine Frau und ich; denn alles, was wir sind und erreicht haben, haben wir mit ihrer Hilfe erreicht. Dafür sind wir ihr dankbar. Sie wissen, wie selten es vorkommt, daß man einer Regierung für irgendwas dankbar sein kann – wir sind dankbar. Und auch mein Nachbar ist dankbar, ebenso wie die Kinder dort und jedes Wesen im Dorf. Klopfen Sie an jede Tür, Sie werden überall erfahren, wie dankbar wir der Regierung sind.«

Plötzlich trat Gum, ein junger, blasser Journalist, auf Bonzo zu und flüsterte: »Ich habe zuverlässige Nachricht, daß Ihr Sohn gefangen und in einem Gefängnis der Hauptstadt gefoltert wurde. Was sagen Sie dazu?«

Bonzo schloß die Augen, Kalkstaub lag auf seinen Lidern; schmunzelnd antwortete er: »Ich habe keinen

Sohn, und darum kann er nicht gefoltert worden sein. Wir sind Freunde der Regierung, hören Sie? Ich bin ein Freund der Regierung.«

Er zündete sich eine selbstgedrehte, krumme Zigarette an, inhalierte heftig und sah zur Bustür hinüber, die jetzt geöffnet wurde. Garek kam zurück und erkundigte sich nach dem Stand des Gesprächs. Bonzo wippte, indem er die Füße von den Hacken über die Zehenballen abrollen ließ. Er sah aufrichtig erleichtert aus, als Garek wieder zu uns trat, und er beantwortete unsere weiteren Fragen scherzhaft und ausführlich, wobei er die Luft mitunter zischend durch die vorderen Zahnlücken entweichen ließ.

Als ein Mann mit einer Sense vorüberging, rief Bonzo ihn an; der Mann kam mit schleppendem Schritt heran, nahm die Sense von der Schulter und hörte aus Bonzos Mund die Fragen, die wir zunächst ihm gestellt hatten. Der Mann schüttelte unwillig den Kopf: er war ein leidenschaftlicher Freund der Regierung, und jedes seiner Bekenntnisse quittierte Bonzo mit stillem Triumph. Schließlich reichten sich die Männer in unserer Gegenwart die Hand, wie um ihre gemeinsame Verbundenheit mit der Regierung zu besiegeln.

Auch wir verabschiedeten uns, jeder von uns gab Bonzo die Hand – ich zuletzt; doch als ich seine rauhe, aufgesprungene Hand nahm, spürte ich eine Papierkugel zwischen unseren Handflächen. Ich zog sie langsam, mit gekrümmten Fingern ab, ging zurück und schob die Papierkugel in die Tasche. Bela Bonzo stand da und rauchte in schnellen, kurzen Stößen; er rief seine Frau heraus, und sie, Bonzo und der Mann mit der Sense beobachteten den abfahrenden Bus, während die Kinder einen mit Steinen und jenen farblosen kleinen Büschen bedeckten Hügel hinaufstiegen.

Wir fuhren nicht denselben Weg zurück, sondern überquerten die heiße Ebene, bis wir auf einen Eisenbahndamm stießen, neben dem ein Weg aus Sand und Schotter lief. Während dieser Fahrt hielt ich eine Hand in der Tasche, und in der Hand die kleine Papierkugel, die einen so harten Kern hatte, daß die Fingernägel nicht hineinschneiden konnten, sosehr ich auch drückte. Ich wagte nicht, die Papierkugel herauszunehmen, denn von Zeit zu Zeit erreichte uns Gareks melancholischer Blick aus dem Rückspiegel. Ein schreckhafter Schatten flitzte über uns hinweg und über das tote Land; dann erst hörten wir das Propellergeräusch und sahen das Flugzeug, das niedrig über den Eisenbahndamm flog in Richtung zur Hauptstadt, kehrtmachte am Horizont, wieder über uns hinwegbrauste und uns nicht mehr allein ließ.

Ich dachte an Bela Bonzo, hielt die Papierkugel mit dem harten Kern in der Hand, und ich fühlte, wie die Innenfläche meiner Hand feucht wurde. Ein Gegenstand erschien am Ende des Bahndamms und kam näher, und jetzt erkannten wir, daß es ein Schienenauto war, auf dem junge Soldaten saßen. Sie winkten freundlich mit ihren Maschinenpistolen zu uns herüber. Vorsichtig zog ich die Papierkugel heraus, sah sie jedoch nicht an, sondern schob sie schnell in die kleine Uhrtasche, die einzige Tasche, die ich zuknöpfen konnte. Und wieder dachte ich an Bela Bonzo, den Freund der Regierung: noch einmal sah ich seine gelblichen Rohlederstiefel, die träumerische Zufriedenheit seines Gesichts und die schwarzen Zahnlücken, wenn er zu sprechen begann. Niemand von uns zweifelte daran, daß wir in ihm einen aufrichtigen Freund der Regierung getroffen hatten.

Am Meer entlang fuhren wir in die Hauptstadt zurück; der Wind brachte das ziehende Kußgeräusch des Wassers herüber, das gegen die unterspülten Felsen schlug. An der Oper stiegen wir aus, höflich verabschiedet von Garek. Allein ging ich ins Hotel zurück, fuhr mit dem Lift in mein Zimmer hinauf, und auf der Toilette öffnete ich die Papierkugel, die der Freund der Regierung mir heimlich anvertraut hatte: sie war unbeschrieben, kein Zeichen, kein Wort, doch eingewickelt lag im Papier ein von bräunlichen Nikotinspuren bezogener Schneidezahn. Es war ein menschlicher, angesplitterter Zahn, und ich wußte, wem er gehört hatte.

N. + Auftreten

Doktor C.: grüßt alle freundlich, stellt sich und die anderen vor → S. 17

Personen:

a) sagen
b) Verhalten (ganz wichtig)
c) Personenkonstellation
d) Personenbeschreibung

Inhaltsangabe → Präs., weil in Gegenwart alles gleich bleibt!

Der Anfang von etwas

Mühsam kam Harry Hoppe die Pier herab. Mit vorgelegtem Oberkörper, in einer Hand einen Pappkoffer, in der andern einen verschnürten Karton, so stemmte er sich gegen das böige Schneetreiben, das schon in der Dunkelheit jenes Silvestermorgens eingesetzt hatte. Kalt zog es von den Speichern her, von den naßglänzenden Bergen der Bunkerkohle; Eisschollen trieben im schwarzen Wasser des Stroms, kreisten in der Strömung, schrammten splitternd an der Mauer entlang; Böen fuhren scharf über sie hin, riffelten, krausten die offenen Stellen des Wassers zwischen den treibenden Eisschollen. Unter dem Schneetreiben kam Hoppe hervor, nur ein Schatten zuerst, eine mühsame Ankündigung seiner selbst; kam hervor auf der äußersten Kante der Pier, angestrengt, mit gesenktem Gesicht, und gegen die Stöße des Winds, der seine Arme mit den Gepäckstücken auseinanderzuzwingen suchte, den Mantel gegen den Körper preßte, kam er unaufhaltsam herab bis zur grünen Zollbude. Als er im Windschutz der Zollbude war, blickte er zum ersten Mal auf, und er blickte in das graue Gesicht eines Mannes, der mit der Schulter an der Bude lehnte und ihn beobachtete. Es war ein alter Mann in schmieriger Joppe, mit riesigen Schuhen an den Füßen; ein schlapper Rucksack, aus dem oben eine Wasserwaage heraussah, hing über seinem Rücken; zwischen den Händen hielt er eine bläulich schimmernde Säge, die in der Mitte mit Sackresten umwickelt war. Reglos stand er da, nur der vernarbte Stummel seines Zeigefingers bewegte sich, glitt knapp über das bläulich schimmernde Band der Säge. Hoppe setzte den Koffer ab, den verschnürten Karton, er stäubte den Schnee aus dem Halsausschnitt, klopfte die Schuhe an der Holzbude ab und trat nah an den Mann mit der Säge heran, der ihn aufmerksam und argwöhnisch beobachtete. Aus dem Windschatten sah Hoppe den Weg zurück, den er gekommen war, sah über die treibenden Eisschollen und den Strom hinab: schräg ging der Schnee nieder, wie hinter gespannten Schnüren eines weißen Gitters verbarg er das andere Ufer, die Werft, die kahle Böschung, wirbelnd stob der Schnee auseinander, wenn Böen in das Gitter einschlugen, wurde explosionsartig hochgeworfen und flach niedergedrückt auf das Wasser. Während sein Gesicht dem Strom zugekehrt war, blickte Hoppe aus den Augenwinkeln auf den Alten, der in argwöhnischer Reglosigkeit dastand, nur mit dem Stummel des Zeigefingers leicht über die Säge rieb.

»Mieser Tag«, sagte Hoppe, und er drehte sich um, so daß er den Alten fast berührte, musterte ihn einen Augenblick und sprach dann in das graue Gesicht hinein: »Mein Schiff ist weg, es hat hier gelegen, an dieser Pier... es kann noch nicht lange her sein. Es ist ein Feuerschiff, wir waren zur Reparatur in der Werft.« Der Mann mit der Säge schwieg, sein Gesicht bewegte sich nicht, reglos lehnte er an der Budenwand.

»Hier hat es gelegen«, sagte Hoppe und wies auf die schmutzige Pier, »an dieser Stelle war es festgemacht. Vielleicht haben Sie es gesehen, es kann noch nicht lange her sein, daß sie ausliefen.«

»Nix«, sagte der Alte, »nix«; er schluckte, schüttelte den Kopf, so als habe er nie etwas gesehen, und selbst wenn er etwas gesehen hätte, er nicht bereit wäre, das in diesem Augenblick oder überhaupt jemals zuzugeben. Sein Zeigefinger lag jetzt still auf dem Blatt der Säge, sein Blick löste sich vom andern und lief über den Strom, woher klagend, verstümmelt durch das Schneetreiben, die Rufsignale einer Barkasse zu ihnen drangen. Die Barkasse blieb unsichtbar.

»Sie können nicht lange weg sein«, sagte Hoppe.

Der Alte schwieg und sah abweisend über ihn hinweg, hob gleichgültig die Schultern, starrte auf die kreisenden Eisschollen, die glatt gespült waren an den Rändern, von milchiger Bläue, und die in ihrer Mitte verkrustete Schneeklumpen trugen, Holzstücke oder zerbeulte Blechdosen.

»Es hat keinen Zweck«, sagte Hoppe, und er spürte, daß er es zu sich selbst sagte, »es lohnt sich nicht, zu warten. Jetzt werden sie bald auf Position sein: ich geh' nach Haus.«

Er nahm den Koffer auf, den verschnürten Karton, sah noch einmal den Strom hinab, nickte gegen den Rücken des reglos dastehenden Alten und ging. Er ging zwischen den Speichern hindurch, über einen schienendurchschnittenen Platz und eine Bergstraße hinauf, in der dreckige Kinder ein lautloses Spiel spielten: schweigend, ärgerlich warteten sie, bis er vorbei war. Im Windschutz einer bröckeligen Mauer ging er die Bergstraße zu Ende, durchquerte zugige Anlagen, ging weiter zu einem U-Bahnschacht und bog in eine Straße ab, die nur aus Buden bestand, aus Kneipen und natürlich geheizten Varietés. Zischend flog ein Knallfrosch über eine Mauer, lag glimmend einen Augenblick da, erhob sich plötzlich unter wilden kleinen Explosionen und wurde auf die Straßenbahnschienen hinausgeschleudert.

Hoppe blieb stehen, er wandte sich um, sah unschlüssig auf den schwarzen U-Bahnschacht, auf die gedrungene Frau in dem langen Mantel, die auf einem Klapphocker vor dem Eingang Zeitungen verkaufte, und während er zurücksah, dachte er: »sie wird es früh genug erfahren, früh genug...« Weich erschien Annes Gesicht vor ihm, ein blasses Brötchengesicht, das nur aus Sauberkeit und Vorwurf bestand; er dachte an sie, hörte ihre Stimme, den immer gleichen, anklagenden Tonfall, der jeden Satz zu einem müden Kommando machte; er dachte an den seufzenden Überdruß ihrer Bewegungen, wenn sie die Krümel von seiner Tischseite ablas, Zigarettenasche vom Stuhl fegte; an ihren Blick dachte er, in dem die frühe Enttäuschung über die Ehe lag, und noch in der Erinnerung daran merkte er, wie er bereits weiterging durch die Straße der Buden und Kneipen.

Von fernher, aus der Stadt, waren dumpfe Detonationen zu hören, Kanonenschläge, die erstickt klangen im Schneetreiben; Hoppe erschrak jedes Mal. Eine alte, sehr geschminkte Frau kam auf ihn zu, in einem Arm trug sie eine Milchflasche, im andern einen fetten gelben Hund: sie sah ihn mit einem drohenden Gesichtsausdruck an, er trat zur Seite, und sie bog hinter ihm ab in einen Torweg. An einem planierten Ruinenplatz vorbei, ging er die Straße fast ganz hinab, begegnete mißmutigen Gesichtern, erwartungsvollen, roch den würgenden Geruch siedenden Bratenfetts, der aus den zugigen Buden herausdrang. Ein Schwärmer schoß schräg hinter ihm in die Luft, schraubte sich mit panischem Heulton in die Höhe und zerplatzte: die Straße der Buden und Kneipen kündigte schon Silvester an.

Hoppe blickte auf seinen Karton, er war angedunkelt von Feuchtigkeit, an der Unterseite war die Pappe durchgeweicht, die Schnur schnitt in die Finger. Langsam scherte er aus, ging auf ein nasses Eisenrohrgeländer zu und stieg die Zementstufen zu einer Kellerkneipe hinab: sie wird es früh genug erfahren, dachte er, und wenn Anne erfahren hat, daß ich das Schiff verpaßt habe, wird sie mir die Schuld geben und aufhören zu reden, so wie ihre Mutter aufgehört hatte mit ihr zu reden, wenn sie sie bestrafen wollte. Schweigen ist für sie nie etwas anderes gewesen als eine Strafe. Sie wird schon früh genug damit anfangen... Er setzte den Karton ab, drückte den gerillten Türdrücker nach unten und spürte, wie der Drücker leicht und geräuschlos nachgab, und als er ihn losließ, öffnete sich die Tür, und vor dem Hintergrund einer braunen Filzportiere, dicht vor ihm, stand ein Mann mit Schirmmütze, dessen Gesicht von blauen Punkten gesprenkelt war wie von einer Ladung Schrot. Überrascht sahen sie sich an, dann ging der Mann an ihm vorbei, die Zementstufen hinauf auf die Straße. Hoppe schlug die Filzportiere zur Seite und betrat die Kneipe, trat in einen dämmrigen Raum, der von einem warmen, süßlichen Geruch erfüllt war; der Boden war mit Sägespänen bestreut, die Tischplatten waren geschrubbt, matt schimmerten sie in der Dämmerung. Der Wirt, ein riesiger Mann in grauem Pullover, stand hinter der Theke, wie auf Lebenszeit eingezwängt stand er da, blickte jetzt von seiner Zeitung auf, musterte Hoppes Schuhe, seinen Mantel und das Gepäck und lächelte.

»Kein guter Tag«, sagte er.

»Nein«, sagte Hoppe.

Er setzte sich an einen geschrubbten Tisch. Über ihm, mit starren, rötlichen Augen, schwamm ein ausgestopfter Sägefisch träge durch den Zigarettenqualm; sanft drehte er sich in knarrenden Drähten. An der Decke lief eine flackernde Rußspur entlang, lief quer durch den Raum und verschwand hinter dem angelaufenen Rohr eines Kanonenofens. Der Tisch neben dem Kanonenofen war besetzt; ein Mann und eine Frau saßen an ihm: prüfend sahen sie zu Hoppe hinüber, einige Sekunden nur, dann begannen sie sich flüsternd zu unterhalten.

»Paula«, rief der Wirt, ohne von der Zeitung aufzublicken.

Hinter einem Vorhang antwortete eine Frauenstimme, ein Topfdeckel schepperte, hastige Schritte erklangen hinter dem Vorhang, ein schwacher Fluch; unwillig wurde der Vorhang zur Seite geworfen, und eine Frau kam hinter der Theke hervor, eine junge Frau in schwarzem Pullover, mit weißer Schürze und zaghaftem Lächeln. Lächelnd kam sie an Hoppes Tisch, drückte ihren Leib gegen die Tischkante, wartete, und auf einmal verschwand das Lächeln von ihrem Gesicht, wurde überdeckt von einem leisen Erschrecken, das sie unwillkürlich zurückweichen ließ.

»Harry«, sagte sie, »oh, Harry.«

»Ja«, sagte er, und er sah an ihr vorbei in einen Reklamespiegel, in dem verschwommen sein Gesicht erschien: das aschblonde Haar, die steile und breite Stirn und die tiefliegenden Augen, eingerahmt von den goldenen Buchstaben einer Schnapsreklame. Gleichgültig blickte er das müde Gesicht an, es war noch jung, rotgefroren von der Kälte draußen, am Kinn klebte ein Papierschnipsel, mit dem eine Rasierwunde abgedeckt war.

»Wußtest du, daß ich hier bin?« fragte Paula.

»Nein«, sagte er, »ich wußte es nicht. Ich bin zufällig hier hereingekommen. Ich hab mein Schiff verpaßt heute morgen.«

»Du bist zur See gefahren?« fragte sie.

»Nein, ich war auf einem Feuerschiff, eine Wache nur. Wir lagen draußen am Minenzwangsweg, bei den wandernden Bänken.«

»Und jetzt?«

»Jetzt nichts«, sagte er. »Wir waren zur Reparatur im Dock, und sie sind zu früh ausgelaufen oder ich bin zu spät an die Pier gekommen.«

»Ich arbeite jetzt hier«, sagte sie, »seit damals. Ich mußte etwas anfangen.«

Er nickte, sah in ihr blasses Gesicht, auf den kleinen aufgeworfenen Mund, der an die lauschenden Münder draller Friedhofsengel erinnerte. Das schwarze Haar war glatt zurückgekämmt, um den faltenlosen Hals trug sie eine dünne Kette.

»Was möchtest du?« fragte sie.

»Schnaps«, sagte er, »einen klaren Schnaps und eine Brühe.«

»Die Brühe taugt nichts«, rief der Mann, der am Ofentisch saß, und wiegte warnend den Kopf. Er war betrunken. Seine Augen standen knopfartig hervor, und sein spitz zulaufendes, kinnloses Gesicht gab ihm das Aussehen einer Ratte.

»Also?« fragte Paula.

»Beides«, sagte Hoppe, und sie drehte sich um, streifte mit strengem Blick den kleinen Betrunkenen und ging hinter den Vorhang. Die rauchigen Wände der Kneipe waren mit Fotografien bedeckt, in doppelter Reihe zogen sie sich um den ganzen Raum, und jetzt entdeckte Hoppe, daß es Fotografien von berühmten Freistilringern waren: starräugig, das Kinn angezogen, mit ausgelegten Fäusten blickten sie auf die Tische hinab, musterten jeden, der dort saß, mit finsterer Feindseligkeit. Der kleine Betrunkene beobachtete, wie Hoppe die Reihe der Fotografien entlangsah, und er rief verächtlich: »Sägemehl, die haben nischt als Sägemehl im Kopp, und ihr Bizeps is mit Luft gefüllt. Frag nur Henrietta, mein Junge, die weiß es.«

»Halt die Fresse«, sagte Henrietta. Sie richtete sich seufzend neben ihm auf, eine schwere Frau mit talgiger Haut, fett, Bitterkeit im jungen Gesicht; sie steckte in einem abgetragenen Pelzmantel, der sie umschloß wie ein durchgescheuertes Fell. Ihre fleischigen Finger krümmten sich in die Handflächen hinein, die Halsschlagader pulste. Sie warf das dichte, stumpfe Haar zurück, hob die Mantelecken auf und nahm einen Schluck.

»Wo is denn dein Jankel Bubescu«, krähte der kleine Mann neben ihr, »er wollte doch wiederkommen. Seit drei Jahren wartest du, daß er zurückkommt. Und nun? Und nun? Vielleicht hat jemand die Luft aus seinem Bizeps abgelassen, und die Luft aus seinem Gedächtnis dazu. Vielleicht ist aus deinem Panther von Przemysl ein alter Fahrradschlauch geworden.«

»Er wird wiederkommen«, sagte Henrietta leise.

Der kleine Betrunkene mit den Knopfaugen lachte. »Warum?« rief er, »warum meinst du, daß er wird wiederkommen?«

»Weil er der feinste Mann ist, den es gibt. Noch nie ist in dieser Stadt ein so nobler Mann gewesen wie Bubescu, keiner reicht an ihn heran.«

»Ein Feigling war er, mit nischt wie Sägemehl im Kopp. Drei Jahre hat er dich warten lassen, und diese Jahre sind futsch, diese Jahre sind ffft.«

Der Wirt blickte ruhig von seiner Zeitung auf, blickte den Kleinen an und sagte: »Bubescu war ein feiner Mann, mehr ist in diesem Lokal nicht über ihn zu sagen.«

»So sieht das Lokal auch aus«, sagte der Kleine und stieß einen Pfiff aus, dünn und durchdringend wie eine Ratte.

»Kümmer dich um deinen Dreck«, sagte Henrietta.

Der Vorhang hinter der Theke bewegte sich, bauschte sich, Paula kam heraus, ging mit verstörtem Lächeln an Hoppes Tisch, setzte eine Tasse dampfender Brühe vor ihn hin, ein Glas Schnaps, und während sie noch servierte, sagte sie – und Hoppe wußte, daß sie sich das, was sie sagte, hinter dem Vorhang überlegt hatte –: »Ich werde heiraten, Harry.«

Er antwortete nicht, er hob das Glas, nickte ihr zu und trank; angestrengt legte er den Kopf zurück, ließ den Alkohol über seine schmerzenden Backenzähne rinnen und schluckte und schüttelte sich.

»Immer noch die Zähne?« fragte sie.

»Ich hab's aufgegeben«, sagte er, »sie sehen sehr gut aus, aber alle sind lose. Zum Schluß bleibt mir nur die Zunge, um die Wunden zu lecken.«

»Hat die Behandlung nicht geholfen, damals?«

»Uns hilft keine Behandlung mehr«, sagte Hoppe, »wir können uns nur noch neu machen lassen, mit allem neu. Was uns fehlt, ist ein neuer Anfang.«

»Du bist schrecklich, Harry.«

Sie setzte sich vorsichtig auf einen Stuhl neben ihn, sah auf sein Gepäck am Tischbein, sah zu, wie er in der Brühe rührte, Nudeln und gehacktes Grünzeug hochbrachte und dann, mühselig, mit geschlossenen Augen, die Brühe zu schlürfen begann. Scharf zog er die Brühe ein, schob die Lippen vor, zog kühlende Luft nach, jeder Schluck erleichterte ihn.

»Und du, Harry«, fragte sie ihn, »bist du verheiratet?«

»Ungefähr«, sagte er.

»Wie ist das, wenn man ungefähr verheiratet ist?«

»Man kann sich alles dabei denken.«

»Du hättest nicht kommen sollen, Harry.«

»Ich gehe gleich wieder.«

»Du brauchst nicht zu gehen, nicht weil ich hier bin. Es würde nichts ändern.«

»Dann bring mir noch einen Schnaps«, sagte er.

Paula stand auf, bückte sich; sie hob den Karton auf, trug ihn wortlos zum Kanonenofen hinüber und stellte ihn so ab, daß die vor Feuchtigkeit schwarze Unterseite dem Ofen zugekehrt war, in dem die Glut knackte und summte. Hoppe beobachtete sie dabei aus den Augenwinkeln, rührte in der Brühe, dachte: »Bis hierher also, und jetzt fängt es an wie damals.«

Sie stand hinter der Theke, füllte sein Glas, und als er in ihr Gesicht blickte, lächelte sie; dann brachte sie das volle Glas, nahm das leere vom Tisch und blieb zögernd, eine Hand unter der sauberen, verwaschenen Schürze, neben seinem Stuhl stehen.

»Ich muß dich sprechen«, sagte er.

»Es geht nicht, hier nicht.«

»Dann später, nur irgendwann heute.«

Sie antwortete nicht. Sie wandte sich um und verschwand mit dem leeren Glas hinter dem Vorhang, der sich für einen Augenblick bauschte und wieder zurückfiel.

Ein verfrorenes Mädchen mit einem Packen Zeitungen kam in die Kneipe, es trug Wollstrümpfe, braune Fingerhandschuhe, an denen Daumen und Zeigefinger abgeschnitten waren: scheu bewegte es sich durch die Kneipe, knickste vor dem Wirt, legte eine Zeitung auf die Theke und ging hinaus, nur von einem saugenden Geräusch begleitet, das ihre Gummischuhe hervorriefen.

Hoppe trank, hielt den Kopf schräg und ließ den Alkohol über seine Zähne rinnen, als der kleine Betrunkene in der Ofenecke aufstand und rief: »Wie heißt du? Woher kommst du eigentlich?« Er zwängte sich heraus, kam schwankend an Hoppes Tisch, rückte einen Stuhl zurecht und setzte sich und sah ihn mit mißtrauischem Interesse an. Dicht über dem Tisch schob sich das kinnlose Gesicht heran. Unter dem Tisch bumste sein Fuß gegen Hoppes Pappkoffer.

»Ein mieser Koffer is das«, sagte er, »willst du verreisen damit?«

»Ich wollte.«

»Und was is nu?«

»Nun ist nichts, nun bleib ich hier.«

»Kein feiner Tag zum Hierbleiben. Gehörst du auf einen Dampfer?«

»Ja.«

»Und? Warum bist du nicht auf deinem Dampfer?« Er versetzte dem Sägefisch einen Schlag, der Fisch schlug herum, bewegte sich knarrend in den Drähten und pendelte sich aus.

»Hast du deinen Dampfer verpaßt?« fragte er, und, als Hoppe schwieg: »Freu dich nicht zu früh, mein Junge, ich habe viele gekannt, die den Dampfer wechseln wollten und dann glaubten, alles vor sich zu haben. Freu dich nur nicht zu früh.«

Er rückte vom Tisch ab, ging, indem er sich auf Stuhllehnen und Tischkanten stützte, durch die Kneipe zur Ofenecke, wo Hoppes Karton trocknete. Geringschätzig sah er auf den Karton hinab, ungestützt, sein Körper schwankte vor und zurück, neigte sich zur Seite, so daß es aussah, als werde er mit dem Gesicht gegen den heißen Ofen kippen, doch er fiel nicht, fing jedes Schwanken, jede Bewegung, die ihn hinabzog, durch eine heftige Gegenbewegung auf, und plötzlich schlug er seinen rechten Fuß in die durchgeweichte Unterseite des Kartons: die Schuhspitze durchstieß die Pappe, der Karton prallte krachend gegen den Ofen, und unter der Wucht seines eigenen Schlages taumelte der kleine Betrunkene zurück bis zur Theke. Als er mit dem Rücken gegen die Theke stieß, schnellte ein riesiger Arm an den Bierhähnen vorbei, selbsttätig, als ob er zu keinem Körper gehöre, eine Hand schlug in den oberen Rand der Jacke, hob den kleinen Mann schnürend hoch; dann sah Hoppe den Schatten einer anderen Hand, die schnell durch die Luft fuhr und mit der Kante eine Stelle zwischen Hals und Schlüsselbein traf. Der kleine Betrunkene blickte erstaunt, ungläubig. Er lächelte fassungslos, und dies Lächeln stand auf seinem Gesicht, als ihn die Hand, die ihn schnürend festhielt, ruckartig fortstieß. Er drehte sich einmal um sich selbst und sackte über einen Tisch.

»Es tut mir leid«, sagte der Wirt, »ich habe es zu spät gesehen.«

»Der Karton hat ausgedient«, sagte Hoppe.

»Gib Ludi meinen Cognac«, sagte Henrietta. Sie reichte das Cognac-Glas über den Tisch, der Wirt nahm es ihr ab, trug es langsam zu dem schwachstöhnenden Mann, der mit dem Gesicht auf der Tischplatte lag. Hoppe half dem Wirt, Ludi umzudrehen und ihm den Cognac einzuflößen.

»Er ist ein guter Kerl«, sagte der Wirt. »Nur heute hat er seinen schlechten Tag.«

»Soll ich ihn nach Hause bringen?«

»Er ist hier zu Hause.«

Paula schlug den Vorhang zurück und sah erschrocken auf den kleinen Mann. Sein Gesicht war verzerrt, die Lider nicht ganz geschlossen. Ein dünner Speichelfaden floß aus seinem Mund. Schluckend bewegte sich der Adamsapfel den gelblichen Hals hinab. Hoppe spürte, wie sich Paulas Finger um seinen Unterarm schlossen, ihr Erschrecken sich im wachsenden Druck der Finger fortsetzte.

»O Gott, Harry«, sagte sie.

»Ihm geht's gut«, sagte Hoppe, »zumindest nicht schlechter, als es einem in seiner Lage gehen kann. Er kommt gleich wieder zu sich.«

Der Wirt zog den kleinen Mann hoch, strich über die ausgezehrten Wangen, roch an ihm und ließ ihn zufrieden auf den Tisch zurücksinken. Ohne ein Wort kehrte er zu seiner Zeitung hinter der Theke zurück.

»Ich werde bald abgelöst«, sagte Paula leise.

»Um so besser.«

»Wollen wir dann irgendwohin gehen?«

»Sicher. Wohin du willst.«
»Ich freue mich, Harry.«
»Ja.«
Die Tür der Kneipe öffnete sich, sie hörten es nicht, merkten es nur an der Zugluft, die hereinströmte: eine kleine, schmutzige Hand schob sich durch die Filzportiere, nichts als eine Hand, die hastig zwei, drei giftgrüne Papierkügelchen auf den Fußboden der Kneipe schleuderte, Knallerbsen, die mit violetter Stichflamme explodierten. Paula schlich zur Tür, doch bevor sie die Portiere erreicht hatte, wurde die Tür lachend zugeknallt, und sie hörten fliehende Schritte draußen auf der Treppe. Paula kam zurück.

»Es ist schrecklich«, sagte sie.
»Heute ist Silvester«, sagte Hoppe.
»Warum müssen sie nur knallen?«
»Weil es heute erlaubt ist.«
»Ich muß jetzt gehn.«
»Ich warte«, sagte er.

Der kleine Mann mit dem Rattengesicht bewegte sich auf dem Tisch, er hob zuerst die Lider und blinzelte, richtete sich dann auf, lächelte erstaunt in die Runde. Er rieb sich den Hals. Er wischte mit dem Ärmel über den Mund. Zart strich er über den Sägefisch, fauchte ihn freundlich an.

»Fühlst du dich gut?« fragte Henrietta.
»Sehr gut, Henrietta. Woll'n wir ein Spielchen machen?«
»Machen wir ein Spiel.«
»Kein Wort mehr gegen Jankel Bubescu«, sagte er, »der hatte was im Hemd.«

Sie gingen zu einem Spielautomaten, der neben der Glasvitrine hing. In der Vitrine lagen Zigaretten, mit Gurken garnierte Sülzkoteletts, ein angeschnittener Räucheraal, dessen Pelle sich zu krausen begann, Dropsrollen und Tabakpakete. Sie steckten Groschen in den Schlitz des Automaten, drückten einen Hebel herunter bis es knackte; flirrend drehten sich die Scheiben mit den Zahlen, wurden schneller, bis keine Zahl, kein Trennungsstrich mehr zu erkennen war; ruckartig drückten sie einen Knopf hinein, die Umdrehung der Scheibe wurde langsamer, stieß klickend an und ließ ein Lämpchen aufflammen, und manchmal, wenn das Geräusch des Automaten schon verstummt war, wenn die Stille schon Verlust zu bedeuten schien, Aufforderung und neuen Einsatz, dann erfolgte mit herausfordernder Verzögerung ein Rasseln, ein stoßweises Klimpern, und durch den überdachten Schlitz spuckte ihnen der Automat einige Groschen zurück. Hoppe sah zu, wie sie spielten, hörte Hebel knacken, hörte den nachschwingenden Ton springender Stahlfedern, das Summen der rotierenden Scheiben: er beschloß, ein Spiel zu machen. Doch bevor er noch aufstand, hob der Wirt den Kopf, sah sich um, und da er nur Hoppes Blick fand, sagte er zu ihm von der Theke her: »Das paßt zu diesem Tag.«

»Was? Was ist los?«

»Was hier steht«, sagte der Wirt. »Sie haben ein Schiff gerammt draußen in der Mündung, wieder diese Panamesen mit einem ihrer Tanker; mittendurch und unter Wasser gedrückt und keiner gerettet.«

»Wann war das?« fragte Hoppe.

»Es steht in der neuen Zeitung, morgens im Schneetreiben und in der Dunkelheit ist es passiert. Es war ein Feuerschiff, eins von den alten Reserveschiffen, das unterwegs war zu seinem Liegeplatz. Die Totenliste ist gleich mitgeliefert: die ganze Besatzung, alle elf.«

»Elf?« fragte Hoppe.

»Ihre Namen sind gedruckt. Zwei haben sie aufgefischt, aber sie sind gestorben an Bord von diesem Panamesen.«

Hoppe stand auf, ging an die Theke, nahm schweigend die Zeitung und drehte sie um, und was er zuerst sah, war das Bild seines Schiffes: der hohe Laternenträger in der Mitte, die beiden Masten mit den Wanten, der gestutzte

Bugspriet, der das Feuerschiff einem verkümmerten Segler ähnlich machte, und mittschiffs auf der Bordwand, groß und bis zur Wasserlinie hinabgezogen, erkannte er den Namen, las: »Lund II«. Er stand und starrte auf die Zeitung. Er strich mit den Fingern über das Bild, sah das Schiff ruhig an langer Ankerkette dümpeln, dachte: Brodersen, der alte Thieß, sah den Blinkstrahl gleichmäßig durch die Nacht kreisen, hörte Jörgensen von der Makrelenangel am Heck rufen, das Rumpeln der Eisschollen an der Bordwand draußen...

»Ist was?« fragte der Wirt.

»Nichts«, sagte Hoppe.

Er legte die Zeitung hin, las die halbfett gedruckten Namen der Toten, las: Harry H., 32 Jahre, verheiratet, und dann las er nicht weiter. Er schob die Zeitung dem Wirt zu, die Zeitung rutschte in eine Bierlache, weichte durch, verfärbte sich. Der Wirt hob sie schnell heraus, schwenkte sie hin und her und schüttelte den Kopf. Hoppe ging an seinen Tisch zurück, er setzte sich, er kramte aus der Hosentasche eine zerknitterte Packung Zigaretten hervor, schnippte eine Zigarette raus, rollte sie auf der Tischplatte grade und steckte sie wieder in die Packung. Er dachte:... »ich muß eine Zeitung kaufen, die Alte am U-Bahnschacht kann nicht wechseln, zehn Pfennig klein, allein nachlesen...«, hob den Pappkoffer auf den Tisch herauf, ließ nacheinander die Schlösser aufschnappen und senkte den Kopf hinter dem hochgestellten Deckel. Tastend fuhren die Finger am inneren Kofferrand entlang, bohrten sich unter den kreuzweis verschnürten Inhalt: der blaue Pullover, die Strickmütze, glatt und kalt der Wachstuchbeutel mit dem Rasierzeug: Hoppe zerrte den Wachstuchbeutel heraus, legte ihn auf einen Stuhl und schloß den Koffer und stellte ihn unter den Tisch. Bewegungslos saß er da im Dämmer der Kneipe.

»Du«, sagte der kleine Betrunkene, »was is? Was is mit dir und einem Spielchen?«

»Jetzt muß ich gehen«, sagte Hoppe.

»Is nichts?«
»Später vielleicht.«
Er zahlte beim Wirt, schob den Wachstuchbeutel in die Manteltasche und holte aus der Ofenecke seinen Karton: eilig bog er die gerissene Pappe über dem Loch zurecht, beklopfte die Unterseite und nahm Koffer und Karton in eine Hand.
»Bis später«, sagte er. Der Wirt nickte.
Draußen streute ein schnurrbärtiger Invalide Asche auf die Zementstufen der Kneipe, Hoppe wartete, beobachtete, wie der böige Wind die Asche in kleinen Fahnen von der Schaufel riß, hörte den knirschenden Schritt des Invaliden, der sorgfältig, ohne ihn zu beachten, weiterstreute, und während er wartete, spürte er, wie die kalte Luft stechend seine bloßen Zahnhälse traf. Die letzte Schaufel Asche stäubte über Hoppes Schuhe, der Invalide drehte sich um, warf die Schaufel in den Marmeladeneimer und stieg knirschend die Stufen hinauf. Hoppe stieg ihm nach. Als er oben auf der Treppe war, hörte er seinen Namen: Paula stand vor der Tür, zusammengekrümmt unter einem Kälteschauer. Schnell kam sie herauf, blieb eine Stufe unter ihm und blickte ihn an.
»Gehst du schon?« fragte sie.
»Ich komme zurück.«
»Wann?«
»Gleich, Paula. Geh wieder hinein.«
»Ich muß dich sprechen, Harry.«
»Ich weiß. Es dauert nicht lange.«
Er ging die Straße zurück, die er gekommen war, vorbei an Buden und Kneipen, an Jungmühlen, schäbigen Varietés, vor denen jetzt goldbetreßt, die breiten Hände in Fingerhandschuhe gezwängt, stramme Portiers standen. Weiter an kleinrädrigen Wagen vorbei, alten Zirkuswagen, in denen Liebesratgeber und Würstchen verkauft wurden, vorbei an dem durchhängenden Catcherzelt, das der Wind schüttelte, zum U-Bahnschacht. Er gab der gedrungenen Zeitungsfrau einen Groschen, zog unter ei-

ner Persenning, die schützend über den Klapphocker gedeckt war, eine Zeitung hervor und trat hinter eine Betonwand. Er schlug die Zeitung auseinander. Er suchte das Bild seines Schiffes, und während er suchte, glaubte er, daß alle Vorübergehenden ihn ansahen, alle Gesichter sich aus ihren Vermummungen hoben, argwöhnisch, starr vor heimlichem Verdacht und heimlicher Vermutung. Hoppe faltete die Zeitung wieder zusammen und schob sie in die Brusttasche. Durch die zugigen Anlagen ging er zur Bergstraße, unter schwarznassen Bäumen, an nacktem Gebüsch vorbei, das die Wege flankierte, er ging bis zur bröckeligen Mauer, als ihm zwei Kinder den Weg verstellten.

»Du mußt uns helfen«, sagte ein Junge.
»Ich hab keine Zeit«, sagte Hoppe.
»Wir spielen Volltreffer«, sagte der Junge.
»Dann spielt weiter.«
»Wir können nicht weiterspielen«, sagte der Junge, »Rudi fehlt. Seit dem letzten Volltreffer ist er weg. Wir suchen ihn schon zwei Stunden, aber keiner kann ihn finden.«
»Das kann vorkommen«, sagte Hoppe, und er drängte die dreckigen Kinder zur Seite, ging die Straße hinab und wieder zur Pier, wieder in den Windschatten der grünen Zollbude. Der Mann mit der Säge war verschwunden. Hoppe setzte das Gepäck ab, lehnte sich mit der Schulter gegen die Budenwand und zog die Zeitung heraus. Und er las alles noch einmal; noch einmal sah er das angedunkelte Bild seines Schiffes, den gekappten Bugspriet, der ihn immer an das abgeschnittene Horn eines Hornfischs erinnerte... hörte ihre Stimmen, Brodersens Stimme, Jörgensens Stimme... verfolgte das kreisende Licht über dem grün aufschimmernden Wasser... die Schatten nachts aufkommender Schiffe... draußen vor den wandernden Bänken, an langer Kette am Minenzwangsweg... las und las: Harry H., 32 Jahre, verheiratet. Er dachte an Anne, dachte: jetzt wird Evers bei ihr sitzen

mit Bügelfalten und warmer Anteilnahme, wird ihr schonend beibringen, daß ihr Mann, einer unserer Besten, einem Unglücksfall zum Opfer fiel: Kontorvorsteher Evers mit gutsitzendem Kummer, Kummer nach Maß, ja, ihr Mann war einer der Besten, und wir werden helfen, wo zu helfen ist, sein Andenken in Ehren halten.

Hoppe blickte über den Strom: Wind und Schnee, er blickte hinab auf die treibenden Eisschollen, knüllte die Zeitung zusammen und warf sie in den Strom. Er steckte sich eine Zigarette an. Er lehnte rauchend an der fensterlosen Bude, sah sich plötzlich um, trat aus dem Windschatten heraus und spähte die Pier hinab, musterte die Luken der Speicher, stand und lauschte auf das schleifende Geräusch einer fernen Straßenbahn; dann trat er zurück, hob ohne Zögern den Karton an und ließ ihn knapp neben der Pier zwischen die Eisschollen fallen: ein tiefes »Wumm« drang zu ihm herauf, ein Laut wie ein tiefes zufriedenes Aufseufzen. Ruhig ergriff er den Pappkoffer, führte ihn nach hinten, diskusgleich, schnellte aus der Hüfte hervor und schleuderte den Koffer mit verlängertem Armschwung auf den Strom hinaus. Der Koffer traf eine Eisscholle, schrammte über sie hinweg und rutschte ins offene Wasser. Er sank nicht. Er sog sich mit Wasser voll und trieb, eingeklemmt von Eisschollen, den Strom hinab. Hoppe wartete, bis Koffer und Karton hinter dem weißen Gitter des Schneetreibens verschwunden waren, dann schnippte er die Kippe der Zigarette fort und ging langsam durch das Schneetreiben zur Stadt hinauf.

Lieblingsspeise der Hyänen

Er saß mit dem Rücken zur Wand, unter dem präparierten Kopf eines Keilers, und neben ihm saßen die beiden Frauen. Ich hörte, wie die Frauen auf ihn einsprachen, hörte schon vom Eingang der Kneipe her den Vorwurf in ihren Stimmen, die drohenden Ermahnungen, die sie in sein junges, bewegungsloses Gesicht hineinsprachen: abwechselnd, ungeduldig, in milder Empörung redeten sie auf ihn ein, und er saß da und schwieg. Der junge Amerikaner sagte kein Wort, als die beiden Frauen gleichzeitig aufstanden; er erhob sich nicht, sah sie nicht an, als sie ihre Taschen nahmen, ein Paket unter seinen Tisch schoben und untergehakt an mir vorbei zum Ausgang gingen. Sehr fest hielten sie sich untergehakt, gingen tuschelnd vorbei, und ich sah ihre saubere, rosige Haut, ihre gepflegten Haare, auf denen sie die gleichen Hüte trugen, flache Hüte, die aussahen wie Spiegeleier mit Veilchen. Noch einmal sah ich sie draußen an der Scheibe vorbeigehen, Arm in Arm, mit der Zärtlichkeit verschworener Freundinnen, und beide lächelten.

Wir waren allein. In scharfem Zug trank er sein Glas aus, bestellte einen doppelten Cognac nach, rauchte und saß mit bewegungslosem Gesicht unter dem präparierten Kopf des Keilers, der aus künstlichen Augen, mit erstarrtem Grinsen durch den Zigarettenqualm sah. Die gekrümmten Hauer wirkten spröde, ausgetrocknet; sandfarben bogen sie sich zu den Augen hinauf. Ich trank einen einfachen Cognac, blickte zu ihm hinüber: brütend und athletisch saß er da, ein jung aussehender Mann in offenem Kamelhaarmantel, mit kraftvoll gebürstetem Haar. Er sah gut aus; er erinnerte mich an den Mann auf dem Plakat, der von Freunden beneidet wird, weil er von seiner Frau ausschließlich sportliche Unterwäsche geschenkt bekommt.

Er setzte einen Fuß auf das Paket, das die beiden Frauen ihm anvertraut hatten; das Hosenbein wurde hochgezogen, gab den gummierten Rand eines Sockens frei, ein Stück des Beins, das glatthäutig war, muskulös. Mehrmals kam der magere Kellner an seinen Tisch, stellte ein volles Glas hin, trug das leere fort, und ich sah, daß es immer Doppelte waren, die er in scharfem Zug, ohne sein Gesicht zu verändern, trank. Schließlich schien ihm der Kellner leid zu tun; er ließ sich eine Flasche bringen, goß selbst ein und stellte die Flasche auf den verkratzten Marmortisch.

Und jetzt wandte er sich um; als ob er beim Klirren der Flasche auf dem Marmortisch erwacht wäre, hob er den Kopf, blickte die rauchgeschwärzte Tapete an, entdeckte den Keilerkopf über sich und dann mich in meiner Ecke. Traurig lächelte er mir zu. Ich erwiderte das Lächeln, er zeigte mit dem Daumen über sich auf den Keiler und sagte: »Wissen Sie, wann er zum letzten Mal zu trinken bekam?«

»Heute morgen«, sagte ich.

»Gut«, sagte er, »dann ist nichts zu befürchten.«

Überraschend hob er die Flasche an, hielt sie mir einladend entgegen:

»Wie wär's«, sagte er, »bevor der da oben Durst bekommt –«, und ich nahm mein Glas und zog an seinen Tisch. Ein Geruch von sehr gutem Rasierwasser umgab ihn; sein Hals war faltenlos, nirgendwo in seinem Gebiß konnte ich eine Plombe entdecken. Sicher goß er mein Glas voll, sagte »also«, und wir tranken aus.

»Worauf?« fragte ich.

»Auf alles, was wir hassen«, sagte er. Während er sprach, wippte die Zigarette zwischen seinen Lippen. Er hatte braune, schräg geschnittene Augen, dünne Brauen, und ich sah, daß sein Gesicht unter den Augen faltenlos war.

»Noch einen?« fragte er.

»Langsam«, sagte ich.

»Sie kommen bald zurück. Wir sollten fertig sein, wenn sie wieder hier sind. Es wird nicht sehr lange dauern.«

»Also gut«, sagte ich, »einverstanden.«

Wieder füllte er die Gläser, warf einen Blick durch die Scheibe und zog seinen Mantel aus, indem er halb aufstand, die Arme steif nach hinten streckte und den Mantel herabrutschen ließ. Ich fing seinen Blick auf und fragte: »Zum ersten Mal in Deutschland?«

»Nein«, sagte er, »ich nicht, aber meine Frau und meine Tochter: sie sind zum ersten Mal hier.«

»Ihre Tochter?«

»Marjorie, ja. Sie sind gerade unterwegs, um Schuhe zu kaufen.«

»Es gibt solide Schuhe hier«, sagte ich.

»Ah«, sagte er angewidert, »sie haben sich überall Schuhe gekauft, in Paris zuerst, dann in Italien und jetzt hier.«

Ein Ausdruck von resignierter Verachtung erschien auf seinem Gesicht, eine müde Erbitterung, und er rieb die kleine Glut von der Zigarette und warf die Kippe in den Aschenbecher, daß es stäubte.

»Schuhe«, sagte er verächtlich, »wohin wir auch kommen, wollen sie zuerst Schuhe sehen. Als ob Europa nichts anderes zu bieten hätte als Schuhläden. Diese Reise wäre ein Grund, damit ich zeitlebens barfuß ginge. Ich hasse sie.«

»Machen Sie eine Erholungsreise?« fragte ich.

Er sah mich überrascht an, mit einem Ausdruck von Wohlwollen, der mich erschreckte; eilig füllte er mein Glas nach, eilig schnippte er uns zwei Zigaretten aus seiner Packung, zündete sie an, und ich spürte, daß er etwas mit mir vorhatte: sein junges Gesicht schob sich über den verkratzten Marmortisch heran, stärker wurde der Geruch des sehr guten Rasierwassers. »Ich hasse sie«, sagte er, »keiner kann sich vorstellen, wie ich sie hasse.«

»Auch Ihre Tochter«, fragte ich, »auch Marjorie?«

»Es ist kein Unterschied zwischen beiden, zumindest besteht für mich kein Unterschied: sie sind Frauen.«

Er seufzte, schob die leicht geöffneten Lippen nach

vorn, so daß es aussah, als wollte er über eine heiße Suppe blasen; die Augäpfel röteten sich an den Rändern, eine Gänsehaut fuhr über sein Gesicht, ein Schauder, hervorgerufen durch Alkohol und Erinnerung: etwas Mühsames lag in seiner Haltung, mühsam versuchte er, das Herabfallen des linken Augenlids zu verhindern, das Abgleiten seines Blicks – er begann, betrunken zu werden. Ich dachte an die Frauen, mit denen er reiste, an ihre rosige Haut, dachte an ihre verschworene Zärtlichkeit und daran, daß ich sie zunächst für Schwestern gehalten hatte; und während ich sie noch einmal vor mir sah: tuschelnd, untergehakt, in ihrer herausfordernden Gesundheit, merkte ich, daß ich Mitleid für ihn empfand. Und ich sagte: »Es tut mir sehr leid.«

»Danke«, sagte er, »es war nicht umsonst, jetzt weiß ich, was ich zu tun habe, und ich werde es tun. Jetzt bin ich aufgewacht. Diese Reise hat mir die Augen geöffnet.«

»Eine Reise ist manchmal gut dafür.«

»Nachbar«, sagte er, »es war eine Reise, die ich jedem Mann wünsche, der etwas von Frauen hält.«

»Hat's Ärger gegeben?«

»Wir sind nicht rübergekommen, um Schuhe zu kaufen, Nachbar. Zuerst sind wir nach Paris gefahren, weil man in Paris ankommt, aber da wollten wir nicht bleiben. In die Nähe von Bernay wollten wir, rauf in die Normandie, zu einer flachen Waldwiese vor einem schnellen Fluß; das war besprochen. Während des Krieges, im Morgengrauen Anfang November, mußten wir notlanden auf dieser flachen Waldwiese bei Bernay, mit zerschossener Benzinleitung. Ich war Pilot, und ich wollte noch einmal diese Wiese sehen, von der ich nichts hielt und die uns nicht enttäuschte, als ich die Maschine aufsetzte und kurz vor dem schnellen Fluß zum Stehen brachte. Ich wollte diese schäbige Wiese sehen, die uns hinterher, nachdem wir die Leitung geflickt hatten, sogar wieder starten ließ. Das war der Grund, warum wir in die Nähe von Bernay wollten.«

»Und?« fragte ich.

»Ich habe sie nicht wiedergesehen«, sagte er. »Wir blieben in Paris, sie konnten sich nicht trennen, sie kauften Schuhe. Wir kamen aus dieser Stadt nicht raus, bis die Zeit, die wir für Frankreich hatten, vorbei war. Wir sind nach Italien gefahren; die kleine Wiese habe ich nicht gesehen.«

Er sprach leise, ohne Verachtung jetzt, ohne Erbitterung, seine Stimme hatte etwas Gleichgültiges, den Ton wirkungsvoller Sachlichkeit; sie glich einer Stimme, die ich manchmal im Radio höre: von fern her, aus unsichtbarem Verlies erreicht sie mich, setzt eine Beziehung voraus, läßt keine Möglichkeit des Einwandes und will nicht mehr, als daß man ihr recht gebe. Ich gab ihm recht; ich war auf seiner Seite, weil die Frauen mit der rosigen Haut verhindert hatten, daß er seine Wiese zu sehen bekam, das bange Glück erfuhr, die Narben der Landespur wiederzufinden, und ich nickte ihm beistimmend zu. Er füllte die Gläser nach, trank seinen Doppelten in scharfem Zug aus und lächelte resigniert.

»Und in Italien?« sagte ich.

»Die Italiener machen die besten Schuhe«, sagte er. »Marlene Dietrich kauft ihre Schuhe in Italien und Soraya auch, und wer nur etwas auf sich hält, der sollte seine Schuhe bei den Makkaronis kaufen.«

»Kannten Sie Italien?«

»Nachbar«, sagte er, »als ich nach Italien kam, hatte ich die zweithöchste Auszeichnung. Und jetzt sind wir wieder hingefahren, weil ich einen Mann suchen wollte. Ich weiß nicht, wie er heißt, weiß nur, daß er am Berg über einer Brücke wohnen muß. Damals gaben sie mir den Auftrag, die Brücke zu zerstören, und ich flog hin, um es ihnen zu besorgen, aber während des Angriffs erschienen Schafe auf der Brücke, eine ganze Herde im Staub unter mir und ein Mann, der die Schafe trieb. Wir konnten nicht warten, konnten die Schafe nicht bitten, die Brücke zu verlassen; wir besorgten den Auftrag, und während des Rückflugs schon nahm ich mir vor, später den Mann, der die Schafe trieb, aufzusuchen und ihm etwas zu bringen.«

»Lebte er?«

»Wir haben Schuhe gekauft«, sagte er. »Ich habe den Mann nicht gesehen, weil sie mich nicht hinfahren ließen. Sie konnten allein ausgehen, sie kauften ohne mich ein, doch wenn sie zurückkamen ins Hotel, wollten sie mich vorfinden. Sie glaubten sterben zu müssen, bekamen nervöse Zusammenbrüche und Hautausschlag, wenn ich nicht auf sie wartete. Oh, ich hasse sie, ich hasse diese sanften Anklagen, ihre weichen Vorwürfe, und am meisten hasse ich sie, wenn sie auf ihre Schutzlosigkeit anspielen oder sich an den sogenannten Gentleman in uns wenden... Kennen Sie die Lieblingsspeise der Hyänen, Nachbar? Es sind Schuhe, bei Gott...«

Die Zigarette wippte zwischen seinen Lippen, der Rauch ringelte sich an seinem Gesicht vorbei, stieg hoch und staute sich unter dem drahtborstigen Kopf des Keilers, dessen Schnauze so weit geöffnet war, daß die rissige Gipsmasse im Zungenbett rosa hervorschimmerte. Mit schmerzlichem Wohlwollen sah mich der junge Amerikaner an, füllte mein Glas nach, forderte mich freundlich auf, auszutrinken, und ich trank. Sein Gesicht war leicht gedunsen vom Alkohol, sein Blick nicht mehr zielsicher, doch seine Stimme veränderte sich nicht. Seine Stimme war leise, sprach mit wirkungsvoller Sachlichkeit auf mich ein, und ich wagte nicht, nach einem Einwand zu suchen: ich gab ihm recht wie jener Stimme im Radio.

»Und von Italien sind Sie zu uns gekommen?«

»Ja«, sagte er, »von Italien hierher. Und ich betete unterwegs, daß Wolken von Ameisen über die deutschen Schuhläden herfallen möchten – mein Gebet wurde nicht erhört, Nachbar. Als sie den ersten Schuhladen sahen, blieben sie stehen, doch diesmal gab ich es nicht so schnell auf; diesmal steht für mich etwas auf dem Spiel. Vierzig Kilometer von hier, nach einem Angriff auf diese

Stadt, haben sie mich abgeschossen, das ganze Leitwerk wurde weggrasiert, so daß wir Mühe hatten, auszusteigen. Aber ich kam raus, der Fallschirm öffnete sich gut, und ich schwebte runter und sah schräg unter mir den Fluß. Doch gleich darauf, nachdem sich mein Fallschirm geöffnet hatte, fiel Charles auf mich zu: die Arme ausgebreitet, hinter sich, schlagend und flatternd, die Leinen und den Schirm, der sich nicht öffnete. So stürzte er herunter, und ich glaubte, er werde auf meinen Schirm fallen. Aber er streifte ihn nicht einmal, sauste neben mir vorbei; ich konnte seine Leinen fassen und festhalten. An meinem Fallschirm landeten wir beide im Fluß. Charles war verwundet, er ertrank.«

»Das war vierzig Kilometer von hier?«

»Nicht weiter. Damals hörte der Krieg für mich auf. Und jetzt will ich rausfahren an das Grab von Charles und ihm sagen, daß ich hier bin. Wir waren Freunde schon in der Schule. Seit vier Tagen sind wir in dieser Stadt, und ich bin immer noch nicht rausgefahren zu ihm ... oh, ich hasse sie. Aber jetzt weiß ich, was ich zu tun habe.«

Heftig ergriff er die Flasche, drückte zu; ich sah seine Knöchel weiß werden, sah, wie sich sein Mund schmal zusammenzog, und plötzlich legte er sich zurück, versetzte dem Paket unter dem Tisch einen Fußtritt. Das Paket rutschte zwischen meinen Stuhlbeinen hindurch, rutschte weiter durch den Mittelgang der Kneipe bis zur braunen Filzportiere des Eingangs.

»Schuhe«, sagte er, »auch da sind Schuhe drin; die Lieblingsspeise der Hyänen.«

Der magere Kellner schob argwöhnisch seinen Kopf durch die Schiebetür der Küche.

»Zahlen!« sagte der Amerikaner. Der Kellner kam, und er zahlte.

Als er ohne Hast seinen Mantel anzog, sah ich draußen, hinter der Scheibe, die beiden Frauen aus einem Taxi aussteigen: eilig, mit ihren flachen Hüten, die so aussahen wie Spiegeleier mit Veilchen. Eine von ihnen – ich konnte nicht entscheiden, ob es Marjorie war oder ihre Mutter – trug an einem Bindfaden ein Paket. Sie schlugen die Filzportiere zurück, hoben ohne Erstaunen das Paket auf, das dort lag, und kamen an unseren Tisch. Er war sehr ruhig. Er ließ sich von einer der Frauen gleichgültig auf die Wange küssen. Sein Gesicht war bewegungslos, als sie ihm beide Pakete über den verkratzten Marmortisch schoben, wortlos nahm er sie auf. Ich wartete, wartete auf irgend etwas, von dem ich glaubte, daß es geschehen müsse, doch es geschah nichts. Er sah mich nur einmal an, mit einem Blick unergründlicher Dankbarkeit, dann gingen sie zum Taxi: er wußte, was er zu tun hatte.

Der längere Arm

»Immer, wenn du Pech hast«, sagte Ruth Eisler gereizt, »denkst du gleich an diesen alten Godepiel. Du glaubst wohl, er habe nichts anderes zu tun, als für dein Pech zu sorgen.«

»Er hat nichts anderes zu tun«, sagte Eisler, »oder doch nichts Besseres.«

Sie saß ihm gegenüber und beobachtete, wie er aß: eine junge Frau, in dünnem, gestreiftem Kleid, blond, mit einem Ausdruck müder Mißbilligung. Ihre Haut war großporig, in den fleischigen Händen, die sie auf dem Tisch gefaltet hielt, erschienen kleine Dellen. Sie sah zu, wie er mit heftigen Bewegungen Marmelade auf den Toast kleckste, den blauen Kunststofflöffel mürrisch durch die Eierschale stieß, und mit unhörbarem Seufzen blickte sie auf die Krümel und die kleinen, gezackten Splitter der Eierschale neben seinem Teller – so als kalkulierte sie bereits das Maß an Arbeit, das er ihr heute hinterlassen würde.

»Jetzt muß er aufhören«, sagte Eisler. »Nun hat er uns erledigt. Wenn ich meine Papiere von der Firma habe, bleibt ihm nichts mehr. Die Entlassung ist das Letzte, was er uns besorgte.«

Während er sprach, sah er in die Tasse hinein, auf den leicht schwappenden, ölig schimmernden Kaffee. Eisler trug ein weißes Hemd mit gestärktem Spitzkragen, einen engsitzenden Flanellanzug; sein Nacken war sauber rasiert.

»Ich weiß nicht, was er jetzt noch vorhat«, sagte er, »aber alles, was bisher gewesen ist, haben wir ihm zu verdanken. Er hat uns geschafft.«

Im Nachbarhaus begann die Schleifmaschine zu arbeiten, mit der sie den Fußboden abzogen; ein Jaulen drang zu ihnen, ein hohes, ratterndes Sirren wie von einem riesigen, gefangenen Insekt, das seine harten Flügel wundstieß, und die Frau zog ihr Kleid zusammen, als ob sie plötzlich zu frieren begonnen hätte, während er ruckartig die Tasse absetzte.

»Du hast ihn nicht gesehn«, sagte Eisler, »du weißt ja nicht einmal, wie Godepiel aussieht. Ah, du solltest dabeigewesen sein damals; sein Gesicht: gütig, väterlich, ein echtes Kaufmannsgesicht, ausgetrocknet in der Korrektheit seines Versicherungsinstitutes. Vielleicht war's auch ein feinsinniges Gelehrtengesicht. Hanseatische Kaufleute haben ja fast alle Gelehrtengesichter, wenigstens liest man das zu ihrem Jubiläum in der Zeitung. Trocken und korrekt, ja; und in seinem Gesicht war zu lesen, daß alle Unglücksfälle, gegen die man bei ihm versichert war, vorbildlich nach Tabelle vergütet wurden.« Er unterbrach sich, sah sie erwartungsvoll an.

»Hör auf, Eisler«, sagte die Frau. In den letzten beiden Jahren ihrer Ehe hatte sie damit angefangen, ihn bei seinem Nachnamen zu nennen – lange bevor alles mit Godepiel begonnen hatte. Sie blickte sich schnell um, als ob sie etwas suchte, womit sie sich beschäftigen könnte, nur um ihm nicht zuhören zu müssen; doch ehe sie sich erhob, begann er wieder, setzte ein wie eine Grammophonnadel, die mehrere Rillen der Platte übersprungen hat, so daß sie, einem stärkeren Zwang nachgebend, sitzen blieb.

»Du willst es nicht hören«, sagte er, »aber ich bin es nicht allein, der von Godepiel erledigt wurde. Wenn ich mich recht erinnere, leben wir beide von meinem Gehalt.« Einlenkend legte er eine nach oben geöffnete Hand auf den Tisch und lächelte. Die Frau blickte nicht auf.

»Ruth«, sagte er, »komm her, Ruth.«

Die Schleifmaschine kreischte jetzt auf und verursachte ein flatterndes Geräusch wie eine Bandsäge, die einen verborgenen Nagel erwischt hat. Gleich darauf war wieder nur das Sirren zu hören.

»Du brauchst dir keine Sorgen zu machen«, sagte Eisler. »Das ist das Letzte, was Godepiel tun konnte. Sie haben mich entlassen, weil er es wollte, aber ich werde bald etwas Neues haben; du weißt selbst, daß sie heute überall Architekten brauchen. Vielleicht wird es uns sogar besser gehn als jetzt... Ich werde es schon machen, Ruth.«

»Sicher«, sagte sie gequält, »du wirst es schon machen, Eisler.«

»Und eines Tages werde ich Godepiel alles zurückzahlen.«

»Ich weiß, du hast es jeden Morgen gesagt.«

Er hauchte auf seine großen Manschettenknöpfe, polierte sie am Jackettärmel und stand auf und trat hinter den Stuhl seiner Frau. Unsicher blickte er auf sie hinab; er haßte es, sie vorwurfsvoll zurückzulassen, wenn er fortging, aber diesmal wußte er, daß er lange brauchen würde, um ihre müde Mißbilligung, diese träge Verachtung, die sie für ihn zu empfinden schien, aus der Welt zu schaffen. Er überlegte, ob er es versuchen sollte, sie umzustimmen, bevor er fortging, und er legte die Hände auf ihre Schulter und sagte: »Godepiel ist jetzt am Ende, aber wir, wir fangen erst an. Einmal werden wir den Kasten aufmachen, und dann wird er was erleben. Er hat sich ausverkauft. Wir aber haben unsern Trumpf noch in der Hand.«

»Hör auf, Eisler«, sagte sie müde, »du hast nichts mehr in der Hand.«

»Du weißt genau, was ich meine; du hast es selbst gesehn.«

»Es ist nichts mehr da«, sagte sie, ohne ihn anzublikken, »der Kasten ist leer.«

Er zog die Hände von ihrer Schulter, trat zögernd zurück, stand eine Weile reglos hinter ihr, und sie hielt die Aufschläge ihres Ausschnitts sehr fest über der Brust zusammen und wartete schweigend. Er fragte leise – und sie hörte die Drohung in seiner Stimme –: »Ist der Schädel weg, Ruth?«

Sie nickte.

»Hast du ihn aus dem Kasten genommen?«

»Ja«, sagte sie, »ich habe ihn herausgenommen und fortgebracht.«

Er ging um sie herum, seine Hand schoß blitzschnell vor, ergriff ihr Kinn, und er hob ihr Gesicht und zwang sie, ihn anzusehen.

»Weißt du, was du getan hast? Ich glaube es nicht; ich kann mir nicht denken, daß meine eigene Frau das Beweisstück verschwinden läßt, für das ich alles in Kauf nahm. Du kannst das nicht getan haben.«

»Warum nicht?« fragte sie.

»Weil ich es mir aufgehoben hatte für einen einzigen Augenblick, in dem ich Godepiel alles zurückzahlen wollte, was er uns getan hat.«

Ihr Wangenfleisch schob sich unter seinem gewaltsamen Griff an den Backenknochen auf, sie suchte aus seinem Griff herauszukommen, bog den Kopf hin und her, doch er hielt sie sehr fest und beugte sich über sie und sagte: »Wo ist er? Wo?«

»Laß mich los«, sagte sie.

»Weißt du, was du getan hast? Ja, weißt du das?«

»Ja«, sagte sie, während sie den Kopf nach hinten warf und aus seiner Klammer herauskam. Und mit einem Ausdruck ihrer trägen Verachtung: »Und jetzt hör mir zu, Eisler, jetzt möchte ich dir etwas sagen.«

»Ach, ich könnte dich –«, sagte er.

»Ja«, sagte sie müde, »ich weiß; später kannst du es tun, aber jetzt setz dich hin und hör mir zu.«

Die Schleifmaschine rumpelte, als ob von einer Schütte Kohlen in einen Keller polterten, sirrte wieder und arbeitete mit einem durchdringenden Pfeifton weiter, und Eisler preßte beide Hände auf seine Ohren und schloß verzweifelt die Augen. Sein Mund war geöffnet, doch kein Laut drang aus ihm, so als fehlte ihm selbst die Kraft zu einem Stöhnen.

»Hör mir zu«, sagte die Frau. »Du wolltest wissen, warum ich den Schädel wegbrachte. Gut, Eisler, ich habe ihn weggebracht, damit uns nicht dasselbe noch einmal passiert.«

»Was?« sagte er gereizt, »was soll uns noch einmal passieren?«

»Das will ich dir sagen, hör mir nur zu; ich hatte Angst und Phantasie und von allem genug, um diese Geschichte verstehen zu können, und da ich in ihr drinstecke, habe ich mir lange überlegt, welche Rolle jeder von uns darin spielt. Und soviel weiß ich jetzt: der alte Godepiel mit seinem edlen Kaufmannsgesicht spielt nicht die schäbigste Rolle.«

»Wer denn?« fragte Eisler scharf.

»Als ihr das alte Bürohaus abgerissen habt, damals – du weißt: Godepiels Privatversicherung seit drei Generationen –, da bist du auf die Trümmer gestiegen, und in einem Winkel zwischen Balken und Mauerbrocken fandest du den Schädel.«

»Es war nicht nur der Schädel«, sagte er vorwurfsvoll. »Ich fand ein ganzes Skelett. Du mußt schon genauer sein.«

»Wart nur ab; Schädel oder Skelett: du fandest in dem alten, verwinkelten Bürohaus, das eure schwingende Eisenkugel zusammenschlug, die Spur von irgend etwas, denn der Schädel oder das Skelett lag in einem Hohlraum, und du sahst natürlich sofort, daß der Schädel an einer Stelle zersplittert war von einem Schuß. Du hast den andern nichts gesagt von deiner Entdeckung.«

»Wem hätte ich es sagen sollen?«

»Du hast den Schädel in die Aktenmappe gesteckt und bist damit nach Hause gekommen und hast auch mir nichts erzählt von deiner Entdeckung.«

»Es gibt Dinge, die ein Mann für sich behalten muß«, sagte Eisler schnell und in einem Ton ärgerlicher Abwehr.

»Sicher«, sagte sie, »und als du das Ding hier zu Hause hattest, kamst du auf diese Idee, auf die nur ein Mann wie du kommen kann: du bist zum alten Godepiel rausgefahren, und in deiner Tasche wurde der Schädel wahrscheinlich immer schwerer – oder? Und du hast dich bei ihm melden lassen – Architekt Eisler von der Glunz-Bau A.G. – hast seinen Sherry getrunken, und als es dir an der Zeit schien, hast du dein Mitbringsel für ihn ausgewickelt – statt Blumen.«

»Das mußt du aufschreiben«, sagte Eisler. Überlegen lächelnd zündete er sich eine Zigarette an, behielt sie zwischen den Lippen, und der Rauch kräuselte sich an seinem gedunsenen Gesicht vorbei und zwang ihn, die Augen zu Schlitzen zusammenzuziehen. »Red nur«, sagte er mit einer hochmütigen Handbewegung, »wenn du fertig bist, komme ich dran.«

»Der alte Godepiel war sehr höflich, und er war sicher auch zu dem Schädel mit der Einschußstelle sehr höflich und merkte anscheinend gar nicht, was du ihm gebracht hattest. Du warst gewiß erstaunt, als der korrekte Kaufmann dein verstecktes Angebot überhörte und offenbar nicht begreifen konnte, was es für seinen Namen, sein privates Versicherungs-Institut bedeuten könnte, wenn du deine Entdeckung ausposaunt hättest. Schließlich würde ich mich auch nicht so gern bei einem Mann versichern lassen, in dessen Büro Skelette eingemauert sind: eine Reklame ist das nicht unbedingt.«

Sie unterbrach sich, sah ihn forschend an, merkte, daß er sehr sicher und in einer Haltung lässiger Überlegenheit dasaß, und sie fuhr fort: »Du hast ihm genau zu verstehen gegeben, was dieser Schädel wert war, und als er nicht darauf einging –«

»Hör auf«, sagte Eisler plötzlich. Er nahm die Zigarette aus dem Mund.

»Warum«, sagte sie, »wir wollen doch nur feststellen, welche Rolle jeder von uns spielte.«

»Du hast etwas vergessen. Ich habe Godepiel gesagt, daß sein Vater diesen Schädel sofort erkannt hätte. Was ich in dem alten Bürohaus gefunden habe, war das Skelett meines Großvaters. Mein Großvater war Teilhaber von

Godepiels Vater, und du weißt, daß er eines Tages verschwand.«

»Ja, ich weiß es«, sagte die Frau, »ich habe es von dir gehört. Doch obwohl es dein Großvater war, den du in der Aktentasche zu Godepiel brachtest, schien der träumerische Kaufmann immer noch nicht zu verstehen, warum du gekommen warst und wodurch er deine Entdeckung aufwiegen könnte. Er schien überhaupt nichts zu verstehen, auch als du wieder fortgingst und den Schädel mitnahmst, mit dem du Godepiel gelegentlich daran erinnern wolltest, wieviel er dir wert war.«

»Von Geld ist nie die Rede gewesen«, sagte Eisler.

»Man kann über Geld sprechen, ohne dies Wort zu gebrauchen, und ihr habt die ganze Zeit nur darüber gesprochen, denn ihr habt euch sehr gut verstanden, alle beide – so gut, wie man sich unter Leuten eures Schlages nur versteht. Es ist nichts offengeblieben, und auf deine Anfrage kam prompt eine Antwort.«

»Welche Antwort?« fragte er und sah sie haßerfüllt an, mit dem verblüfften Haß eines Mannes, der sich von seiner Frau durchschaut fühlt.

»Dieser Kaufmann mit dem feinen Gelehrtengesicht hat dir gezeigt, welch ein schäbiger Anfänger du bist«, sagte sie. »Natürlich wußte er, was für ihn auf dem Spiel stand, – ah, er kannte den Wert dieses Schädels genau. Aber er taxierte den Wert insgeheim; es gehört zu den Spielregeln, das entscheidende Interesse zu verbergen und den Partner ›kommen zu lassen‹, wie man sagt. Du hast die Spielregeln verletzt, weil du nur an Barzahlung dachtest, und er hat dir die Antworten gegeben, die du verdienst. Verstehst du, Eisler? Er wollte dir deinen Fund nicht abkaufen, weil es ihm Freude machte, dir zuerst eine Lehre zu erteilen. Er hat sie dir erteilt.«

Der Mann saß zusammengesunken da, den massigen Nacken gebeugt; er wollte etwas sagen, doch die Schleifmaschine sirrte auf wie ein Metallbohrer, und er winkte kapitulierend ab und preßte die Zähne aufeinander.

»Godepiel ließ dich ziehen mit deinem wertvollen Großvater in der Aktenmappe«, sagte die Frau, und auf ihrem Gesicht lag der Ausdruck eines traurigen Triumphes. »Er ließ dich einfach gehen, als ob dein Fund ihn überhaupt nicht interessierte; doch wie sehr er ihn interessierte, haben wir ja bald zu spüren bekommen, als wir plötzlich einen neuen Hausbesitzer hatten und aus der Wohnung rausmußten. Weißt du noch, wie lange wir brauchten, um zu erfahren, wer der neue Hausbesitzer war? Ja? Siehst du: das war die erste Antwort auf dein schäbiges Angebot.«

»Hör endlich auf«, sagte Eisler, »ich weiß das selbst.«

»Aber du hast es vergessen. Und als dein Modell für die neue Siedlung auf einmal nicht mehr unter den letzten fünf Entwürfen war, obwohl die Jury vorher –«

»Ist mir alles bekannt«, sagte er, ohne sie anzublicken.

»Siehst du, und jetzt hat er dir wieder eine Antwort auf dein Angebot gegeben: in der Firma haben sie dir die Papiere in die Hand gedrückt. Godepiel wollte dir nur die Lehre erteilen, daß man seine Möglichkeiten prüfen muß, bevor man so etwas anfängt. Seine Antwort war deutlich genug. Du bist ein schäbiger Anfänger, Eisler.«

Er hockte unbeweglich da, schob dann tastend seine Hand zu ihr hinüber und fragte, indem er in die Tasse blickte: »Was soll denn werden, Ruth?«

Sie musterte seine Hand mit Widerwillen, doch ohne Erstaunen; sie wußte, daß diese Hand kalt und feucht war, und sie ließ sie liegen und sagte: »Ich bin hingegangen und habe ihm den Schädel gebracht. Nach allem, was gewesen ist, hat er einen Anspruch darauf. Wenn du alles zusammenrechnest, hat er ihn jetzt bezahlt.«

Er stand auf und trat hinter sie und begann, ihre Schultern leicht zu massieren, und er spürte, wie sie unter dem ersten Druck seiner Finger zusammenzuckte.

»Was bezahlt ist, ist bezahlt«, sagte sie leise.

»O Gott«, sagte er, »was soll ich denn tun, Ruth?«

»Trink deinen Kaffee aus«, sagte sie, »ich kann ihn nicht wegschütten.«

Der Sohn des Diktators

Da mein Vater Gongo Gora – sein offizieller Beiname war Vater des Volkes und der Berge – schon sehr früh seine Fähigkeiten auch in mir entdeckte, wurde ich mit fünfzehn Jahren stellvertretender Luftwaffenchef, bald darauf erhielt ich Sitz und Stimme in unserer Akademie der Künste, und zu meinem sechzehnten Geburtstag ernannte er mich zum Chefredakteur des Regierungsblattes ›Przcd Domdom‹, was sich zweckmäßig übersetzen läßt mit ›Frohes Erwachen‹. Obwohl diese Stellungen mir einiges zu tun brachten, bestand mein Vater darauf, daß ich nebenher noch die Schule beenden, einen Abschluß erlangen müßte, und um mir den Schulgang zu erleichtern, versprach er, mich nach bestandenem Examen angemessen zu entschädigen; als angemessen empfand er den Posten eines Ministers für Kraft und Energie.

Doch diese versprochene Entschädigung werde ich nun nie mehr erhalten, nie mehr genießen. All die Fähigkeiten, die mein Vater mir vererbte und die er so früh in mir entdeckte, werden keinem höheren Amt unseres Staates mehr zugute kommen: nicht einmal zum Ersten Sekretär der Gewerkschaften wird man mich berufen, denn laut unseren wissenschaftlichen Enzyklopädien und Nachschlagewerken gehöre ich bereits zu den Toten, zu den teuren Toten unserer Nation. Mit siebzehn Jahren – so steht es in den Nachschlagewerken – verlor ich mein Leben in einem Einsatz gegen die aufrührerischen Banden der Ostralniki, und in einer Neuauflage wurde hinzugefügt, daß dies kurz vor meinem Examen geschah und mit der Erschießung eines Schocks gefangener Ostralniki – »räudiger Ostralniki« schrieb die große Staatsenzyklopädie – gesühnt wurde. Bei meinem Staatsbegräbnis konnte ich nicht dabei sein, doch durch die Mauern der Privatzelle, in die mein Vater Gongo Gora mich eigenhändig sperrte, konnte ich die Trauerreden hören, das gepeinigte Schluchzen meiner Mutter Sinaida und die drohenden Rufe des Volkes, das meinen Tod beklagte und das rasche Ende aller Ostralniki forderte.

Nein, meine Aussichten, das Glück der Nation aus einer entsprechenden Stellung zu lenken, haben sich einstweilen verringert oder sind sogar völlig geschwunden. Und wenn ich mich heute, an meinem achtzehnten Geburtstag, frage, wo die Fehler lagen, die ich offenbar gemacht haben muß – Fehler, die öffentlich zu bereuen mir mein Vater wohlweislich keine Gelegenheit gab –, so stoße ich immer wieder auf den Namen meines Lehrers Alfred Uhl: er ist sozusagen das erste Glied in der Kette von Fehlern, denen ich meine jetzige Lage zuschreiben muß. Ja, alles nahm seinen Anfang bei Uhl, einem ausgezehrten, langgliedrigen Mann mit gelblicher Haut, der meiner Klasse – meist Söhnen von Regierungsmitgliedern, Generalen und verdienten Künstlern – Geschichtsunterricht gab. Er hatte die offizielle Biographie meines Vaters geschrieben, hatte das Geschichtslesebuch der Nation redigiert und war für seine Verdienste zum Ehrenpräsidenten der Historischen Gesellschaft ernannt worden; außerdem war er beauftragt, unser ›Who is who?‹ herauszugeben, eine Arbeit, die seit zwölf Jahren ohne Erfolg geblieben war, da der Kreis der Personen, den er aufnehmen sollte, sich regelmäßig bei Drucklegung des Werkes änderte.

Alfred Uhl war ein fanatischer Anhänger meines Vaters, und ich erinnere mich noch an den Morgen, als er, erbittert über einen Attentatsversuch der Ostralniki, in unsere Klasse kam, die Faust zum Fenster hinaus schüttelte, hin und her ging in schweigender Erbitterung und in kurzen Abständen »Schakale« murmelte, »Schakale«. Doch unverhofft erschien ein Schimmer von Genugtuung auf seinem gelblichen Gesicht; höflich bat er uns, die Hefte hervorzukramen, die Federhalter, schonungsvoll machte er uns mit seiner Absicht vertraut, eine Arbeit schreiben zu lassen, und triumphierend begründete er das

Thema: als Antwort auf den Attentatsversuch sollten wir sämtliche Beinamen meines Vaters nennen, die vom Volk, von der Presse, in Akademien und Kongressen gebraucht werden. Seine Faust verhalten gegen das Fenster schüttelnd, sagte er: »In den letzten beiden Monaten erlauben sich die Schakale, was sie sich vorher nie zu erlauben wagten. Wir wissen, daß für die letzten Unternehmungen ihr neuer Anführer verantwortlich ist, eine Söldnerkreatur, die sie zärtlich Ostral-Wdinje nennen, den Glückskäfer. Wir wollen jetzt diesen Insekten die Antwort geben, die sie verdienen.« Aufmunternd nickte er uns zu, und ich sah, wie mein Nebenmann die Beinamen meines Vaters ohne Schwierigkeiten aufzuzählen begann: vom »Vater des Volkes« über die »Leuchte der Hartfaserchemie«, den »Wegweiser der Binnenschiffahrt«, den »Hilfreichen Freund aller Nichtschwimmer« bis zum belebenden »Kristall des Fortschritts«. Mein Nebenmann brachte es auf achtundvierzig Namen.

Als dann die Hefte eingesammelt wurden, Alfred Uhl sie flüchtig durchblätterte, geschah, was ich erwartet hatte: fassungslos rief er mich nach vorn, und behutsam fragte er mich, warum ich als einziger ein leeres Heft abgegeben hatte. Ich schwieg, und während er sanft weiterforschte, dachte ich an die Auseinandersetzung, die ich in der Nacht zuvor mit meinem Vater gehabt und in der er mich zum Schluß mühsam zusammengeschlagen hatte; wegen seines Lieblingsgetränks, »Butor Glim«, eines Beute-Cognacs von den Ostralniki, von dem ich die letzte Flasche mit der Primaballerina unserer Staatsoper getrunken hatte. Während ich in kalter Wut daran dachte, befragte mich Uhl mild und eindringlich, und als er keine Antwort von mir erhielt, bat er mich, die Beinamen meines Vaters als Hausaufgabe aufzuzählen. Aus verschiedenen Gründen war ich dagegen, doch weil ich zögerte, Alfred Uhl mit diesen Gründen vertraut zu machen, und weil ich erwartete, daß er mich am nächsten Tag unweigerlich nach der Hausaufgabe befragen werde, hielt ich es für vorteilhaft, ihm nicht wieder zu begegnen: So schrieb ich in meiner Eigenschaft als Chefredakteur des Regierungsblattes ›Przcd Domdom‹ (›Frohes Erwachen‹) noch am selben Nachmittag einen Artikel gegen gewisse rückständige Methoden älterer Lehrer. Der Artikel schlug ein, und es vergingen nur wenige Stunden, bis Uhl zum Leiter der Staatlichen Sägewerke ernannt wurde, weit entfernt, in den blauen Wäldern von Pumbal. Einige der frei gewordenen Ämter übertrug ich, in Übereinstimmung mit meinem Lieblingsplan, einem Klassenkameraden, Gregor G. Gum, der seit langem zu meinen Vertrauten gehörte.

Da die Ostralniki unter ihrem neuen Anführer Ostral-Wdinje (der Glückskäfer) damals die ganze Nation in Atem hielten, war mein Artikel, waren die Folgen, die er hervorgerufen hatte, rasch vergessen. Wo immer sich etwas ereignete: wo Felder vertrockneten, Bäume vom Borkenkäfer befallen wurden, wo, gegenüber der Staatlichen Erfassungsstelle, die Zahl der Schweine verschleiert wurde oder ein Auto mit Achsenbruch liegenblieb: überall gab man den Ostralniki die Schuld, und weil das Volk ungeduldig nach Vergeltung rief, beschloß der Generalstab der Luftwaffe, etwas zu unternehmen. Marschall Tibor Tutras, ein gutmütiger Mann mit geschwollenen Füßen und fliehendem Kinn, dem mein Vater den Titel eines »Wolkenbezwingers erster Klasse« verliehen hatte, berief eine Geheimsitzung ein, auf der ich, als sein Vertreter, rechts neben ihm saß. Nachdem er meinen Vater und dessen Beinamen genannt hatte, die er im Hinblick auf die Luftwaffe besaß, machte er den Vorschlag, mehrere Geschwader in das von Ostralniki verseuchte Gebiet zu schicken und dort, über wildem Karst, verbranntem Land einen Demonstrationsflug zu veranstalten. Unter beifälligem Nicken der anwesenden Offiziere erklärte er: »Seit diese Schakale ihren neuen Anführer Ostral-Wdinje (den Glückskäfer) haben, werden ihre Unternehmungen immer grausamer. Sie operieren mit Sicherheit in Gebieten, die unsere Truppen gerade geräumt haben oder gerade dabei sind, zu sichern; als ob sie ihre Agenten in den höchsten Stäben haben, so gehen sie vor. Und darum bin ich für einen abschreckenden Demonstrationsflug mit gelegentlichen Bombardements auf Einzelziele. Um die Gerechtigkeit wiederherzustellen, schlage ich die neuen Napalmbomben vor.« Die Offiziere nickten in vorschriftsmäßiger Begeisterung; nur ich – ich lächelte, wie ich während der ganzen Rede von Tibor Tutras gelächelt hatte. Erschreckt, ängstlich fragte er mich, ob ich nicht seiner Meinung sei – den Vorschlag hatte außerdem mein Vater auf der letzten Kabinetts-Sitzung gemacht – und ich antwortete ihm, daß der Erfolg solch eines Demonstrationsfluges in keinem Verhältnis zu den Benzinkosten stehen würde, und mit erhobener Stimme fuhr ich fort: »Die Geschwader gehören dem Volk, und das Volk hat es nicht gern, wenn sie ohne greifbaren Erfolg eingesetzt werden.« Die Offiziere nickten, und Tibor Tutras begann ebenfalls in einer Haltung gequälter Nachdenklichkeit zu nicken; und schon war ich bereit, seinen Vorschlag zu vergessen, als er darauf hinwies, daß er meinem Vater zum Wochenende Bericht zu erstatten habe. So war ich gezwungen, schnell zu handeln; ich verbrachte jene Nacht ohne Nadwina Chleb, die Primaballerina unserer Staatsoper, schrieb statt dessen einen Leitartikel für das Regierungsorgan ›Przcd Domdom‹ (›Frohes Erwachen‹), und da ich mir die Vorwürfe gegen die oberste Leitung der Luftwaffe sorgfältig überlegt hatte, kam Tibor Tutras nicht mehr dazu, meinem Vater Bericht zu erstatten; denn zum nächsten Wochenende bereits versetzte ich ihn als Luftwaffenattaché nach Santiago de Chile.

Da ich selbst keine unmäßige Liebe zur Fliegerei habe, verzichtete ich darauf, an die Stelle von Marschall Tutras zu treten; doch weil sein Amt unstreitig eine sogenannte Schlüsselposition darstellte, verwendete ich mich dafür, daß sie von einem weiteren Klassenkameraden, Boleslaw Schmidt, besetzt wurde, der in meinen Lieblingsplan eingeweiht war.

Mit Alfred Uhl, meinem Geschichtslehrer, hatte es begonnen, mit Marschall Tibor Tutras war es weitergegangen, und in wenigen Wochen gelang es mir, eine Reihe von Inhabern wichtiger Ämter abzuschießen und ihre Positionen mit eingeweihten Klassenkameraden zu besetzen – zumeist Söhnen von Regierungsmitgliedern, Generalen und verdienten Künstlern. Das ging um so leichter, als mein Vater selbst wiederholt in seinen Reden äußerte, daß die Alte Garde müde geworden sei, gefährlich müde, und so genügte in den meisten Fällen ein Leitartikel, in wenigen nur ein Fortsetzungsbericht im Regierungsblatt, um die Angehörigen der Alten Garde durch mir ergebene Klassenkameraden zu ersetzen. Besonders zäh hielt sich der Minister für Volksaufklärung, bis es uns gelang, ihn geheimer Verbindungen mit den Ostralniki zu überführen: während des Frühlings wurde er erschossen.

Mein Vater zeigte sich meiner Aktivität gegenüber sehr aufgeschlossen, er behandelte mich mit Freundlichkeit, bot mir freiwillig von dem ostralnikischen Beute-Cognac »Butor Glim« an, der den gefallenen Feinden des Staates abgenommen wurde. Als ich sämtliche Schlüsselpositionen des Staates mit Klassenkameraden besetzt hatte, die mir ergeben waren, sagte mein Vater einmal zu mir: »Eine Revolution, die sich selbst als historisch empfindet, taugt nichts. Revolutionen müssen andauern;« – worauf ich ihm heftig zustimmte und darauf hinwies, in welchem Umfang ich eine Erneuerung in den höchsten Stellen vorgenommen hatte. In träumerischer Dankbarkeit strich mir mein Vater dafür übers Haar.

So kam der strahlende Tag, an dem mein Vater nach Luhuk aufbrach, in ein wildes, vegetationsloses Gebiet, in dem das größte Kraftwerk der neueren Geschichte eingeweiht werden sollte. Mein Vater selbst wollte die Einweihungsrede halten, wollte an der Spitze des geladenen diplomatischen Korps über den Staudamm marschieren – obwohl meine Mutter Sinaida ihn darauf hinwies, daß das Gebiet von Luhuk von einzelnen Ostralniki verseucht war. Ja, er nahm sich vor, so lange in der Mitte des Staudamms zu warten, bis er das Donnern der Turbinen unter seinen Füßen hören konnte. »Die Kraft«, sagte er, »liebt die Kraft.«

Ich zog es vor, zu Hause zu bleiben, denn ich hatte keinen Grund, an der Aufrichtigkeit von Ludi van der Wisse zu zweifeln, dem ich das Amt des Leiters des Ingenieurwesens verschafft und der mir versprochen hatte, daß die Bombe in dem Augenblick explodieren werde, da mein Vater und der größte Teil des Diplomatischen Korps auf das Donnern der Turbinen warten würden. So begnügte ich mich damit, mit Nadwina auf der Couch zu liegen, und während sie meine Mathematik-Aufgaben löste, drehte ich uns Zigaretten aus würzigem ostralnikischem Beutetabak, der jede Aussicht hat, einen Vergleich mit dem Gold Virginias zu bestehen. Von Zeit zu Zeit ließ ich mir von Nadwina auch die Stirn massieren, da ich als Grund, von der Einweihung des Kraftwerkes fernzubleiben, hämmernde Kopfschmerzen angegeben hatte. Wir beschäftigten uns miteinander bis zum lautlosen Fall der Dämmerung, als ich von der Straße her die Stimmen der Zeitungsverkäufer hörte, die ein Extra-Blatt ausriefen. In spontaner Freude küßte ich Nadwina, lief hinab und riß einer alten Frau ein Extra-Blatt aus der Hand; sodann schloß ich mich im Arbeitszimmer meines Vaters ein, zog die Vorhänge zu und begann in einem Zustand atemlosen Glücks zu lesen. »Bestialisches Attentat der Ostralniki« hieß die Überschrift, und ich klatschte vor Freude in die Hände und konnte erst weiterlesen, nachdem ich eine Beruhigungszigarette geraucht hatte. Doch dann erschrak ich; mein Blick fiel auf eine Photographie, ich sah mich auf felsigem Boden liegen, gekrümmt und entstellt, ich sah mein blutbeflecktes Gesicht, die zerrissene Uniform, die verbrannten Hände, und im Hintergrund die gewaltigen Reste des gesprengten Staudamms, über dessen Brocken die angesammelten Wasser hinwegschäumten. Verwirrt las ich die Bildunterschrift; die Bildunterschrift besagte, daß die Schakale bei einem heimtükkischen Attentat den Staudamm in die Luft gesprengt hatten, daß es jedoch nur mir zu verdanken sei, wenn niemand dabei sein Leben verloren habe. »Sein Sohn«, so lautete die Bildunterschrift im Auszug wörtlich, »warnte persönlich alle Anwesenden, nachdem er Kenntnis von der Bombe erhalten hatte, und bei dem Versuch, die Bombe selbst zu beseitigen, verlor er sein Leben. Jürgen Gora ist nicht umsonst gestorben.«

Ich verzichtete darauf, den ausführlichen Text zu lesen, ich starrte immer wieder auf die Photographie, die mich als Leiche zeigte – und zwar so tadellos, daß ich nichts daran auszusetzen fand. Und während ich in Gedanken versunken dasaß, trat durch eine Geheimtür, die ich zu schließen vergessen hatte, mein Vater ein, händereibend, aufgeräumt. Er blickte mich ohne Erstaunen an, goß sich ein Wasserglas voll Beute-Cognac »Butor Glim« ein und sagte mit einer Handbewegung zu mir, der ich an seinem Schreibtisch sitzen geblieben war: »Dieser Schreibtisch, Jürgen, ist für dich einstweilen zu groß. Noch ist die Schulbank ausreichend.« Ich verstand die Anspielung, doch da mir keine Antwort einfiel, schwieg ich und blickte auf meinen Vater, der einen großen Schluck aus dem Wasserglas nahm, zu mir trat und, als er das Extra-Blatt entdeckte und die Photographie, vergnügt sagte: »Es war gar nicht leicht in der Eile, einen Burschen aufzutreiben, der dir so ähnlich ist, daß deine Mutter euch nicht unterscheiden könnte; außerdem mußten wir ihn unbemerkt als Leiche herrichten. Aber du siehst: es ist gelungen. Nach dem Schabernack, den du mir spieltest, hatte ich keine andere Wahl.«

»Ludi van der Wisse«, sagte ich enttäuscht.

»Ach«, sagte mein Vater, »Ludi ist nicht schlechter als deine anderen Klassenkameraden: sie waren alle zuverlässige Agenten. Ich konnte sie rasch für mich gewinnen, denn ich tat etwas, was du in deinem Ungestüm vergessen hattest: ich richtete ihnen ein Bankkonto ein, von dem sie in unbegrenzter Höhe Taschengeld abheben durften. Du hattest es nur bei den Posten gelassen – das war zu wenig.«

»Diese Schufte«, sagte ich.

»Ach«, sagte mein Vater mit zufriedenem Seufzen, »in gewissem Sinne bedaure ich, daß die Epoche der Überraschungen vorbei ist, die du mir bereitet hast. Wie nannten dich deine Ostralniki? Ostral-Wdinje: der Glückskäfer. Für mich bist du ein Mistkäfer: doch ich muß dir zugestehen, daß du der abgefeimteste Anführer warst, den die Ostralniki je besaßen. – Doch nun bist du, wie die Photographie zeigt, tot.«

Diesmal war ich nicht verlegen; flüsternd, mit gesenkten Augen, fragte ich: »Und Mutter?«

»Deine Mutter zieht sich gerade um: schwarz. Sie weiß nichts.« Nach diesen Worten zog mein Vater einen entsicherten Revolver aus der Tasche und bat mich, ihm vorauszugehen. Ich ging ihm voraus, und er sperrte mich in seine Privatzelle, die er sich für besondere Zwecke hatte einrichten lassen. Obwohl meine Fähigkeiten vorerst keinem Amt mehr zugute kommen werden, fehlt es mir nicht an den kleinen Annehmlichkeiten des Lebens. Ich weiß sie einzuschätzen: an ihnen zeigt sich der Stolz eines Vaters auf seinen Sohn – und ist Vaterstolz nicht auch ein Ausdruck von Liebe?

Silvester-Unfall

Träge hockte sie neben der schwach leuchtenden Tischlampe, das Gesicht auf die Tür zur Küche gerichtet. Sie hörte ihn in der Küche hin und her gehen, hörte ihn in erzwungener Fröhlichkeit mit sich selbst reden – wobei sie spürte, daß alles, was er vor sich hinredete, für sie bestimmt war –, und während sie horchend dahockte, in dem großgeblümten Kittel, mit den massigen Schultern und ihrer trägen Verzweiflung, dachte sie, daß es sein letztes Silvester war. Das Licht der Lampe schnitt einen Halbbogen aus ihrem Körper heraus, erhellte eine Hälfte des knolligen, kartoffelartigen Gesichts, des schlaffen Halses; das Licht fiel auf die linke Seite ihres formlosen Körpers, auf die lose im Schoß ruhenden Hände und weiter hinab auf die Füße, die in altmodischen, kaum getragenen Schuhen steckten. Sie zuckte zusammen, wenn in der Küche eine Schranktür zuflog, griff forschend nach ihrem Knoten im Nacken, besorgt, daß er sich gelöst haben könnte, und legte die Hände wieder in den Schoß. Sie wartete dort, wo er sie niedergedrückt hatte auf den Hocker, bevor er in die Küche gegangen war: den Rücken gegen die Nähmaschine gelehnt, die geschwollenen Beine auf einer Fußbank, und griffbereit unter der Lampe ein Glas Rotwein, das er ihr als Trost dafür hingestellt hatte, daß sie aus der Küche verbannt war. Die alte Frau rührte das Glas nicht an.

Hinter ihrem Rücken lief das Radio. Die Alte hörte nicht zu: geduldig blickte sie auf die braune Tür zur Küche, hinter der Topfdeckel klappten, Geschirr klirrte, sie horchte auf das heftige Rattern des Wasserhahns, erschauerte, wenn Mummer in gewaltsamer Vergnügtheit seine Selbstgespräche begann, oder legte beschwichtigend einen Ellenbogen über ihre schwere Brust, sobald es in der Küche still wurde. Dann, als sie es nicht vermutete, öffnete er die Tür, zog sie ganz auf und trat mit leicht vorgestreckten Händen in den Türrahmen.

Eine warme Essenswolke strömte an Mummer vorbei in die Stube, und er stand da in seinem alten, schäbigen Kellnerfrack: ausgezehrt, schwärzlich im Gesicht, gewaltsam grinsend, ein leichter Mann mit einer Jockey-Figur, alt und doch von unschätzbarem Alter; seine Stirn war schweißbedeckt. Triumphierend sah er die Frau an, rieb die Handrücken am Frack ab; dann ging er tänzelnd auf sie zu, zog sie vom Hocker und bot ihr seinen Arm.

»Ich lasse bitten«, sagte er.

»Rudolf, Rudolf«, sagte die Frau, und auch in ihrer Stimme lag träge Verzweiflung. Sie schlappte an seiner Seite durch die Stube, fühlte das Zittern seines Arms, den kalten Druck des Rings in ihrer Hand, und sie sah, daß auf seinem Gesicht immer noch das gewaltsame Lächeln lag, starr und unverändert, so als sei es hineingeschnitten worden in die schwärzliche Haut seines Gesichts. Zusammen gingen sie in die Küche, an den Tisch, den Mummer gedeckt hatte. »Rudolf«, sagte sie, »Rudolf«, sagte es kopfschüttelnd, mit müdem Vorwurf, doch er hörte es nicht, bugsierte sie um den Tisch herum zu ihrem Stuhl wie ein Schlepper, der eine schwerfällige Schute an die Pier drückt.

Mummer legte die Hände auf ihren gewölbten Rücken, zwang sie sanft nieder. Dann trug er das Essen auf den Tisch, das er zubereitet hatte: wiegend den Teller mit geriebenem Meerrettich, in kreisendem Schwung die Schüssel mit den Kartoffeln, die Buttersauce, glasig-gelb, und zuletzt fischte er aus einem Topf gedünstete Karpfenstücke, ließ sie abtropfen und packte sie triumphierend auf angewärmte Teller. Eifrig bediente, versorgte er sie, mit dem berufsmäßigen Eifer und dem Handtuch über dem Arm, so wie er vor ihr die halbe Welt bedient hatte: die von der Seeluft ewig hungrigen Passagiere der »Patria«, die Besucher der Zoo-Gaststätten, jahrelang, später die wissensdurstigen Kunden im Landungsbrücken-

Restaurant, und nach dem Krieg, als sie ihn in den Wartesaal holten, die ungeduldigen Reisenden, denen er mit Eifer und Handtuch Heißgetränke servierte, gestowte Rüben. Lässig setzte er die Teller mit den Karpfenstücken auf den Tisch. Es waren die flach aufgeschnittenen Kopfstücke, von denen eine dünne Dampfwolke hochstieg. Die Augen waren geronnen, quollen weißlich hervor; das Maul war offen wie in grinsender Gier, die Haut des Fisches hatte eine blaßblaue Färbung. Die Frau starrte auf ihr Kopfstück, an dem Gewürznelken klebten, Pfefferkörner, sie glaubte durch den Dampf das Kopfstück grinsen zu sehen, und sie hob die Hände auf den Tisch und schob den Teller behutsam von sich fort. Mummer merkte es nicht, er entkorkte eine Weinflasche, füllte die Gläser und lächelte triumphierend und hob sein Glas: »Auf unser Silvester, Lucie.«

»Rudolf«, sagte sie.

Sie tranken und sahen sich dabei an.

»Ich sollte eine Rede halten«, sagte er.

»Nicht, jetzt nicht.«

»Eine Rede auf unsern Silvesterkarpfen.«

»Tu es nicht, Rudolf.«

»Ich wollte sagen, daß das Alter des Karpfens nach Sommern gerechnet wird, daß er aber nur im Winter schmeckt.«

»Ja, ja.«

»– und daß es im Winter keinen Tag gibt, an dem der Karpfen so schmeckt wie an Silvester.«

»Hör auf«, sagte die Frau, »sei endlich still. Ich will vom Sommer nichts wissen und nichts vom Winter. Von mir aus können sie alle Karpfen zu Seife machen.«

Heftig schob sie ihren Teller noch weiter über den Tisch, nah zu ihm hin.

»Es ist Silvester«, sagte er.

»Ja... ja, ich weiß, ich seh es dir an, daß Silvester ist. Du siehst aus wie Silvester persönlich.«

Zum ersten Mal verschwand das gewaltsame Lächeln

auf seinem Gesicht, er saß jetzt gekrümmt da, die knochigen Handgelenke gegen die Tischkante gestützt, den Blick auf den ziehenden Dampf gerichtet, der aus den Fischstücken hochstieg. Er fror. Er nahm einen Schluck aus seinem Glas, stand auf und trat schräg hinter ihren Stuhl, in der Haltung, in der er sein Leben lang schräg hinter Stühlen gestanden hatte: höflich, erwartungsvoll und bereit. Und da der massige Rücken sich nicht bewegte, das knollige Gesicht sich nicht umwandte zu ihm, ging er dicht an die Frau heran, beugte sich vor, beugte sich so weit über den Tisch, bis sie ihn bemerkte, und dann sagte er – als wollte er sie auf die Spezialität des Hauses aufmerksam machen –: »Ich weiß, Lucie, ich weiß, daß sie mir höchstens noch ein halbes Jahr geben. Sie haben es mir nicht gesagt, ich habe es erfahren, zufällig... Aber ich werde ihnen zeigen, daß sie sich verschätzt haben; ich werde es bestimmt bis zum Herbst schaffen, Lucie, bis zum zweiten Oktober... Wenn ich fünfundsechzig bin, bekommen wir von der Versicherung das ganze Geld... dann müssen die blechen und voll auszahlen. Vielleicht denken sie, daß sie mit der Hälfte wegkommen, wenn ich vor dem fünfundsechzigsten sterbe... aber diesen Gefallen tue ich ihnen nicht... Ich werde es schaffen, Lucie... du kannst dich auf mich verlassen... Ich werde ihnen nicht die Freude machen, dir nur die Hälfte auszuzahlen... diese Schakale in ihren Glashäusern...«

Über ihnen wurde die Spülung eines Klosetts gezogen, rauschend schoß das Wasser durch die Rohre, es gluckerte in der Wand, dann schlug eine Tür zu, und es war wieder still. Draußen war es dunkel geworden. Das Schneetreiben und der Wind hatten nachgelassen. Schwarz und schlaff stand das Catcherzelt auf dem Ruinenplatz, wie ein Segel, ein Segel der Nacht, das keinen Wind fand.

»Glaub mir, Lucie, ich schaffe es.«
»Klar«, sagte die Frau, »was denn sonst.«
Sie betastete den Knoten, zu dem ihr dünnes Haar im

Nacken zusammengesteckt war, strich den Kittel glatt und angelte sich von der anderen Tischseite den Teller mit dem Karpfenkopf; munter krümelte sie Meerrettich auf ihren Teller, packte Kartoffeln auf, goß glasige Buttersauce über das Karpfenstück, alles mit heiterer Ungeduld, kleine Zischlaute ausstoßend, und als sie fertig war, sah sie ihn verwundert an, weil er immer noch schräg hinter ihrem Stuhl stand, in der Haltung höflicher Bereitschaft. Jetzt erschien ein unsicheres Lächeln auf seinem Gesicht, er verbeugte sich, ging schnell zu seinem Stuhl und füllte ebenfalls seinen Teller. »Hoffentlich schmeckt der Fisch«, sagte er.

»An solchem Tag muß er schmecken.«

Sie aßen, sahen sich immer wieder an; die alte Frau schnaufte, stieß Zischlaute des Behagens aus, nickte in nachsichtiger Anerkennung. Er trank ihr zu, steif, wortlos, mit vorgeneigtem Oberkörper, wie sie sich auf dem Schnelldampfer »Patria« zugetrunken hatten. Die Frau räumte die Backen des Fischkopfes aus, nahm den Kopf und belutschte ihn gewissenhaft und wischte die klebrigen Finger am Kittel ab.

Plötzlich wandten beide gleichzeitig das Gesicht zur Tür, schnell, erschrocken, sahen dorthin, ohne etwas vernommen zu haben, in dem geheimen, blitzschnellen Einverständnis, mit dem Vögel gleichzeitig auffliegen, und sie erblickten einen jungen Mann an der Tür, der lässig dalehnte, blond, schmalbrüstig, eine Zigarette schräg übers Kinn und die Arme vor der Brust verschränkt.

»Oh, Ben«, sagte die Frau, »warum mußt du immer so leise gehen? Warum mußt du uns immer erschrecken? Wer soll dir das nur abgewöhnen?«

»Ein Schleicher ist er«, sagte Mummer.

»Kann man noch was zu essen kriegen?« fragte Ben.

»Ich denke, du hast gegessen.«

»Nur Brot, keinen Karpfen. Ruth wird sicher auch gleich kommen, ich traf sie unten am Zelt.«

»Dann sind alle beisammen«, sagte die Frau.

Ben kniff die Zigarette über dem Ausguß aus, hängte schweigend sein Jackett über die Stuhllehne, beobachtete seinen Vater, der ein Karpfenstück aus dem Topf fischte, es schwungvoll servierte und schräg hinter Bens Stuhl stehen blieb; und nachdem er einen Augenblick dort gestanden hatte, sagte er: »Mehr gibt's nicht. Iß langsam, damit du etwas davon hast.«

Während Ben aß, leerte er den Grätenteller, goß der Frau Wein ein, stellte noch einen sauberen Teller auf den Tisch und legte einige Stücke auf, die er bereits auf seinem Teller entgrätet hatte.

»Für wen is'n das?« fragte Ben.
»Für deine Schwester«, sagte Mummer.
»Ich denke, Ruth hat schon gegessen.«
»Satt wird man nur zu Hause.«
Er stellte den Teller auf die Herdplatte, deckte einen Aluminiumdeckel über ihn. Dann ging er ans Fenster, stemmte beide Arme gegen die feuchten Wände und sah hinab in die schwarze Schlucht des Hofes, der zur Straße hin offen war und in den Ruinenplatz überging, auf dem das Catcherzelt stand. Die elektrischen Bogenlampen über der Straße blinkten jetzt klar und kalt.

Im Raum unter der Küche begann ein Grammophon zu spielen, durch den Fußboden, den Linoleumbelag hindurch hörten sie die Stimme des Sängers, der darüber klagte, daß die Sterne zu weit sind, zu weit... Er fand keinen Trost für die Entfernung, seine Stimme wand sich in melodiöser Qual und konnte auch zum Schluß nichts Angenehmeres mitteilen, als daß die Sterne zu weit sind, zu weit. Vom Flur her erklangen Schritte, gingen vorüber, Schlüssel klimperten, eine Tür schnappte auf und fiel zu.

»Ruth«, sagte Ben, »jetzt ist sie nach Hause gekommen.«

In diesem Augenblick trat Ruth in die Küche. Sie war siebzehn, hochhüftig, ihr Körper schmächtig; das hübsche Gesicht unter dem verstrubbelten Haar hatte etwas Verstohlenes und Räuberisches, einen Ausdruck von versteckter Wachsamkeit. Sie trug einen roten, sackförmigen Pullover, schwarze Hosen, die eng an den Schenkeln saßen, über den Knien ausgebeutelt waren, und ihre Füße steckten in schiefhackig gelatschten Wildlederschuhen. Erschöpft ließ sie sich mit dem Rücken gegen die Wand fallen, pustete mit vorgeschobener Unterlippe über ihr Gesicht, kam dann schlaksig näher.

»Auf dem Herd steht ein Teller für dich«, sagte Mummer.

»Karpfen, ich weiß. Man riecht es schon im Hausflur... Na, du herrlicher Bruder? Schmeckt es? Dann will ich dich nicht allein essen lassen.«

Sie setzte sich an den Tisch, wollte wieder aufstehen, um den Teller zu holen, doch da war Mummer schon am Herd: flink, mit lächelndem Eifer bediente er Ruth, brachte den Meerrettich in ihre Nähe, die Buttersauce, auf der jetzt gelbliche Flocken schwammen, ging hin und her hinter ihrem Stuhl, schenkte ein Glas halbvoll ein, wedelte mit dem Handtuch Krümel vom Tisch. Unten erfolgte eine Explosion am Catcherzelt, hart wie ein Hammerschlag. Die Fenster klirrten leise. Sie beachteten die Explosion nicht, hoben nicht einmal den Kopf; schweigend aßen sie zu Ende, tranken die Gläser aus, während Mummer sie unaufhörlich, mit lächelnder Beflissenheit bediente.

Nach dem Essen räumten sie nicht weg, stellten nur die Teller zusammen, warfen die Bestecke in die Kartoffelschüssel und gingen in die Stube. Ruth suchte Musik im Radio, auch aus dem Radio kam die klagende Stimme des Sängers, der aufschluchzend feststellte, daß die Sterne zu weit sind, zu weit. Mummer bugsierte die alte Frau zu ihrem Hocker neben der schwach leuchtenden Tischlampe. Er drückte sie nieder, schob die Fußbank unter ihre geschwollenen Füße, legte das Strickzeug in ihren Schoß. Ben stand unentschlossen an der Tür.

»Was ist denn?« fragte Ruth. »Ich denke, heut ist Silvester.«

»Auf den Tag genau«, sagte Mummer.

»Es sieht aber gar nicht so aus. Es passiert überhaupt nichts... Ben, merkst du etwas von Silvester bei uns?«

»Ich verzieh mich«, sagte Ben, »weck mich zur Knallerei.«

»Nein, bleib hier, wir werden irgendwas machen. Wir können doch nicht so sitzen und warten, bis es zwölf ist. Silvester ist doch nicht zum Warten da, oder?«

»Mach'n Vorschlag«, sagte Ben.

»In einer Stunde spricht der Kanzler«, sagte Mummer.

»Wer?« fragte Ruth.

»Ihr könntet Blei gießen«, sagte die Frau.

Sie beschlossen, Blei zu gießen. Ben sägte in der Küche von einem Bleirohr schmale Scheiben herunter, schnitt die Scheiben mit dem Messer kaputt, während Ruth eine Schüssel mit Wasser, ein Licht und einen alten Löffel in die Stube brachte. Sie setzten sich auf den Boden zu Füßen der alten Frau, auch Mummer in seinem schäbigen Kellnerfrack setzte sich und zündete das Talglicht an; flackernd warf das Licht ihre vagen Schatten an die Wand, auf ovale Familienbilder, einen gerahmten Ehrenbrief, auf den farbigen Druck des Schnelldampfers »Patria« – ließ die abgesägten, scharfkantigen Bleistücke an den Schnittflächen aufblitzen, als Ben eine Handvoll auf den Sisalteppich rollte; dann legte Ruth den Löffel neben das Blei und zog ihre Hand schnell zurück.

»Und was kommt jetzt?« fragte sie.

»Der Anfang«, sagte Mummer.

»Ich fange nicht an.«

»Einer muß anfangen.«

»Ben.«

»Und wer erklärt uns das Zeug?« fragte Ben.

»Mutter kann das am besten«, sagte Ruth.

Ben nickte, nahm den Löffel, legte stumm zwei Bleistücke hinein und führte den Löffel in die Flammenspitze; rußend schlug die Flamme hoch, flackerte, leckte in den Löffel hinein, beruhigte sich endlich. Lautlos warteten sie, beobachteten, wie die Bleiklümpchen zusammensackten und wie unter der stumpfen Kruste eine glänzende Zunge hervorkam, sehr langsam und zuckend. Die Alte nahm die Nickelbrille ab, die sie zum Stricken aufgesetzt hatte, und legte einen Ellenbogen auf ihre schwere Brust. Ruth setzte sich auf die Hände, drückte die Zähne in ihre Unterlippe, Mummer rührte sich nicht. Taxierend blickte Ben auf die Schüssel, die bis zum Rand mit Wasser gefüllt war, versicherte sich, daß sie nah genug stand. Seine Hand zitterte, das flüssige Blei schwappte leicht in der Mitte des Löffels, rann vollends unter der stumpfschimmligen Haut hervor und sah jetzt glatt aus und glänzend. Er fühlte die Hitze im Löffelstiel, einen brennenden Druck, sein Mund verzog sich, die Lippen schoben sich vor, als wollte er über das flüssige Blei blasen, aber er hielt den Löffel, hielt alles, was glänzend in ihm schimmerte: das Metall und seine Erwartung und das, was die Alte für ihn herauslesen würde – solange, bis auch das meiste von der Kruste weggeschmolzen war. Da ließ er den Löffel seitwärts abkippen, steil, wie ein getroffenes Flugzeug abkippt; zischend plumpste das Blei in die Schüssel, klirrte am Grund, und noch einmal zischte es, als Ben den Löffel hinterherwarf.

Er atmete auf, schlenkerte seine Hand und steckte nacheinander die Fingerkuppen in den Mund. Mummer und Ruth beugten sich über die Schüssel, blickten auf den Grund, auf ein blankes Ding, das wie eine Zwischenform zwischen Galgen und Klosett aussah, mit gleichem Recht aber auch wie ein Rückgrat mit großer Schleife. Ohne hinzuschauen sagte Ben: »Hoffentlich lohnt sich das nächste Jahr, sonst kann es meinetwegen gleich ausfallen.«

»Eine Hose mit einem Propeller unten«, sagte Ruth.

»Die will sicher fliegen«, sagte Ben.

»Ben fliegt nach Mallorca«, sagte Ruth.

»Gib mal her«, sagte die Frau, »ich kann es so nicht erkennen.«

Mummer fischte den gegossenen Gegenstand aus der Schüssel, und die Alte drehte und betrachtete ihn sorgfältig unter der Lampe.

»Du mußt achtgeben, Ben«, sagte sie nachdenklich.

»Bei der Flugreise?«

»Hier ist eine Faust, Ben, und dann etwas, was ich nicht erkennen kann. Es ist aber da. Du mußt vorsichtig sein im nächsten Jahr, Ben.« Sie legte das blanke Bleistück auf die Nähmaschine und sah Ben mit einem Ausdruck dringenden Kummers an.

»Jetzt ist Ruth an der Reihe«, sagte Ben.

»Nein«, sagte Ruth, »ich noch nicht, ich zuletzt. Zuerst möchte ich sehen, was ihr gießt.«

»Soll ich?« fragte Mummer, und bevor er noch auf eine Antwort wartete, füllte er den Löffel mit abgesägten Bleistücken und hielt ihn in die Flamme. Triumphierend blickte er um sich, zwinkernd und selbstgewiß. Sein ausgestreckter Arm bewegte sich nicht, lag vollkommen ruhig da, als ob eine Stockgabel ihn stützte. Verstohlen seinem Blick ausweichend, beobachtete Ruth ihren Vater, wie er dasaß und sich zu schaurigem Triumph zwang, ihnen zuzwinkerte, wobei sein Gesicht sich einseitig verzerrte gleich einer Maske, die auf jeder Hälfte anders geschnitzt ist, und sie sagte unwillkürlich: »Nein«, hob das Gesicht, streckte die Hand nach dem Löffel aus und fuhr fort: »Ich möchte jetzt gießen, bitte, laß mich jetzt. Man darf doch den Löffel wechseln?«

»Wenn das Blei noch nicht geschmolzen ist«, sagte die Frau.

»Du kommst nach mir dran«, sagte Ruth, nahm Mummer den Löffel ab, ließ das Blei flüssig werden über der unstet brennenden Flamme und goß, goß ein Stück, das aussah wie ein Pudding mit Hörnern. Die Alte drehte und begutachtete das gegossene Bleistück, wendete es feierlich, tastete über die hornartigen Erhebungen: tonlos entschied sie, daß etwas Bestimmtes auf das Mädchen zukomme, etwas, das sich nicht genau erkennen lasse, aber »es ist im Anzug«, sagte sie. Dann ließ sie sich den Löffel reichen, untersuchte auch ihn und stellte fest, daß es Zeit sei, das Bleigießen zu unterbrechen und die »Berliner« zu essen, die in einer Schüssel im Herd standen.

Mummer trug die Berliner herein, ging von einem zum andern und bot aus der Schüssel an. Der Teig war warm unter der braunen Haut, der Zuckerguß klebte an den Fingern, und wenn sie hineinbissen, quoll Marmelade aus ihren Mündern hervor, beschmierte die Finger, die Mundwinkel. Ben ging in eine dämmrige Ecke, lautlos, mit seinen schleichenden Schritten; er setzte sich in einen Armstuhl und aß und starrte auf seinen Vater, der die Schüssel nicht aus der Hand ließ, eifrig hin und her ging zwischen ihnen und anbot.

»Du solltest dich hinsetzen«, sagte Ben aus der Ecke.

»Es geht gleich wieder los«, sagte Mummer, »nach den Berlinern wird weitergegossen, und zuerst bin ich dran.«

»Wir sollten aufhören damit«, sagte Ben.

»Warum?«

»Weil es langweilig wird. Es ist für jeden was im Anzug, das genügt. Genauer brauchen wir's nicht zu wissen. Mehr ist ungesund.«

»Ist denn im Radio nichts?« fragte Ruth. Sie drehte an den Knöpfen, es knackte, ein schwingender Jaulton drang aus dem Lautsprecher, dann eine raunende Männerstimme.

»Wird nur geredet«, sagte Ruth.

»Das ist der Kanzler«, sagte Mummer.

»Wir werden alle Blei gießen«, sagte die alte Frau; sie wischte sich die Krümel vom Kinn, faßte nach ihrem Knoten und ließ in der anderen Hand den Löffel wippen. »Was wir angefangen haben, machen wir zu Ende, solange das Blei reicht.«

Mummer stellte die Schüssel auf die Nähmaschine. Triumphierend ließ er sich neben dem Licht nieder, scharrte einige Bleistücke in den Löffel und hielt sie in die Flamme.

»Da kommt ein Schnelldampfer raus«, sagte Ruth, »zumindest die ›Patria‹.«

Bens Augen glühten in der dämmrigen Ecke, er starrte schweigend auf seinen Vater, auf den leicht zitternden Löffel, über dem die Flamme manchmal zusammenschlug, und er dachte an das, was er wußte, und sprang plötzlich auf, als wollte er in letzter Sekunde etwas verhindern, und sagte: »Hör auf jetzt. Mehr brauchen wir nicht vom neuen Jahr zu wissen. Gib mir den Löffel.«

»Gleich bin ich fertig«, sagte Mummer.

»Das ist alles Quatsch«, sagte Ben.

»Die Kruste ist gleich verschwunden.«

»Wir wollen was anderes machen«, sagte Ben.

»Gleich«, sagte Mummer.

Ben stand dicht neben seinem Alten, sah das schwärzliche Halbprofil seines Gesichts, das knochige Handgelenk, das steif aus den Ärmeln herausragte, und ohne ein Wort oder eine Warnung streckte er seine Hand aus, packte das knochige Gelenk des Alten und zwang es zu sich herüber. Die Flamme richtete sich steil auf, als sich der Löffel, der sie niedergedrückt hatte, unter dem Zwang nach oben hob. Das flüssige Blei schwappte gegen den Löffelrand. Ben spürte den unvermuteten Gegendruck in dem Gelenk, das er gepackt hielt, und mit einem Ruck versuchte er, die Hand, die den Löffel hielt, von der Schüssel wegzuziehen. Das flüssige Blei schwappte über den Löffelrand. Er sah die fallenden silbernen Tropfen. Er hörte das Zischen auf seinem Handrücken, noch bevor er den Schmerz empfand und losließ, was er gepackt hatte. Die Bleitropfen sprangen beim Aufprall flach auseinander, und seine Hand sah aus wie von kleinen silbernen Blättern bedeckt. Und als er in seine Ecke zurückwankte, die Finger in den Unterarm gepreßt, den Mund aufgerissen und stumm vor überwältigendem Schmerz, drang aus dem Radio das Ticken einer Uhr, das die letzten Sekunden des alten Jahres zählte, freigab wie eine Frist zu Abschied und Herausforderung und Vorbereitung, und draußen stiegen gegen die sternlose Schwärze der Nacht Raketen auf, Leuchtkugeln, Heuler und rotierende Sonnen.

»Ben«, rief das Mädchen erschrocken, »oh, Gott, Ben, was ist denn passiert?«

»Das neue Jahr hat begonnen«, sagte die Frau.

Der Amüsierdoktor

Nichts bereitet mir größere Sorgen als Heiterkeit. Seit drei Jahren lebe ich bereits davon; seit drei Jahren beziehe ich mein Gehalt dafür, daß ich die auswärtigen Kunden unseres Unternehmens menschlich betreue: wenn die zehrenden Verhandlungen des Tages aufhören, werden die erschöpften Herren mir überstellt, und meinen Fähigkeiten bleibt es überlassen, ihnen zu belebendem Frohsinn zu verhelfen, zu einer Heiterkeit, die sie für weitere Verhandlungen innerlich lösen soll. »Heiter der Mensch – heiter die Abschlüsse«: in diese Worte faßte der erste Direktor meine Aufgabe zusammen, der ich nun schon seit drei Jahren zu genügen suche. Wodurch ich für diese Aufgabe überhaupt geeignet erschien, könnte ich heute nicht mehr sagen, den Ausschlag jedenfalls gab damals meine Promotion zum Doktor der Rechte – weniger meine hanseatische Frohnatur, obwohl die natürlich auch berücksichtigt wurde.

Als Spezialist für die Aufheiterung der wesentlichen Kunden fing ich also an, und ich stellte meine Fähigkeiten in den Dienst eines Unternehmens, das Fischverarbeitungsmaschinen herstellte: Filettiermaschinen, Entgrätungsmaschinen, erstklassige Guillotinen, die den Fisch mit einem – vorher nie gekannten – Rundschnitt köpften, sodann gab es ein Modell, das einen zwei Meter langen Thunfisch in vier Sekunden zu Fischkarbonade machte, mit so sicheren, so tadellosen Hackschnitten, daß wir dem Modell den Namen »Robespierre« gaben, ohne Besorgnis, in unseren Versprechen zu kühn gewesen zu sein. Ferner stellte das Unternehmen Fischtransportbänder her, Fangvorrichtungen für den Fischabfall und Ersatzteile in imponierendem Umfang. Da es sich um hochqualifizierte und sensible Maschinen handelte, besuchten uns Kunden aus aller Welt, kein Weg war zu lang: aus

Japan kamen sie, aus Kanada und Hawaii, kamen aus Marokko und von der Küste des Schwarzen Meers, um über Abschlüsse persönlich zu verhandeln. Und so hatte ich denn nach den Verhandlungen die Aufgabe, gewissermaßen die ganze Welt aufzuheitern.

Im großen und ganzen ist es mir auch – das darf ich für mich in Anspruch nehmen – zum Besten des Unternehmens gelungen. Chinesen und Südafrikaner, Koreaner und Norweger und selbst ein seelisch vermummter Mensch aus Spitzbergen: sie alle lernten durch mich die erquickende Macht des Frohsinns kennen, die jeden Verhandlungskrampf löst. Unsere abendlichen Streifzüge durch das Vergnügungsviertel warfen so viel Heiterkeit ab, daß man sie durchaus als eine Art Massage des Herzens beziehungsweise der Brieftasche ansehen konnte. Indem ich auf nationale Temperamente einging, jedesmal andere Zündschnüre der Heiterkeit legte, gelang es mir ohne besondere Schwierigkeiten, unsere Kunden menschlich zu betreuen oder, wenn man einen modernen Ausdruck nehmen will: für *good will* zu sorgen. Auf kürzestem Weg führte ich die Herren ins Vergnügen. Der Humor wurde mein Metier, und selbst bei dem seelisch vermummten Menschen aus Spitzbergen war ich erfolgreich und überlieferte ihn dem Amüsement. Ich ging in meinem Beruf auf, ich liebte ihn, besonders nachdem sie mir eine zufriedenstellende Gehaltserhöhung zugesichert hatten.

Doch seit einiger Zeit wird die Liebe zu meinem Beruf durch Augenblicke des Zweifels unterbrochen, und wenn nicht durch Zweifel, dann durch einen besonderen Argwohn. Ich fürchte meine Sicherheit verloren zu haben, vor allem aber habe ich den Eindruck, daß ich für meine Arbeit entschieden unterbezahlt werde, denn nie zuvor war mir bewußt, welch ein Risiko ich mitunter laufe, welch eine Gefahr. Diese Einsicht hat sich erst in der letzten Zeit ergeben. Und ich glaube nun zu wissen, woraus sie sich ergeben hat.

Schuld an allem ist einzig und allein Pachulka-Sbirr, ein riesiger Kunde von der entlegenen Inselgruppe der Aleuten. Ich erinnere mich noch, wie ich ihn zum ersten Mal sah: das gelbhäutige, grimmige Gesicht, die Bärenfellmütze, die zerknitterten Stiefel, und ich höre auch noch seine Stimme, die so klang, wie ich mir die Brandung vor seinen heimatlichen Inseln vorstelle. Als er mir von der Direktion überstellt wurde und zum ersten Mal grimmig in mein Zimmer trat, erschrak ich leicht, doch schon bald war ich zuversichtlich genug, auch Pachulka-Sbirr durch Frohsinn seelisch aufzulockern. Nach einem Wasserglas Kirschgeist, mit dem ich ihn anheizte, schob ich den finsteren Kunden ins Auto und fuhr ihn in unser Vergnügungsviertel – fest davon überzeugt, daß meine Erfahrungen in der Produktion von Heiterkeit auch in seinem Fall ausreichen würden.

Wir ließen die Schießbuden aus, den Ort, an dem unsere japanischen Kunden bereits fröhlich zu zwitschern begannen, denn ich dachte, daß Pachulka-Sbirr handfester aufgeheitert werden müßte, solider sozusagen. Wir fielen gleich in Fietes Lokal ein, in dem sich, von Zeit zu Zeit, drei Damen künstlerisch entkleideten. Ich kannte die Damen gut; oft hatten sie mir geholfen, verstockte skandinavische Kunden, die in Gedanken von den Verhandlungen nicht loskamen, in moussierende Fröhlichkeit zu versetzen, und so gab ich ihnen auch diesmal einen Wink. Sie versprachen, mir zu helfen.

Der Augenblick kam: die Damen entkleideten sich künstlerisch, und dann, wie es bei Fiete üblich ist, wurde ein Gast gesucht, der als zivilisierter Paris einer der Damen den Apfel überreichen sollte. Wie verabredet, wurde Pachulka-Sbirr dazu ausersehen. Er ging, der riesige Kunde, in die Mitte des Raums, erhielt den Apfel und starrte die entkleideten Damen so finster und drohend an, daß ein kleines Erschrecken auf ihren Gesichtern erschien und sie sich instinktiv einige Schritte zurückzogen. Plötzlich, in der beklemmenden Stille, schob Pachulka-Sbirr den Apfel in den Mund, das brechende, mahlende Geräusch seiner kräftigen Kauwerkzeuge erklang, und unter der sprachlosen Verwunderung aller Gäste kam er an unseren Tisch, setzte sich und starrte grimmig vor sich hin.

Ich gab nicht auf. Ich wußte, wieviel ich dem Unternehmen, wieviel ich auch mir selbst schuldig war, und ich erzählte ihm aus meinem festen Bestand an heiteren Geschichten, deren Wirkung ich bei schweigsamen Finnen, bei Iren und wortkargen Färöer-Bewohnern erfolgreich erprobt hatte. Pachulka-Sbirr saß da in einer Haltung grimmigen Zuhörens und regte sich nicht.

Irritiert verließ ich mit ihm Fietes Lokal, wir zogen zu Max hinüber, fanden unsern reservierten Tisch und bestellten eine Flasche Kirschgeist. Spätestens bei Max war es mir gelungen, brummige Amerikaner, noch brummigere Alaskaner in Stimmung zu versetzen. Denn im Lokal von Max spielte eine Kapelle, die sich ihren Dirigenten unter den Gästen suchte. Amerikaner und Alaskaner sind gewohnt, über weites Land zu herrschen; das Reich der Melodien ist ein weites Land, und sobald unsere Kunden darüber herrschen durften, löste sich bei ihnen der Krampf der Verhandlungen, und Heiterkeit, reine Heiterkeit, erfüllte sie. Da die Aleuten nicht allzu weit von Alaska entfernt sind, glaubte ich Pachulka-Sbirr in gleicher Weise Heiterkeit verschaffen zu können, und nach heimlicher Verständigung stapfte er zum Dirigentenpult – die Bärenfellmütze, die er nie ablegte, auf dem Kopf und an den Füßen die zerknitterten Stiefel. Er nahm den Stab in Empfang. Er ließ ihn wie eine Peitsche durch die Luft sausen, worauf sich die Musiker spontan duckten. Gemächlich zwang er sodann den Stab zwischen Hemd und Haut, um sich den riesigen Rücken zu kratzen. Ich weiß auch nicht, wie es geschehen konnte: unvermutet jedoch riß er den Stab heraus, zerbrach ihn – offenbar reichte er nicht bis zu den juckenden Stellen seines Rückens – und schleuderte ihn in die Kapelle. Mit düsterem

Gesicht, während sich die Trompeten einzeln und bang hervorwagten, kam er an den Tisch zurück.

Verzweifelt beobachtete ich Pachulka-Sbirr. Nein, ich war noch nicht bereit, aufzugeben: mein Ehrgeiz erwachte, ein Berufs-Stolz, den jeder empfindet, und ich schwor mir, ihn nicht ins Hotel zu bringen, bevor es mir nicht gelungen wäre, auch diesen Kunden froh zu stimmen. Ich erinnere mich daran, daß sie mich in der Fabrik den »Amüsierdoktor« nannten, und zwar nicht ohne Anerkennung, und ich wollte beweisen, daß ich diesen Namen verdiente. Ich beschloß, alles zu riskieren. Ich erzählte ihm die Witze, die ich bisher nur gewagt hatte, einem sibirischen Kunden zu erzählen – als letzte Zuflucht gewissermaßen. Pachulka-Sbirr schwieg finster. Das finstere Schweigen schwand nicht von seinem gelbhäutigen Gesicht, welche Mühe ich mir auch mit ihm gab. Der Ritt auf einem Maultier, der Besuch in einem Zerrspiegel-Kabinett, erotische Filme und einige weitere Flaschen Kirschgeist: nichts schien dazu geeignet, seine Stimmung zu heben.

Wanda hatte ich mir bis zuletzt aufgehoben, und nachdem alles andere seine Wirkung verfehlt hatte, gingen wir zu Wanda, die allnächtlich zweimal in einem sehr großen Kelch Champagner badete. Auf Wanda setzte ich meine letzten Hoffnungen. Ihre Kinder und meine Kinder gehen zusammen zur Schule, gelegentlich tauscht sie mit meiner Frau Ableger für das Blumenfenster; unser Verhältnis ist fast familiär, und so fiel es mir leicht, Wanda ins Vertrauen zu ziehen und ihr zu sagen, was auf dem Spiel stand. Auch Wanda versprach, mir zu helfen. Und als sie nach einem Gast suchte, der ihr beim Verlassen des Sekt-Bades assistieren sollte, fiel ihre Wahl mit schöner Unbefangenheit auf Pachulka-Sbirr. Ich glaubte, gewonnen zu haben; denn schon einmal hatte mir Wanda geholfen, einen besonders eisigen Kunden vom Baikalsee aufzutauen. Diesmal mußte es ihr auch gelingen! Doch zu meinem Entsetzen mißlang der Versuch. Ja, ich war entsetzt, als Pachulka-Sbirr auf die Bühne trat, vor das sehr große Sektglas, in dem sich Wanda – was man ihr als Flüchtling nicht zugetraut hätte – vieldeutig räkelte. Sie lächelte ihn an. Sie hielt ihm ihre Arme entgegen. Die Zuschauer klatschten und klatschten. Da warf sich Pachulka-Sbirr auf die Knie, senkte sein Gesicht über den Sektkelch und begann schnaufend zu trinken – mit dem Erfolg, daß Wanda sich in kurzer Zeit auf dem Trocknen befand und nun keine Hilfe mehr benötigte. Sie warf mir einen verzweifelten Blick zu, den ich mit der gleichen Verzweiflung erwiderte. Ich war bereit, zu kapitulieren.

Doch gegen Morgen kam unverhofft meine Chance. Pachulka-Sbirr wollte noch einmal die Maschinen sehen, derentwegen er die weite Reise gemacht hatte. Wir fuhren in die Fabrik und betraten die Ausstellungshalle. Wir waren allein, denn der Pförtner kannte mich und kannte auch bereits ihn und ließ uns ungehindert passieren. Düster sinnend legte Pachulka-Sbirr seine Hand auf die Maschinen, rüttelte an ihnen, lauschte in sie hinein, ließ sich noch einmal die Mechanismen von mir erklären, und dabei machte er Notizen in einem Taschenkalender. Jede Maschine interessierte ihn, am meisten jedoch interessierte ihn unser Modell »Robespierre«, das in der Lage ist, einen zwei Meter langen Thunfisch in vier Sekunden zu Fischkarbonade zu machen, und zwar mit faszinierenden Schnitten. Als wir vor dem »Robespierre« standen, steckte er den Taschenkalender ein. Er ging daran, den Höhepunkt unserer Leistung eingehend zu untersuchen. Gelegentlich pfiff er vor Bewunderung durch die Zähne, schnalzte oder stieß Zischlaute aus, und ich spürte wohl, wie er diesem Modell zunehmend verfiel. Zur letzten Entscheidung aber, zu dem befreienden Entschluß, unsern »Robespierre« zu kaufen, konnte er offenbar nicht finden, und um Pachulka-Sbirr diesen Entschluß zu erleichtern, sprang ich auf die Maschine und legte mich auf die metallene, gut gefederte Hackwanne. Der Augenschein, dachte ich, wird seine Entscheidung beschleunigen, und ich streckte mich aus und lag wie ein Thunfisch da, der in vier Sekunden zu Fischkarbonade verarbeitet werden soll. Ich blickte hinauf zu den extra gehärteten Messern, die lustig über meinem Hals blinkten. Sie waren sehr schwer und wurden nur von dünnen Stützen gehalten, die mit einem schlichten Hebeldruck beseitigt werden konnten. Lächelnd räkelte ich mich in der Hackwanne hin und her, denn ich wollte Pachulka-Sbirr verständlich machen, daß es auch für den Thunfisch eine Wohltat sein müßte, auf unserem Modell zu liegen. Pachulka-Sbirr lächelte nicht zurück. Er erkundigte sich bei mir, durch welchen Hebeldruck die Messer ausgeklinkt würden. Ich sagte es ihm. Und da ich es ihm sagte, sah ich auch schon, wie die Stützen blitzschnell die Messer freigaben. Die Messer lösten sich. Sie sausten auf mich herab. Doch unmittelbar vor meinem Hals blockierten sie und federten knirschend zurück: die Schnittdruck-Vorrichtung klemmte. Zitternd, zu Tode erschreckt, zog ich mich aus der Hackwanne heraus. Ich suchte das Gesicht von Pachulka-Sbirr: ja, und jetzt lag auf seinem Gesicht ein zufriedenes Lächeln. Er lächelte, und in diesem Augenblick schien mir nichts wichtiger zu sein als dies.

Heute allerdings ist unser Modell »Robespierre« noch mehr ausgereift, die Schnittvorrichtung klemmt niemals, und ich frage mich, wie weit ich gehen darf, wenn wieder ein Pachulka-Sbirr von den Aleuten zu uns kommt. Durch ihn habe ich erfahren, wie groß mein Risiko ständig ist und daß berufsmäßige Verbreitung von Heiterkeit nicht überbezahlt werden kann. Ich glaube, daß ich die Gefahr erkannt habe, denn wenn ich heutzutage an Heiterkeit denke, sehe ich über mir lustig blinkende Messer schweben, extra gehärtet...

Risiko für Weihnachtsmänner

Sie hatten schnellen Nebenverdienst versprochen, und ich ging hin in ihr Büro und stellte mich vor. Das Büro war in einer Kneipe, hinter einer beschlagenen Glasvitrine, in der kalte Frikadellen lagen, Heringsfilets mit grau angelaufenen Zwiebelringen, Drops und sanft leuchtende Gurken in Gläsern. Hier stand der Tisch, an dem Mulka saß, neben ihm eine magere, rauchende Sekretärin: alles war notdürftig eingerichtet in der Ecke, dem schnellen Nebenverdienst angemessen. Mulka hatte einen großen Stadtplan vor sich ausgebreitet, einen breiten Zimmermannsbleistift in der Hand, und ich sah, wie er Kreise in die Stadt hineinmalte, energische Rechtecke, die er nach hastiger Überlegung durchkreuzte: großzügige Generalstabsarbeit.

Mulkas Büro, das in einer Annonce schnellen Nebenverdienst versprochen hatte, vermittelte Weihnachtsmänner; überall in der Stadt, wo der Freudenbringer, der himmlische Onkel im roten Mantel fehlte, dirigierte er einen hin. Er lieferte den flockigen Bart, die rotgefrorene, mild grinsende Maske; Mantel stellte er, Stiefel und einen Klein-Bus, mit dem die himmlischen Onkel in die Häuser gefahren wurden, in die »Einsatzgebiete«, wie Mulka sagte: die Freude war straff organisiert.

Die magere Sekretärin blickte mich an, blickte auf meine künstliche Nase, die sie mir nach der Verwundung angenäht hatten, und dann tippte sie meinen Namen, meine Adresse, während sie von einer kalten Frikadelle abbiß und nach jedem Bissen einen Zug von der Zigarette nahm. Müde schob sie den Zettel mit meinen Personalien Mulka hinüber, der brütend über dem Stadtplan saß, seiner »Einsatzkarte«, der breite Zimmermannsbleistift hob sich, kreiste über dem Plan und stieß plötzlich nieder. »Hier«, sagte Mulka, »hier kommst du zum Einsatz, in

Hochfeld. Ein gutes Viertel, sehr gut sogar. Du meldest dich bei Köhnke.«

»Und die Sachen?« sagte ich.

»Uniform wirst du im Bus empfangen«, sagte er. »Im Bus kannst du dich auch fertigmachen. Und benimm dich wie ein Weihnachtsmann!«

Ich versprach es. Ich bekam einen Vorschuß, bestellte ein Bier und trank und wartete, bis Mulka mich aufrief; der Chauffeur nahm mich mit hinaus. Wir gingen durch den kalten Regen zum Kleinbus, kletterten in den Laderaum, wo bereits vier frierende Weihnachtsmänner saßen, und ich nahm die Sachen in Empfang, den Mantel, den flockigen Bart, die rotweiße Uniform der Freude. Das Zeug war noch nicht ausgekühlt, wohltuend war die Körperwärme älterer Weihnachtsmänner, meiner Vorgänger, zu spüren, die ihren Freudendienst schon hinter sich hatten; es fiel mir nicht schwer, die Sachen anzuziehen. Alles paßte, die Stiefel paßten, die Mütze, nur die Maske paßte nicht: zu scharf drückten die Pappkanten gegen meine künstliche Nase; schließlich nahmen wir eine offene Maske, die meine Nase nicht verbarg.

Der Chauffeur half mir bei allem, begutachtete mich, taxierte den Grad der Freude, der von mir ausging, und bevor er nach vorn ging ins Führerhaus, steckte er mir eine brennende Zigarette in den Mund: in wilder Fahrt brachte er mich raus nach Hochfeld, zum sehr guten Einsatzort. Unter einer Laterne stoppte der Kleinbus, die Tür wurde geöffnet, und der Chauffeur winkte mich heraus.

»Hier ist es«, sagte er, »Nummer vierzehn, bei Köhnke: mach sie froh. Und wenn du fertig bist damit, warte hier an der Straße; ich bring nur die andern Weihnachtsmänner weg, dann pick ich dich auf.«

»Gut«, sagte ich, »in einer halben Stunde etwa.«

Er schlug mir ermunternd auf die Schulter, ich zog die Maske zurecht, strich den roten Mantel glatt und ging durch einen Vorgarten auf das stille Haus zu, in dem schneller Nebenverdienst auf mich wartete. »Köhnke«, dachte ich, »ja, er hieß Köhnke damals in Demjansk.«

Zögernd drückte ich die Klingel, lauschte; ein kleiner Schritt erklang, eine fröhliche Verwarnung, dann wurde die Tür geöffnet, und eine schmale Frau mit Haarknoten und weißgemusterter Schürze stand vor mir. Ein glückliches Erschrecken lag für eine Sekunde auf ihrem Gesicht, knappes Leuchten, doch es verschwand sofort: ungeduldig zerrte sie mich am Ärmel hinein und deutete auf einen Sack, der in einer schrägen Kammer unter der Treppe stand.

»Rasch«, sagte sie, »ich darf nicht lange draußen sein. Sie müssen gleich hinter mir kommen. Die Pakete sind alle beschriftet, und Sie werden doch wohl hoffentlich lesen können.«

»Sicher«, sagte ich, »zur Not.«

»Und lassen Sie sich Zeit beim Verteilen der Sachen. Drohen Sie auch zwischendurch mal.«

»Wem«, sagte ich, »wem soll ich drohen?«

»Meinem Mann natürlich, wem sonst!«

»Wird ausgeführt«, sagte ich.

Ich schwang den Sack auf die Schulter, stapfte fest, mit schwerem freudebringendem Schritt die Treppe hinauf – der Schritt war im Preis einbegriffen. Vor der Tür, hinter der die Frau verschwunden war, hielt ich an, räusperte mich tief, stieß dunklen Waldeslaut aus, Laut der Verheißung, und nach heftigem Klopfen und nach ungestümem »Herein!«, das die Frau mir aus dem Zimmer zurief, trat ich ein.

Es waren keine Kinder da; der Baum brannte, zischend versprühten zwei Wunderkerzen, und vor dem Baum, unter den feuerspritzenden Kerzen, stand ein schwerer Mann in schwarzem Anzug, stand ruhig da mit ineinandergelegten Händen und blickte mich erleichtert und erwartungsvoll an: es war Köhnke, mein Oberst in Demjansk.

Ich stellte den Sack auf den Boden, zögerte, sah mich

ratlos um zu der schmalen Frau, und als sie näher kam, flüsterte ich: »Die Kinder? Wo sind die Kinder?«

»Wir haben keine Kinder«, antwortete sie leise, und unwillig: »Fangen Sie doch an.«

Immer noch zaudernd, öffnete ich den Sack, ratlos von ihr zu ihm blickend: die Frau nickte, er schaute mich lächelnd an, lächelnd und sonderbar erleichtert. Langsam tasteten meine Finger in den Sack hinein, bis sie die Schnur eines Pakets erwischten; das Paket war für ihn. »Ludwig!« las ich laut. »Hier!« rief er glücklich, und er trug das Paket auf beiden Händen zu einem Tisch und packte einen Pyjama aus. Und nun zog ich nacheinander Pakete heraus, rief laut ihre Namen, rief einmal »Ludwig« und einmal »Hannah«, und sie nahmen glücklich die Geschenke in Empfang und packten sie aus. Heimlich gab mir die Frau ein Zeichen, ihm mit der Rute zu drohen; ich schwankte, die Frau wiederholte ihr Zeichen. Doch jetzt, als ich ansetzen wollte zur Drohung, jetzt drehte sich der Oberst zu mir um; respektvoll, mit vorgestreckten Händen kam er auf mich zu, mit zitternden Lippen. Wieder winkte mir die Frau, ihm zu drohen – wieder konnte ich es nicht.

»Es ist Ihnen gelungen«, sagte der Oberst plötzlich, »Sie haben sich durchgeschlagen. Ich hatte Angst, daß Sie es nicht schaffen würden.«

»Ich habe Ihr Haus gleich gefunden«, sagte ich.

»Sie haben eine gute Nase, mein Sohn.«

»Das ist ein Weihnachtsgeschenk, Herr Oberst. Damals bekam ich die Nase zu Weihnachten.«

»Ich freue mich, daß Sie uns erreicht haben.«

»Es war leicht, Herr Oberst; es ging sehr schnell.«

»Ich habe jedesmal Angst, daß Sie es nicht schaffen würden. Jedesmal –«

»Dazu besteht kein Grund«, sagte ich, »Weihnachtsmänner kommen immer ans Ziel.«

»Ja«, sagte er, »im allgemeinen kommen sie wohl ans Ziel. Aber jedesmal habe ich diese Angst, seit Demjansk damals.«

»Seit Demjansk«, sagte ich.

»Damals warteten wir im Gefechtsstand auf ihn. Sie hatten schon vom Stab telefoniert, daß er unterwegs war zu uns, doch es dauerte und dauerte. Es dauerte so lange, bis wir unruhig wurden und ich einen Mann losschickte, um den Weihnachtsmann zu uns zu bringen.«

»Der Mann kam nicht zurück«, sagte ich.

»Nein«, sagte er. »Auch der Mann blieb weg, obwohl sie nur Störfeuer schossen, sehr vereinzelt.«

»Wunderkerzen schossen sie, Herr Oberst.«

»Mein Sohn«, sagte er milde, »ach, mein Sohn. Wir gingen raus und suchten sie im Schnee vor dem Wald. Und zuerst fanden wir den Mann. Er lebte noch.«

»Er lebt immer noch, Herr Oberst.«

»Und im Schnee vor dem Wald lag der Weihnachtsmann, lag da mit einem Postsack und der Rute und rührte sich nicht.«

»Ein toter Weihnachtsmann, Herr Oberst.«

»Er hatte noch seinen Bart um, er trug noch den roten Mantel und die gefütterten Stiefel. Er lag auf dem Gesicht. Nie, nie habe ich etwas gesehn, das so traurig war wie der tote Weihnachtsmann.«

»Es besteht immer ein Risiko«, sagte ich, »auch für den, der Freude verteilt, auch für Weihnachtsmänner besteht ein Risiko.«

»Mein Sohn«, sagte er, »für Weihnachtsmänner sollte es kein Risiko geben, nicht für sie. Weihnachtsmänner sollten außer Gefahr stehen.«

»Eine Gefahr läuft man immer«, sagte ich.

»Ja«, sagte er, »ich weiß es. Und darum denke ich immer, seit Demjansk damals, als ich den toten Weihnachtsmann vor dem Wald liegen sah – immer denke ich, daß er nicht durchkommen könnte zu mir. Es ist eine große Angst jedesmal, denn vieles habe ich gesehn, aber nichts war so schlimm wie der tote Weihnachtsmann.«

Der Oberst senkte den Kopf, angestrengt machte seine Frau mir Zeichen, ihm mit der Rute zu drohen: ich konnte es nicht. Ich konnte es nicht, obwohl ich fürchten mußte, daß sie sich bei Mulka über mich beschweren und daß Mulka mir etwas von meinem Verdienst abziehen könnte. Die muntere Ermahnung mit der Rute gelang mir nicht.

Leise ging ich zur Tür, den schlaffen Sack hinter mir herziehend; vorsichtig öffnete ich die Tür, als mich ein Blick des Obersten traf, ein glücklicher, besorgter Blick: »Vorsicht«, flüsterte er, »Vorsicht«, und ich nickte und trat hinaus. Ich wußte, daß seine Warnung aufrichtig war.

Unten wartete der Kleinbus auf mich; sechs frierende Weihnachtsmänner saßen im Laderaum, schweigsam und frierend, erschöpft vom Dienst an der Freude; während der Fahrt zum Hauptquartier sprach keiner ein Wort. Ich zog das Zeug aus und meldete mich bei Mulka hinter der beschlagenen Glasvitrine, er blickte nicht auf. Sein Bleistift kreiste über dem Stadtplan, wurde langsamer im Kreisen, schoß herab: »Hier«, sagte er, »hier ist ein neuer Einsatz für dich. Du kannst die Uniform gleich wieder anziehen.«

»Danke«, sagte ich, »vielen Dank.«

»Willst du nicht mehr? Willst du keine Freude mehr bringen?«

»Wem?« sagte ich. »Ich weiß nicht, zu wem ich jetzt komme. Zuerst muß ich einen Schnaps trinken. Das Risiko – das Risiko ist zu groß.«

Stimmungen der See

Zuerst war Lorenz am Treffpunkt. Er streifte den Rucksack ab und legte sich hin. Er legte sich hinter eine Strandkiefer, schob den Kopf nach vorn und blickte den zerrissenen Hang der Steilküste hinab. Der kreidige Hang mit den ausgewaschenen Rinnen war grau, die See ruhig; über dem Wasser lag ein langsam ziehender Frühnebel, und auf dem steinigen Strand unten war das Boot. Es begann, hell zu werden.

Lorenz schob sich zurück, wandte den Kopf und blickte den Pfad entlang, der neben der Steilküste hinlief, in einer Bodensenke verschwand und wieder zum Vorschein kam, dort, wo er in die lichte Schonung der Strandkiefern hineinführte. Er sah aus der Schonung die massige Gestalt eines Mannes mit Rucksack treten, sah den Mann stehenbleiben und zurücklauschen und wieder weitergehen, bis sein Körper in der Bodensenke verschwand und nur noch der Kopf sichtbar war. Der Mann trug einen schwarzen Schlapphut und einen schwarzen Umhang. Er näherte sich sehr langsam. Als er die Bodensenke hinter sich hatte, konnte Lorenz seinen Schritt hören: es war der Professor. Sie gaben sich die Hand, Lorenz klinkte den Karabinerhaken des Rucksacks aus, der Professor legte sich hin, und sie schoben sich wortlos bis zum Steilhang vor und sahen auf das Boot hinab und auf das schiefergraue Wasser, über dem in kurzer Entfernung vom Strand die Nebelwand lag.

»Ich dachte, ich komme zu spät«, sagte der Professor leise, »aber Tadeusz fehlt noch.«

Der Professor hatte ein schwammiges Gesicht, entzündete Augen, sein Haar und der drahtige Walroßbart waren grau wie der kreidige Hang der Steilküste, und sein Kinn und der schlaffe Hals unrasiert.

»Wann kommt Tadeusz?« fragte er leise.

»Er müßte schon hier sein«, sagte Lorenz.

Der Professor legte sich auf die Seite, schlug den Umhang zurück und zog aus der Tasche eine zerknitterte Zigarette heraus, beleckte sie und zündete sie an. Er verbarg die Glut der Zigarette in der hohlen Hand. Das Pochen eines Fischkutter-Motors drang von der See herauf, sie blickten sich erschrocken an, doch das Geräusch des Motors setzte nicht aus, zog gleichmäßig im Nebel die Küste hinauf und entschwand.

»War er das?« fragte der Professor.

»Er fährt erst los, wenn Tadeusz das Haus verläßt«, sagte Lorenz. »Es war ein anderer Kutter.«

Sie warteten schweigend; der Nebel über der See hob sich nicht, es kam kein Wind auf, und im Dorf hinter dem Vorsprung der Steilküste blieb es still.

»In zwei Tagen sind wir in Schweden«, sagte der Professor. Lorenz nickte.

»Die Ostsee ist ein kleines Meer, sie ist verträglich im September.«

»Wir sind noch nicht drüben«, sagte Lorenz.

Unten am Strand schlugen klickend Steine zusammen, die Männer legten sich flach auf den Boden und lauschten, hoben nach einer Weile den Kopf und sahen den Steilhang hinunter: hinter dem Boot kauerte Tadeusz. Er blickte zu ihnen empor, er winkte, und sie standen auf, nahmen die Rucksäcke und gingen zu einer ausgewaschenen Rinne im Hang, in der ein Seil hing. Sie legten die Rucksäcke um und ließen sich am Seil auf den steinigen Strand hinab. Als sie unten standen, warf Lorenz eine Bucht, die Bucht lief das Seil hinauf wie eine gegen den Himmel laufende Welle, bis sie das Ende erreichte und es aus der Schlaufe riß, so daß das Seil zu ihnen hinabfiel. Dann liefen sie geduckt über den Strand zum Boot, warfen die Rucksäcke und das Seil hinein und schoben das Boot ins Wasser.

»Schnell«, sagte Tadeusz, »weg von Land.«

Tadeusz war ein stämmiger Mann; er trug eine Joppe

mit Fischgrätenmuster, eine Ballonmütze mit versteiftem Pappschild, sein Gesicht war breitwangig, und seine Bewegungen waren ruckartig und abrupt wie die Bewegungen eines Eichhörnchens. Er ergriff einen Riemen und begann zu staken. Wenn der Riemen zwischen den Steinen auf Grund stieß, knirschte es, und der Mann ließ seinen Blick über den Strand unter der Steilküste wandern und hinauf zu den flach explodierenden Strandkiefern. Er stakte das Boot in tiefes Wasser. Lorenz und der Professor saßen auf ihren Rucksäcken und hielten sich mit beiden Händen am Dollbord fest; auch sie blickten zur Küste zurück, die sich erweiterte und ausdehnte, während Tadeusz zu rudern anfing. Entschieden tauchten die Riemen ein, zogen lang durch und brachen geräuschlos aus dem Wasser. Das Boot glitt stoßweise vorwärts.

Es war ein breitbordiges Beiboot, wie Küstenschiffe und Fischkutter es an kurzer Leine hinter sich herschleppen, flach gebaut, mit verstärkten Spanten und nur eine Ducht in der Mitte für den Ruderer. Das Boot lag leicht auf der See, es konnte nur mit den Riemen gesteuert werden.

Als sie in den Nebel hinausfuhren, verloren sie das Gefühl, auf dem Wasser zu sein; sie empfanden nur das stoßweise Vorwärtsgleiten des Bootes und hörten das leichte Rauschen, mit dem der Bug durch die ruhige See schnitt. Tadeusz ruderte, Lorenz und der Professor setzten sich auf die Bodenbretter und lauschten in den Nebel, der quellend an der Bordwand hochstieg, fließend über sie hinzog und sich in lautlosem Wallen hinter ihnen schloß gleich einer flüssigen Wand. Lorenz senkte sein Gesicht, er preßte die Hand auf den Mund, sein Rücken krümmte sich, und er begann zu husten. Sein Gesicht schwoll an, Tränen traten in seine Augen. Der Professor klopfte mit der flachen Hand auf seinen Rücken. Ein Riemen hob beim Ausbrechen treibenden Tang hoch, warf ihn voraus, und der Tang klatschte ins Wasser. Die Küste war nicht mehr zu sehen.

»Wie weit noch?« fragte der Professor.

Tadeusz antwortete nicht, er ruderte schärfer jetzt, legte sich weit zurück, wenn er durchzog, ohne auf die knarrenden Geräusche zu achten, auf das Knacken der Dollen. Ein saugender Luftzug, wie das scharfe Gleiten eines riesigen Vogels, ging über sie hinweg, so daß sie die Gesichter hoben und aufsahen, aber es war nichts über ihnen als der fließende Nebel, der alles verdeckte.

»Wo wartet der Kutter?« fragte Lorenz, der Jüngste im Boot.

»Eine Meile is abgemacht«, sagte Tadeusz. »Wir wern haben die Hälfte. Wenn der Kutter kommt, wern wir ihn hören, und er wird man runtergehn mit der Fahrt und auf uns warten. Is alles abgesprochen mit meinem Schwager.«

»Und der Nebel«, sagte der Professor.

»Is nich abgesprochen, aber macht nix«, sagte Tadeusz.

»Im Nebel wir könn uns Zeit lassen beim Umsteigen.«

»Die Hauptsache, wir kommen nach Schweden«, sagte der Professor.

»Erst müssen wir auf dem Kutter sein«, sagte Lorenz. Er hatte ein schmales Gesicht, einen fast lippenlosen Mund, und sein Haar war von bläulicher Schwärze. Lorenz sah krank aus.

Ein Stoß traf das Boot, eine dumpfe Erschütterung: sie waren auf einen treibenden Balken aufgefahren, der sich unter dem Boot drehte und schwappend neben der Bordwand zum Vorschein kam, an ihr entlangtrudelte und achteraus blieb. Vom Kutter war nichts zu hören, obwohl er jetzt ablegen mußte im Dorf. Lorenz fror; er kauerte sich im Heck des Bootes zusammen und starrte vor sich hin. Der Professor rauchte, blickte über den Bug voraus in den Nebel. Das Boot hatte keine Fußleisten, und wenn Tadeusz sich beim Rudern zurücklegte, stemmte er sich gegen die Rucksäcke.

»Wir müßten doch den Kutter hören«, sagte Lorenz.

»Der Kutter wird kommen«, sagte Tadeusz. Er machte noch einige kräftige Schläge, zog dann die Riemen ein, und das Boot schoß jetzt lautlos dahin und glitt langsam aus. Die Männer lauschten in die Richtung, wo sie hinter dem Nebel das Dorf vermuteten, aber das Pochen des Fischkutter-Motors war nicht zu hören. Der Professor erhob sich, das Boot schwankte nach beiden Seiten und lag erst wieder ruhig, als er sich auf den Rucksack setzte und angestrengt, mit offenem Mund lauschte. Sein schwarzer Schlapphut saß tief in der Stirn, das graue Haar stand strähnig über den Kragen des Umhangs hinaus. Der Walroßbart hatte nikotingelbe Flecken.

»Is alles abgemacht mit meinem Schwager«, sagte Tadeusz. »Er wird kommen mit dem Kutter und uns aufnehmen und rüberbringen nach Schweden. Die Anzahlung hat er schon bekommen. Er weiß, daß wir warten.«

»In zwei Tagen sind wir drüben«, sagte der Professor.

»Was ist mit den Posten?« sagte Lorenz.

»Mit den Posten is nix«, sagte Tadeusz. »Hab ich gesehn zwei Posten am Strand, waren sehr müde, gingen andere Richtung an der Küste entlang.«

Im Nebel entstand eine Bewegung, als ob eine unsichtbare Faust hineingeschlagen hätte: wolkig quoll es empor, wälzte sich rollend zur Seite wie nach einer lautlosen Explosion. »Vielleicht frischt es auf und es kommt ein Wind«, dachte Lorenz. Die Bewegung verlor sich, langsam fließend bewegte sich der Nebel wieder über der See. Das Boot drehte lautlos in der Strömung.

»In Schweden muß ich neues Rasierzeug besorgen«, sagte der Professor.

»Hoffentlich bleibt der Nebel, bis der Kutter kommt«, sagte Lorenz. »Jetzt ist es hell, und wenn der Nebel abzieht, können sie uns von der Küste im Fernglas sehen.«

»Wenn der Nebel abzieht, is auch nicht schlimm«, sagte Tadeusz. »Dann müssen wir uns lang ausstrecken im Boot und Kopf runter.«

Von der See her und aus der entgegengesetzten Richtung des Dorfes ertönte jetzt das gleichmäßige, dumpfe Tuckern des Fischkutters. Tadeusz ergriff die Riemen und führte sie ins Wasser. Der Professor schnippte die Zigarettenkippe fort. Lorenz erfaßte die beiden Tragegurte des Rucksackes. Das Tuckern des Motors kam näher, hallte echolos über das Wasser, doch es setzte nicht aus, und der Rhythmus änderte sich nicht.

»Fertigmachen zum Umsteigen«, sagte der Professor.

Lorenz ließ die Tragegurte wieder los, ging in die Hokke und drehte sich auf den Fußspitzen so weit herum, bis er in die Richtung blicken konnte, aus der das Tuckern kam. Die Ruderblätter fächelten leicht im Wasser wie die Brustflossen eines lauernden Fischs. Das Tuckern war nun in unmittelbarer Nähe, sie hörten das Rauschen der Bugwelle, glaubten das Klatschen des Netzes zu hören, das auf dem Deck trockengeschlagen wird, und dann sahen sie – oder glaubten, daß sie es sahen –, wie ein grauer Körper sich durch den Nebel schob, der die Schwaden aufriß, gefährlich vor ihnen aufwuchs und vorbeiglitt, ohne entschiedenen Umriß anzunehmen. Jetzt war das Tuckern achteraus und entfernte sich unaufhörlich, zuletzt hörten sie es schwach in gleichbleibender Entfernung, und sie wußten, daß der Kutter am Landungssteg unterhalb des Dorfes lag.

»Er hat uns nicht gefunden«, sagte Lorenz.

»Das war er nich«, sagte Tadeusz, »das war er bestimmt nich.«

Lorenz beugte sich über die Bordwand und blickte in das Wasser, in dem einzelne Seegrashalme schwammen, die Halme wanderten voraus, und er erkannte an ihnen, daß das Boot trieb. Manchmal spürte er, wie sich das Boot hob, mit weichem Zwang, so als würde es von einem kraftvollen und ruhigen Atem angehoben: es war die aufkommende Dünung.

Vorsichtig begann Tadeusz zu rudern; er machte kurze Schläge, ließ das Boot nach dem Schlag ausgleiten und lauschte mit erhobenem Kopf und geschlossenen Augen.

»Wie lange würde man brauchen, um nach Schweden zu rudern?« fragte der Professor.

»Bis zum Jüngsten Tag«, sagte Lorenz gereizt.

»Die Ostsee ist doch aber ein kleines Meer.«

»Das kommt auf den Vergleich an.«

»Jedenfalls muß ich in Schweden gleich Rasierzeug kaufen«, sagte der Professor. »An alles hab ich gedacht, nur das Rasierzeug mußte ich vergessen.«

»Besser wäre noch ein Friseur im Rucksack«, sagte Lorenz. »Man sollte nie auf die Flucht gehen, ohne seinen Friseur mitzunehmen. Dann ist man die größte Sorge los.«

Der Professor musterte ihn mit einem verlegenen Blick, strich über seinen fleckigen Walroßbart und kramte eine krumme Zigarette hervor. Er rauchte schweigend, während Tadeusz abwechselnd ruderte und lauschte. Lorenz löste seinen Schal, band ihn über den Kopf, und so, daß er die Wangen wärmte. Er dachte: »Nie wird der Kutter kommen, nie; es war unvorsichtig, diesem Kerl die Anzahlung zu geben, er war betrunken, und vielleicht war er darum der einzige, der uns rüberbringen wollte. Wir hätten ihm das ganze Geld erst vor der schwedischen Küste geben sollen.« Und er sagte: »Dein feiner Schwager, Tadeusz, hat ein ziemlich großzügiges Gedächtnis. Ich glaube, er hat uns vergessen, denn er müßte längst hier sein.«

Tadeusz zuckte die Achseln.

»Vorhin«, sagte der Professor, »vorhin, als wir noch oben waren, da hörten wir einen Kutter; vielleicht war er es. Kann sein, daß er in der Nähe liegt und auf uns wartet.«

»Er weint sich die Augen nach uns aus«, sagte Lorenz.

»Wir müssen nix wie raus aus dem Nebel«, sagte Tadeusz. »Wenn der Nebel aufhört, können wir sehen. Auf einem Kutter, der nich zu finden is, kann keiner nach Schweden rüber.«

»Soll ich rudern?« fragte Lorenz.

»Is mein Schwager«, sagte Tadeusz, »darum werd ich rudern. Geht noch.«

Er ruderte regelmäßig und mit langem Schlag, die Riemen bogen sich durch, hart brachen die Blätter aus, und das leichte Boot schoß durch das schiefergraue Wasser. Die lange Dünung wurde stärker, sie klatschte gegen den Rumpf des Bootes, wenn der Bug frei in der Luft stand. Das Tuckern des Kutters war nicht mehr zu hören. Tadeusz ruderte parallel zur Küste, zumindest vermutete er die Küste auf der Backbordseite, doch er konnte sie nicht sehen. Nach einer Weile zog er die Joppe mit dem Fischgrätenmuster aus, stopfte sie unter die Ducht und saß nun und ruderte im Pullover, der unter den Achseln verfilzt war und sich jedesmal, wenn er den Körper nach vorn legte, auf dem Rücken hoch schob. Lorenz kauerte reglos im Heck und blickte in die auseinanderlaufende Strudelspur des Bootes. Seine erdbraunen Uniformhosen waren an den Aufschlägen durchnäßt; er hatte einen Ellenbogen auf das Knie gestemmt und das Kinn in die Hand gestützt. Der Professor lag auf den Knien im Bug des Bootes, den Oberkörper nach vorn geschoben, vorausblickend. Er trug jetzt seinen Zwicker.

»Es wird heller«, sagte Tadeusz, »wir kommen raus aus der Küche, war man nix wie eine Nebelbank.«

»Dann ist es geschafft«, sagte der Professor.

»Sicher«, sagte Lorenz, »dann sind wir da und können Rasierzeug kaufen. Wir sollten uns schon überlegen, wie Pinsel auf schwedisch heißt.«

Dann stieß das Boot aus der Nebelbank heraus und glitt, während Tadeusz die Riemen einzog, in die freie Dünung der See: Sie sahen auf den schleierigen Wulst des Nebels zurück und dann hinaus in die vom Horizont begrenzte Leere, auf der das Glitzern einer stechenden Sonne lag: der Kutter war nicht zu sehen.

»Die Ostsee ist ein kleines Meer«, sagte Lorenz unbeweglich, »besonders, wenn man sie vor sich hat.«

»Wir sind in 'ner Strömung drin«, sagte Tadeusz. Er zog den Pullover aus und stopfte ihn unter die Ducht. Lorenz band den Schal ab. Das Boot dümpelte in der langen Dünung, die Strömung trug es hinaus.

»Der Kutter wird kommen und uns suchen«, sagte Ta-

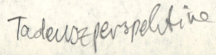
Tadeuszperspektive

deusz. »Macht nix, wenn wir in 'ner Strömung drin sind. Zu nah an der Küste is nich gut. Mein Schwager wird uns schon finden.«

»Er muß uns finden«, sagte der Professor. »Ich kann nicht zurück. Jetzt hat sich alles entschieden, jetzt wissen sie schon, daß ich fort bin. Nein, zurück geht es nicht mehr.«

Der Professor setzte den Zwicker ab, schloß die Augen und kniff mit Daumen und Zeigefinger seine Nasenwurzel, an der der Zwicker zwei gerötete Druckstellen hinterlassen hatte. Er seufzte. Eine grünliche Glaskugel, die sich von einem Netz gelöst hatte, trieb funkelnd vorbei in der Strömung. Scharf blitzte sie auf, wenn sie einen dünenden Wasserhügel hinaufrollte. Am Horizont standen weißgeränderte graue Wolken; es sah aus, als hindere ihr Gewicht sie daran, über den Himmel heraufzuziehen. Lorenz entdeckte als erster, daß sich weit draußen das Wasser zu krausen begann, es riffelte sich wie unter einem Schauer, und dann spürten sie den Ausläufer des Winds. Die Sonne brannte auf sie nieder. Der Kutter stieß nicht durch den Nebel, nicht einmal sein Tuckern war zu hören.

»Vielleicht können wir segeln«, sagte der Professor. »Wenn der Kutter nicht kommt, versuchen wir es so, und dann schaffen wir es auch.«

»Sicher«, sagte Lorenz, »wir können eine Briefmarke ans Ruder kleben und damit segeln.«

»Das Boot is tüchtig«, sagte Tadeusz, »ich hab eingepackt meine Wolldecke, und wenn nix is mit dem Kutter, dann wir können versuchen zu segeln. Hab ich gehört, daß einer is gesegelt sogar mit dem Faltboot über die Ostsee.«

»Der hat's zum Vergnügen gemacht«, sagte Lorenz.

»Was sollen wir denn tun?« sagte der Professor.

»Segeln«, sagte Lorenz, »was sonst. Und wenn wir rudern müßten, würden wir rudern, und wenn wir zu schwimmen hätten, würden wir schwimmen.«

Tadeusz richtete einen Riemen auf, band ihn an der Ducht fest, und sie nahmen den schwarzen Umhang des Professors und benutzten ihn als Segel, nachdem sie festgestellt hatten, daß die Wolldecke zu groß war und flatterte und sich aus der Befestigung losriß. Das Boot war jetzt schneller als die Strömung, die sie hinausführte: treibender Tang, der sie begleitet hatte, blieb zurück, das Boot zitterte unter den kleinen Stößen des Winds, parierte sie, fing sie auf, indem es leicht krängte und sich schnell wieder zurücklegte. Der Professor schnallte seinen Rucksack auf, zögerte, beobachtete einen Augenblick die beiden Männer, dann packte er Brot aus und zwei gekochte Eier und begann zu essen, ohne Lorenz und Tadeusz aus den Augen zu lassen. Lorenz wandte sich ab, und der Professor sagte: »Haben Sie etwas gesagt?«

»Nein«, sagte Lorenz gereizt.

»Ich dachte, Sie hätten etwas gesagt.«

»Ich habe nichts gesagt.«

»Es hörte sich aber an, als ob Sie etwas gesagt hätten.«

»Kein Wort.«

»Dann muß ich mich geirrt haben«, sagte der Professor kauend. Der schwarze Umhang begann zu flattern, Lorenz zog ihn auseinander, so daß der Wind sich in ihm fing, und Tadeusz zwang das Boot auf den alten Kurs, indem er mit dem Riemen, der als Steuer diente, zu wriggen begann. Der Professor glättete das Papier, in dem sein Brot eingewickelt war, warf die Eierschalen über Bord und schnallte seinen Rucksack wieder zu und zündete sich eine Zigarette an. Während er rauchte, sprachen sie nicht. Das Boot machte stetige Fahrt, klatschend brach der Bug ein, wenn die Dünung ihn emporgetragen hatte, und die Küste duckte sich an die See und lag nun flach und grau und unbestimmbar unter dem Horizont, weit genug, und nun begann Tadeusz zu essen, und Lorenz trank aus einer emaillierten Kruke mit Bierflaschenverschluß warmen Kaffee. Der Kutter war nicht zu sehen.

Als die Küste außer Sicht war, sprang der Wind um. Sie segelten jetzt vor dem Wind, die Sonne im Rücken, und das Boot war schneller als die Strömung. Eine leere Holzkiste trieb vorbei, die Bretter leuchteten in der Sonne, dümpelten leuchtend vorüber. Eine breite Schaumspur zog sich bis zum Horizont, sie kreuzten die Schaumspur und segelten mit der Sonne im Rücken. »Was zu rauchen«, fragte der Professor und hielt Lorenz eine zerknitterte Zigarette hin. Lorenz nickte und zündete sich die Zigarette an. Er lächelte, während er den Rauch scharf inhalierte, und sagte: »Wer von uns kann eigentlich segeln? Wer? Hast du schon mal gesegelt, Tadeusz?«

»Der Kutter wird kommen und uns suchen«, sagte Tadeusz, »mein Schwager wird uns helfen das letzte Stück.«

»Wir schaffen es auch so«, sagte der Professor. »Wenn wir nach Norden fahren, müssen wir ankommen, wo wir hinwollen. Das glaube ich. Wenn nur das Wetter nicht umschlägt.«

»Was glaubst du, Tadeusz?« fragte Lorenz.

»Glaub ich auch«, sagte Tadeusz nickend, »nu glaub ich dasselbe wie Professor.«

»Dann muß ich es wohl auch glauben«, sagte Lorenz, »jedenfalls fühle ich mich schon besser als im Nebel vor der Küste. Wie lange könnte es dauern – äußerstenfalls? Was meinst du, Tadeusz, wie lange wir brauchen werden?«

»Kann sein drei Tage, kann sein fünf Tage.«

»Die Ostsee ist ein kleines Meer«, sagte der Professor.

»Das ist es«, sagte Lorenz, »genau das. Man muß es nur oft genug wiederholen.«

Ein Flugzeug zog sehr hoch über sie hinweg, sie beobachteten es, sahen es im Nordosten heraufkommen und größer werden und einmal schnell aufblitzen, als die Sonne die Kanzel traf; es verschwand mit stoßweisem Brummen in südwestlicher Richtung. Tadeusz machte eine Schlaufe aus Sisal-Leine und nagelte sie am Heck fest, die Schlaufe lag lose um den Riemen, den Tadeusz nun mit einer Hand wie eine Ruderpinne umfaßte und das leichte Boot auf Kurs hielt. Sie banden Schnüre um die Ärmel des schwarzen Umhangs, der als Segel diente, zogen die Schnüre zur Seite herunter und zurrten sie an den Rollen fest, so daß der Wind den Umhang blähte und sich voll fing, ohne daß sie ihn halten mußten. Lorenz und der Professor blickten zur gleichen Zeit auf das volle schwarze Segel über ihnen, es sah aus wie eine pralle Vogelscheuche, die ihre halb erhobenen Arme schützend oder sogar in einer Art plumper Segnung über den Insassen hielt, und während sie beide hinaufblickten, trafen sich ihre Blicke, ruhten ineinander, als tauschten sie die gleiche Empfindung oder das gleiche Wort aus, das sie beim Anblick ihres Segels sagen wollten, und sie lächelten sich abermals zu.

»Ah«, sagte Lorenz, »jetzt sollte ich es Ihnen sagen, Professor, das ist ein guter Augenblick zur Beichte: ich war es damals, ich allein. Die andern haben mir dabei geholfen, aber ich fand Ihren Umhang auf dem Haken im Korridor, und ich nahm ihn im Vorbeigehen ab und trug ihn in die Klasse. Wissen Sie noch? Wir stellten den Kleiderständer in den Papierkorb, stopften Ihren Umhang aus und stellten alles hinters Katheder; wir schnitzten aus einer Rübe ein Gesicht, ich stülpte einen Schlapphut drauf, und das ganze Ding, wie es hinter dem Katheder stand, hatte eine enorme Ähnlichkeit mit Ihnen, Professor. Und als Sie dann in die Klasse kamen, ohne Zwicker, wissen Sie noch, ja? Und das grunzende Erstaunen, als Sie aufsahen und das Katheder besetzt fanden? Wissen Sie noch, was dann passierte, Professor? Sie verbeugten sich erstaunt vor Ihrem Umhang und sagten ›Entschuldigung‹, und rückwärts, ja, rückwärts gingen Sie wieder raus und schlossen die Tür. – Es war doch dieser Umhang?«

»Ja«, sagte der Professor, »es war dieser Umhang, er hat seine Geschichte.«

»Rauch«, sagte Tadeusz plötzlich.

Sie wandten sich zur Seite, über dem Horizont stand eine langgezogene Rauchfahne wie ein Versprechen; aus der See schien der Rauch aufzusteigen, lag an der Stelle seines Ursprungs unmittelbar auf dem Wasser, hob sich weiter in unregelmäßiger Spirale und löste sich unter den Wolken auf. Ein Schiff kam nicht in Sicht. Sie warteten darauf, und Lorenz kletterte auf die mittlere Ducht, wo er breitbeinig balancierend dastand und eine Weile die Rauchfahne beobachtete, doch auch er sah das Schiff nicht. Er setzte sich wieder auf die Bodenbretter. Solange die Rauchfahne über der See lag – sie waren nicht erstaunt, daß sie eine Stunde oder vielleicht auch anderthalb oder sogar zwei Stunden sichtbar blieb –, rechneten sie mit dem Aufkommen eines Schiffes, vielmehr Tadeusz hoffte es, während Lorenz und der Professor es befürchteten.

Der Wind wurde stärker, die Luft kühl, als die Sonne von den weißgeränderten, schwer aufziehenden Wolken erreicht und verdeckt wurde; das Wasser bekam die Farbe eines düsteren Grüns, und die ersten Spritzer fegten über sie hin, wenn das Boot einbrach. Sie saßen geduckt und mit angezogenen Beinen im Boot. Lorenz und Tadeusz begannen zu essen, sie aßen Brot und jeder eine Scheibe harter Dauerwurst. Sie tranken nicht. Der Professor zündete sich an der Kippe eine neue Zigarette an, schnippte die Kippe über Bord, sah, wie sie neben der Bordwand mit scharfem Aufzischen ins Wasser flog und achteraus blieb und in die kleinen Strudel des Kielwassers hineingeriet, wo sie unter die Oberfläche gewirbelt wurde. Er dachte: »Jetzt hat Lorenz sich beruhigt, er ist sogar freundlich geworden, demnach scheint er auch zuversichtlich zu sein für die ganze Angelegenheit. Ausgerechnet er, der Schüler, den ich zu hassen nie aufgehört habe, ist mein Führer auf der Flucht. Der argwöhnische Ausdruck seines Gesichts, schon damals sah er so aus, und an dem Abend, als wir uns unvermutet trafen – er trug die Uniform –: was war es nur, was ging in uns vor, daß wir flüsternd einander anvertrauten und flüsternd Pläne entwarfen? Es war, als ob er mich mit seinen Plänen bedrohte; ich hatte sie auch, aber sie wären Pläne geblieben, verborgen und unauffindbar für jeden andern, nur er, Lorenz, erzwang sich die Kenntnis dieser Pläne, flüsternd an den dunklen Abenden im Arbeitszimmer, und er verband sie mit seinen Plänen und bereitete alles vor, so daß ich, obwohl er nie ein entschiedenes Ja zu hören bekam, nicht mehr zurückkonnte, als er kam und sagte, daß der Termin feststehe. Er sah mich erschrecken, ich haßte ihn, weil er mich zwang, etwas zu tun, was ich zwar selbst zu tun wünschte, aber allein nicht getan hätte aus verschiedenen Gründen, ja, er zwang mich, anzunehmen und zu glauben, daß der Plan zur Flucht von mir stamme und daß ich ihn dazu überredet habe, woraufhin er es auch mir überließ, zu bestimmen, wieviel Gepäck jeder mitnehmen könne und welche Motive wir für die Flucht nach der Landung in Schweden angeben sollten. Dabei ist er der Führer auf der Flucht geblieben, und jetzt verbirgt er nicht einmal, daß alles davon abhängt, was er tut und was er glaubt. Ich werde mich trennen von ihm, ja, bald nach der Landung werde ich sehen, daß wir auseinanderkommen.«

»Ein Stück Wurst?« fragte Lorenz freundlich. Er legte eine Scheibe rötlicher Dauerwurst auf die Ducht, aber der Professor schüttelte den Kopf.

»Nicht jetzt«, sagte er, »nicht jetzt.«

Tadeusz blickte während ihrer Unterhaltung zurück, reglos, mit halboffenem Mund, und jetzt schnellte er hoch, daß das Boot schwankte, seine Hand flog empor: »Da«, rief er, »da is er wieder. Er verfolgt uns.«

»Wer?« fragte Lorenz.

»Jetzt is er weg«, sagte Tadeusz.

»Wer, zum Teufel?«

»Muß gewesen sein ein Hai, großer Hai.«

»Hier gibt es keine Haie«, sagte Lorenz. »Du hast geträumt.«

»In der Ostsee gibt es nur Heringshaie«, sagte der Professor. »Sie leben in tieferem Wasser und kommen nicht an die Oberfläche. Außerdem werden sie nicht sehr groß und sind ungefährlich, Heringshaie greifen den Menschen nicht an.«

»Aber hab ich gesehn, wie er is geschwommen«, sagte Tadeusz. »So groß«, und er machte eine Bewegung, die über das ganze Boot hinging.

»Die Ostsee ist zu klein«, sagte der Professor. »Haie, die den Menschen angreifen, leben hier nicht.«

»Richte dich gefälligst danach, Tadeusz«, sagte Lorenz.

Sie beobachteten gemeinsam die See hinter dem Boot, doch sie sahen nirgendwo den Körper oder den Rücken oder die Schwanzflosse des Fisches; sie sahen nur die zerrissenen Schaumkronen auf dem düsteren Grün der Wellen, die sie weit ausholend von hinten anliefen, das Boot hoben und nach vorn hinabdrückten, wobei der Riemen, mit dem sie steuerten, sich knarrend in der Schlaufe rieb und für einen Augenblick frei in der Luft stand. Spritzer fegten ins Boot, ihre Gesichter waren naß vom Seewasser. Lorenz spürte, wie der Kragen seines Hemdes zu kleben begann. Er band seinen Schal wieder um, und sie segelten schweigend mit achterem Wind und merkten am treibenden Tang, daß sie in einer querlaufenden Strömung waren. Sie segelten und trieben den zweiten Teil des Nachmittags, und am Abend sprang der Wind um. Sie hätten es nicht gemerkt, wenn sie nicht noch einmal, für kurze Zeit, die untergehende Sonne gesehen hätten. Der Wind wurde stärker und schüttelte mit kräftigen Stößen das Boot. Sie mußten das Notsegel einholen, denn der Riemen, der als Mast diente, war bei dem Wind für das Boot zu schwer.

»Und jetzt?« fragte der Professor.

»Jetzt wird gerudert«, sagte Lorenz, »ich fange an.«

»Ich werde rudern«, sagte Tadeusz. »Is mein Schwager, wo uns hat sitzenlassen, darum werde ich rudern. Nachher können wir uns ablösen.«

»Streng dich nicht sehr an, Tadeusz. Wer weiß, wozu wir unsere Kraft noch brauchen werden. Es genügt, wenn wir das Boot halten und nicht allzu weit abgetrieben werden.«

»Schweden hat eine lange Küste«, sagte der Professor.

»Hoffentlich ist der Wind derselben Ansicht«, sagte Lorenz.

Tadeusz ruderte bis zur Dämmerung, dann wurde die See unruhiger, und er mußte in den Wind drehen und konnte das Boot nur noch mit kurzen Schlägen auf der Stelle halten. Das Boot tauchte tief mit dem Bug ein, wenn eine Welle unter ihm hindurchgelaufen war, nahm Wasser über, schüttelte sich und glitt wie ein Schlitten den Wellenhügel hinab, bis die nächste Welle es abfing und emportrug. Der Professor kramte aus seinem Rucksack eine Konservendose heraus, entleerte sie und fing an, Wasser zu schöpfen, das schwappend, in trägem Rhythmus über die Bodenbretter hinwegspülte. Das Wasser funkelte, wo der Bug es zerspellte. Weiter entfernt leuchteten die zerrissenen Schaumkronen in der Dunkelheit.

Obwohl er ruderte, trug Tadeusz seine Joppe mit dem Fischgrätenmuster, Lorenz hatte seinen Pullover angezogen, und der Professor hatte sich den Umhang übergelegt, während er Wasser schöpfte. Die Konservendose fuhr kratzend, mit blechernem Geräusch über die Bodenbretter, plumpsend fiel das Wasser zurück in die See, mit einem dunklen, gurgelnden Laut.

»Es regnet«, sagte der Professor plötzlich. »Ich habe die ersten Tropfen bekommen.«

»Dann werde ich rudern«, sagte Lorenz. »Komm, Tadeusz, laß mich vorbei.«

Er erhob sich, der Wind traf sie mit einem Stoß wie ein Faustschlag, und Lorenz und Tadeusz griffen nacheinander und preßten ihre Körper zusammen, um das Schwanken des Bootes aufzufangen: zitternd standen sie nebeneinander, duckten sich, schoben sich gespannt und langsam und ohne den Griff in der Kleidung des andern zu

lösen, aneinander vorbei, und erst als sie beide saßen, Tadeusz im Heck und Lorenz auf der Ducht, lösten sie sich aus der Umklammerung. Lorenz legte sich in die Riemen, sein Körper hob sich so weit, daß sein Gesäß nicht mehr die Ducht berührte: stemmend, in schräger Haltung, als sei er an keine Schwerkraft gebunden, so machte er einige wilde Schläge, um das Boot, das querzuschlagen drohte, wieder mit dem Bug gegen die See zu bringen. Es war dunkel.
»Eh, Professor«, rief Lorenz.
»Ja? Ja, was ist?«
»Sie sollten versuchen, zu schlafen.«
»Jetzt?«
»Sie müssen es versuchen. Einer von uns muß frisch bleiben, für alle Fälle.«
»Gut«, sagte der Professor, »ich werde es versuchen.«
Er zog den Umhang über seinen Kopf, streckte die Beine aus und legte die Wange gegen seinen Rucksack. Er spürte, wie sich das Schwanken des Bootes in seinem Körper fortsetzte; sanft rieb die Wange über den durchnäßten Stoff des Rucksacks. Der Professor schloß die Augen, er fror. Durch seine Vermummung hörte er den Wind über die Bordkante pfeifen. Er wußte, daß er nicht schlafen würde. Tadeusz schöpfte mit der Konservendose Wasser, sobald die Bodenbretter überspült wurden; Lorenz ruderte. Er keuchte; obwohl er jetzt saß und nur noch versuchte, den Bug des Bootes im Wind zu halten, keuchte er und verzerrte beim Zurücklegen und Ausbrechen der Riemen sein Gesicht.
Plötzlich kroch Tadeusz bis zur mittleren Ducht vor, richtete sich zwischen Lorenz' gespreizten Beinen halb auf und hob sein breitwangiges Gesicht und flüsterte: »Laß treiben, Lorenz, hat keinen Zweck nich. Vielleicht wir kriegen Sturm diese Nacht.«
»Verschwinde«, sagte Lorenz.
»Aber es wird kommen Sturm vielleicht.«
»Es kommt kein Sturm.«

»Und wenn?«

»Wir können nicht zurück, Tadeusz. Wir müssen versuchen, rüberzukommen. Wenn wir es alle versuchen, schaffen wir es. Wir können jetzt nicht aufgeben.«

»Wir können zurück und es morgen versuchen mit Kutter.«

»Ich scheiß auf deinen Kutter«, sagte Lorenz. »Deinen Schwager mit seinem Kutter soll die Pest holen. Jetzt können wir nicht zurück.«

»Und wenn viel Wasser kommt ins Boot?«

»Dann wirst du schöpfen.«

»Gut«, sagte Tadeusz.

Er kroch wieder zurück ins Heck, kauerte sich hin, und die Konservendose fuhr kratzend über die Bodenbretter, hob sich über die Bordwand: in glimmendem Strahl plumpste das Wasser zurück in die See.

Der Regen wurde schärfer, prasselte auf sie herab, trommelte gegen die Bordwand, ihre Gesichter waren naß, die Nässe durchdrang ihre Kleidung; das Geräusch des Regens war stärker als das Geräusch der See. Es war nur ein Schauer, denn nach einer Weile hörten sie wieder das Schnalzen der See, das Klatschen des einbrechenden Bugs im Wasser, und sie hatten wieder das Gefühl, von der Küste weit entfernt zu sein. Während der Regen auf sie niederging, hatten sowohl Tadeusz als auch Lorenz die unwillkürliche Empfindung, daß hinter der Wand des Regens ein Ufer sein müßte, sie glaubten sich für einen Augenblick nicht auf freier See, sondern – eingeengt, von der Regenwand umschlossen –, inmitten eines Teiches oder eines kleinen schilfgesäumten Gewässers, dessen Ufer zu erreichen sie nur einige lange Schläge kosten würde – nun, nachdem der Regen zu Ende war, kehrte das alte Gefühl zurück.

Gischt sprühte über das Boot, das jetzt in einigen unregelmäßigen Seen trudelte und sich schüttelte, durchsackte und dann mit sonderbarer Ruhe einen Wellenhügel hinabglitt, als nähme es Anlauf, um den gefährlich vor ihm aufwachsenden Kamm zu erklimmen. Lorenz hielt den Bug gegen die See.

»Da«, schrie Tadeusz auf einmal, »da, da!« Er schrie es so laut, daß der Professor hochschrak und seinen durchnäßten Umhang vom Kopf riß, so laut und befehlend, daß Lorenz die Riemen hob und nicht mehr weiterruderte, und sie brauchten nicht einmal Tadeusz' ausgestreckter Hand zu folgen, um zu erkennen, was er meinte und worauf er sie aufmerksam machen wollte. Ja, sie sahen es so zwangsläufig und automatisch, wie man sofort zwei glühende Augen in einem dunklen Raum sieht, den man betritt, oder doch so zwangsläufig, wie man in die einzige Richtung blickt, aus der man Rettung erwartet: sobald sie den Kopf hoben, mußten sie es sehen. Und sie sahen es alle. Das Schiff kam fast auf sie zu, ein erleuchtetes Schiff, ein Passagierschiff mit zwei Reihen von erleuchteten Bulleyes; sogar die Positionslampen im Topp konnten sie erkennen. Das Schiff machte schnelle Fahrt und kam schnell näher, sie konnten nicht sagen, wie weit es von ihnen entfernt war, sie vermuteten, daß das Schiff sehr nahe sein mußte, denn hinter einigen Bulleyes waren Schatten zu sehen.

»Wir müssen geben ein Zeichen«, sagte Tadeusz und sprang ruckartig auf, so daß das Boot heftig schwankte und an der Seite Wasser übernahm.

»Was für ein Zeichen?« fragte Lorenz ruhig. Er ruderte wieder.

»Ein Zeichen, daß sie uns rausholen.«

»Und dann?«

»Dann wir kriegen trockenes Bett und warmes Essen, und alles schmeckt. Hab ich Taschenlampe mitgebracht, ich kann geben Zeichen mit Taschenlampe.«

Tadeusz zog aus seiner Joppentasche eine schwarze, flache Taschenlampe heraus, hielt sie mit ausgestrecktem Arm Lorenz hin und sagte: »Hier, damit wir uns verschaffen trockenes Bett und warmes Essen.«

Lorenz nahm wortlos die Taschenlampe und ließ sie in

seinem Rucksack verschwinden. Er ruderte schweigend, blickte aufmerksam zum Schiff hinüber, das jetzt querab von ihnen vorbeifuhr.

»Was ist«, fragte Tadeusz, »warum gibst du kein Zeichen?«

»Sei still. Oder laß dir vom Professor erklären, warum wir kein Zeichen geben können. Der Professor ist zuständig für Erklärungen.«

»Sie würden uns schön rausholen«, sagte Tadeusz.

»Ja«, sagte Lorenz, »sie würden uns schön rausholen. Aber weißt du, welch ein Schiff das ist? Weißt du, wohin es fährt und in welchem Hafen wir landen würden? Vielleicht würde es uns dahin zurückbringen, woher wir gekommen sind.«

»Wir können kein Zeichen geben«, sagte der Professor. »Wir sind so weit, daß wir uns unsere Retter aussuchen müssen. Aber warum sollten wir es? Morgen flaut der Wind wieder ab, und wir können segeln. Bisher ist alles gut gegangen, und es wird auch weiter alles gut gehen. Wir haben schon eine Menge geschafft.«

»Merk dir das, Tadeusz«, sagte Lorenz.

Die Bulleyes des Schiffes liefen zu einer leuchtenden Linie zusammen, die kürzer wurde, je mehr sich das Schiff entfernte und schließlich selbst nur noch ein Punkt war, der lange über dem Horizont stand wie ein starres, gelbes Auge in der Dunkelheit. Der Professor zog den nassen Umhang über den Kopf, legte die Wange an seinen Rucksack und schloß die Augen. Lorenz ruderte, und Tadeusz zog von Zeit zu Zeit die Konservenbüchse über die Bodenbretter und schöpfte Wasser. Einmal öffnete sich die Wolkendecke, ein Ausschnitt des Himmels wurde sichtbar, ein einziger Stern, dann schoben sich tiefziehende Wolken davor. Lorenz glaubte einen treibenden Gegenstand auf dem Wasser zu entdecken, doch er täuschte sich. Glimmend zogen sich Schaumspuren die Rücken der Wellen hinauf. Der Wind nahm nicht zu.

Später, als Lorenz nur noch das Gefühl hatte, daß seine

Arme die Riemen wären, daß seine Handflächen ins Wasser tauchten und das Boot gegen die See hielten, erhielt er einen kleinen Stoß in den Rücken, und er sah den Professor hinter sich kauern und ihm etwas entgegenhalten.

»Was ist das?« fragte Lorenz.

»Schnaps«, sagte der Professor. »Nehmen Sie einen Schluck, und dann werde ich rudern.«

»Später«, sagte Lorenz. »Zuerst wollen wir die Plätze tauschen. Ich bin fertig.«

Sie schoben sich behutsam aneinander vorbei, ohne sich aufzurichten, das Boot schwankte, aber bevor der Wind es querschlug, saß der Professor auf der Ruderducht und zog die Riemen durchs Wasser. Einen Augenblick lag das Boot wieder in der See, doch nun drückte das Wasser und der Wind den linken Riemen gegen die Bordwand, und der Professor arbeitete, um den Riemen freizubekommen; er schaffte es nicht, gegen den Druck des Wassers konnte er den verklemmten Riemen nicht ausbrechen. Er ließ den rechten Riemen los, faßte den linken mit beiden Händen und zog und stöhnte, doch nun schlug das Boot quer, und eine Welle brach sich an der Bordkante und schleuderte so viel Wasser hinein, daß die Bodenbretter schwammen. Tadeusz riß den Professor von der Ruderducht – sie wären gekentert, wenn Lorenz nicht die heftige Bewegung ausgeglichen hätte, indem er sich instinktiv auf eine Seite warf –, ergriff die Riemen, brach sie aus ihrer Verklemmung und ruderte peitschend und mit kurzen Schlägen, bis er den Bug herumzwang.

»Danke«, sagte der Professor leise, »vielen Dank.«

Tadeusz hörte es nicht. Der Professor zog eine Flasche heraus, schraubte den Verschluß ab und reichte die Flasche Tadeusz.

»Das wärmt«, sagte er.

Tadeusz trank, und nach ihm trank Lorenz einen Schluck. Der Professor zündete sich eine Zigarette an; dann begann er mit großer Sorgfalt und ohne Unterbrechung Wasser zu schöpfen; er schöpfte so lange, bis die

Bodenbretter wieder fest auflagen und grünlich und matt glänzten. Er hatte es vermieden, Tadeusz oder Lorenz anzusehen, und als er sich aufrichtete, sagte er: »Ich bitte um Verzeihung. Ich weiß auch nicht, wie es geschah.«

»Der Schnaps wärmt gut«, sagte Tadeusz.

»Ich denke, Sie sollten nicht mehr rudern, Professor«, sagte Lorenz. »Sie können besser schöpfen. Damit ist uns mehr geholfen.«

»Ich kann auf den Schlaf verzichten. Ich werde immer schöpfen«, sagte der Professor leise.

Lorenz kauerte sich im Bug zusammen und versuchte zu schlafen, und er schlief auch ein, doch nach einiger Zeit weckte ihn Tadeusz durch einen Zuruf, und Lorenz löste ihn auf der Ducht ab. Dann lösten sie sich noch einmal ab, und als Lorenz aus seiner Erschöpfung erwachte, lag im Osten über der See ein roter Schimmer, der wuchs und über den Horizont hinaufdrängte. Das Wasser war schmutziggrün, im Osten hatte es eine rötliche Färbung. Die Schaumkronen leuchteten im frühen Licht.

Sie waren alle wach, als die Sonne aufging und sich gleich darauf hinter schmutziggrauen Wolken zurückzog, so als hätte sie sich nur überzeugen wollen, daß das Boot noch trieb und die Männer noch in ihm waren. Sie aßen gemeinsam, sie teilten diesmal, was sie mitgebracht hatten: Brot, Dauerwurst, gekochte Eier und fetten Speck, der Professor schraubte seine Schnapsflasche auf, und nach dem Essen rauchten sie.

»Da ist jedenfalls Osten«, sagte Lorenz und machte eine nickende Kopfbewegung gegen den Horizont, wo der rote Schimmer noch stand, aber nicht mehr frei und direkt stand, sondern abnehmend, indirekt, wie eine Erinnerung, die von den langsam ziehenden Wolken festgehalten wurde. Tadeusz versuchte, das Notsegel aufzurichten: der Wind war zu stark, immer wieder kippte der Riemen mit dem flatternden Umhang um – sie mußten rudern.

»Wie schnell treibt eigentlich ein Boot?« fragte Lorenz.

»Es kommt auf die Strömung und auf den Wind an«, sagte der Professor.

»Wieviel? Ungefähr.«

»Eine bis zwei Meilen in der Stunde kann man rechnen. Vielleicht auch weniger.«

»Also sind wir schätzungsweise zwanzig Meilen getrieben. Zumindest können wir das annehmen.«

»Ungefähr«, sagte der Professor. »Aber wir kennen die Strömung nicht. Manchmal ist die Strömung stärker als die See und bringt das Boot vorwärts, obwohl es so aussieht, als werde es zurückgeworfen.«

»Das ist ein sehr guter Gedanke«, sagte Lorenz. »Der hat uns bisher gefehlt. Unter diesen Umständen könnten wir bald in Schweden Rasierzeug kaufen.« Er blickte auf den schlaffen, unrasierten Hals des Professors, an dem ein nasser Hemdkragen klebte.

»Es war gut gemeint«, sagte Lorenz.

Der Professor lächelte.

Der ganze Vormittag blieb sonnenlos, die See wurde nicht ruhiger als in der Nacht: torkelnd, den Bug im Wind, trieb das Boot, während einer der Männer, Tadeusz oder Lorenz, ruderte. Tadeusz schwieg vorwurfsvoll, er kümmerte sich nicht um die kurzen flüsternden Gespräche zwischen Lorenz und dem Professor, achtete nicht auf ihr seltsames und lautloses Lachen – Tadeusz dachte an das erleuchtete Schiff, das ihren Kurs passiert hatte. Der Professor drehte im Schutz seines Umhangs Zigaretten, verteilte sie, reichte Feuer hinter einer gebogenen Handfläche; er reichte dem jeweils Rudernden die aufgeschraubte Schnapsflasche, ermunterte sie und schöpfte Wasser, sobald es schwappend über die Bodenbretter stieg. Der Professor blickte nicht auf die See. Er war sehr ruhig.

»Das nächste Mal steigen wir um«, sagte Lorenz plötzlich. »Wenn wir wieder ein Schiff treffen, geben wir Zeichen und lassen uns an Bord nehmen. Einverstanden, Tadeusz? Das ist fest abgemacht.«

Tadeusz nickte und sagte: »Vielleicht das Schiff fährt nach Schweden. Wer kann wissen? Dann wir kommen schneller hin als mit Kutter.«

»Das meine ich auch«, sagte Lorenz. »Und nun hör auf, solch ein Gesicht zu machen. Wir sind nicht besser dran als du. Ich schätze, daß wir alle dieselben Möglichkeiten haben. Als wir die Sache anfingen, da haben wir uns eine Chance ausgerechnet, sonst wären wir jetzt nicht in dem Boot. Keiner von uns hat einen Vorteil.«

Tadeusz legte sich in die Riemen und schloß beim Zurücklegen die Augen.

Die schmutziggrauen Wolken zogen über den Horizont herauf, schoben sich auf sie zu und standen nun unmittelbar voraus: Sturmwolken, die sich ineinander wälzten und an den Rändern wallend verschoben; ihr Zentrum schien unbeweglich. Die Männer im Boot sahen die Wolken voraus, sahen sie und spürten, daß es Zeit wurde, sich gefaßt zu machen, sich vorzubereiten auf etwas, worauf sie sich in dem Boot weder vorzubereiten wußten noch vorbereiten konnten, und da sie das ahnten und tun wollten, was zu tun ihnen angesichts der Größe des Bootes nicht möglich war, stopften sie die Rucksäcke unter die mittlere Ducht, schlugen die Kragen hoch und warteten.

»Wenn ich nur wüßte, wo wir sind«, sagte Lorenz.

»Es gibt eine Menge Inseln vor der Küste«, sagte der Professor. »Wenn wir Glück haben, treiben wir irgendwo an. Wir werden schon an Land kommen.«

»Sicher. Die Ostsee ist ein kleines Meer.«

Als der erste Vorläufer des Sturms sie erreichte, war es finster über dem Wasser, eine fahle Dunkelheit herrschte, es war nicht die entschiedene, tröstliche, ruhende Dunkelheit der Nacht, sondern die gewaltsame, drohende Dunkelheit, die der Sturm vorausschickt. Die Männer rückten stillschweigend in die Mitte des Bootes, hoben die Hände, streckten sie zu den Seiten aus und umklammerten das Dollbord. Die Seen schienen kürzer zu werden, obwohl sie an Heftigkeit zunahmen. Auf den Rücken der Wellen kräuselte sich das Wasser, das jetzt dunkel war, von unbestimmbarer Farbe. Tadeusz spuckte seine Kippe ins Boot und stemmte die Absätze gegen die Kante der Bodenbretter, um den besten Widerstand zu finden. Er ruderte mit kurzen Schlägen.

Der Wind war wieder umgesprungen, doch sie konnten nicht bestimmen, aus welcher Richtung er kam und wohin sie abgetrieben wurden. Der Wind war so stark, daß er auf die Ruderblätter drückte, und wenn Tadeusz sie ausbrach und zurückführte, hatte er das Gefühl, daß an der Spitze der Riemen Gewichte hingen – was ihn für eine Sekunde daran erinnerte, daß er als Junge mit dem Boot seines Vaters auf einen verwachsenen See hinausfuhr und schließlich zum Ufer staken mußte, weil die Riemen unter das Kraut gerieten, festsaßen in einer elastischen, aber unzerreißbaren Fessel, so daß er nicht mehr rudern konnte.

Zuerst merkten sie den Sturm kaum oder hätten zumindest nicht sagen können, wann genau er einsetzte – denn während der ganzen Nacht und während des ganzen Vormittags war die See nicht ruhig gewesen –: sie merkten es erst, als das leichte Boot einen Wellenberg hinauflief, einen Berg, der so steil war, daß ihre Rucksäcke plötzlich polternd über die Bodenbretter in das Heck rutschten und die Männer sich in jähem Erstaunen ansahen, da der Wellenberg vor ihnen kein Ende zu nehmen schien und sich noch weiter hinaufreckte, während das Boot, das nicht an ihm klebte, sondern ihn erklomm, so emporgetragen wurde, daß Tadeusz zu rudern aufhörte, weil er glaubte, mit seinen Riemen das Wasser nicht mehr erreichen zu können. Und sie merkten den Sturm, wenn das Boot jedesmal unterhalb des Wellenkammes stillzustehen schien auf dem steilen Hang, wobei sie dachten, daß sie entweder zurückschießen oder aber, was wahrscheinlicher war, von dem sich aufrichtenden und zusammenstürzenden Kamm unter Wasser gedrückt werden müßten.

Der Professor hielt sich mit einer Hand am Dollbord fest und schöpfte mit der anderen Wasser. Lorenz hatte sich im Bug umgedreht und blickte voraus. Tadeusz hielt die Riemen, ohne sie regelmäßig zu benutzen. Es war ihr erster Sturm.

Das Boot torkelte nach beiden Seiten, von beiden Seiten klatschte Wasser herein, über den Bug fegte die Gischt, traf schneidend ihre Gesichter, und die Hände wurden klamm. Lorenz konnte Tadeusz auf der mittleren Ducht nicht ablösen, er konnte sich nicht aufrichten, ohne das leichte Boot in die Gefahr des Kenterns zu bringen. Hockend zerrte er die Rucksäcke in die Mitte des Bootes, löste die Riemen und schnallte sie an der Ducht fest. Die Riemen knarrten und strafften sich, sie verhinderten, daß die Rucksäcke ins Heck rollten. Der Professor versuchte eine Zigarette anzustecken; es gelang ihm nicht, und er warf die Zigarette, die von der hereinfegenden Gischt naß geworden war, über Bord. Er nahm einen Schluck aus der Schnapsflasche und reichte die Flasche dann Lorenz, der ebenfalls einen Schluck nahm. Tadeusz trank nicht. Er konnte die Riemen nicht mit einer Hand halten. Die schmutzige Wolke stand jetzt über ihnen. Sie bewegte sich langsam, sie schien sich nicht schneller zu bewegen als das Boot.

Und dann war es wieder Tadeusz: in dem Augenblick, als der Professor seinen wasserbesprühten, blinden Zwicker abnahm und in die Brusttasche schob, in der Sekunde, da Lorenz sich angesichts eines zusammenstürzenden Wellenkammes unwillkürlich duckte, rief Tadeusz ein Wort – wenngleich es ihnen allen vorkam, daß es mehr war als ein Wort –:

»Küste!« rief er, und ehe sie noch etwas wahrnahmen oder sich aufrichteten oder umdrehten, fühlten sie sich durch das eine Wort bestätigt, ja, sie hatten sogar das

Empfinden, daß der Sturm, nachdem das Wort gefallen war, wie auf Befehl nachließ, und dies Empfinden behauptete sich, selbst als sie sich umwandten und nichts sahen als die dünende Einöde der See.

»Wo?« schrie Lorenz.

»Wo ist die Küste?« rief der Professor.

»Gleich«, sagte Tadeusz.

Als die nächste Welle sie emportrug, sahen sie einen dunklen Strich am Horizont, dünn wie eine Planke oder das Blatt eines Riemens; es war die Küste.

»Da«, schrie Tadeusz, »ich hab sie gesehn.«

»Die Küste«, murmelte der Professor und legte die Hand auf seinen Rucksack.

»Welche Küste?« fragte Lorenz.

»Wahrscheinlich eine Insel«, sagte der Professor, »es sah so aus.«

»Mit irgendeiner Küste ist uns nicht gedient«, sagte Lorenz. »Wir müssen wissen, welche Küste es ist.«

»Es muß eine schwedische Insel sein«, sagte der Professor.

»Und wenn es keine schwedische Insel ist?«

»Es ist eine.«

»Aber wenn es eine andere ist?«

»Dann bleibt immer noch Zeit.«

»Wofür?«

Der Professor antwortete nicht, schob die Finger in eine Westentasche und kramte vorsichtig und zog eine kleine Glasampulle heraus, die er behutsam zwischen Daumen und Zeigefinger hielt und den Männern zeigte.

»Was ist das?« fragte Lorenz.

»Für den Fall.«

»Für welchen Fall?«

»Es ist Gift«, sagte der Professor.

»Gift?« fragte Tadeusz.

»Es braucht nur eine Minute«, sagte der Professor, »wenn die Ampulle zerbissen ist. Man muß sie in den Mund stecken und draufbeißen. Es ist noch Friedensware.«

Lorenz sah auf die Ampulle, sah in das Gesicht des Professors, und in seinem Blick lag eine nachdenkliche Feindseligkeit. Jetzt glaubte er, daß er diesen Mann schon immer gehaßt hatte, weniger als Erwiderung darauf, daß er sich selbst mitunter von ihm gehaßt fühlte, als wegen der gefährlichen Jovialität und der biedermännischen Tücke, die er in seinem Wesen zu spüren glaubte.

»Sie sind übel«, sagte Lorenz, »ah, Sie sind übel.«

»Was ist denn?« sagte der Professor erstaunt.

»Ich wußte es immer, Sie taugen nichts.«

»Was habe ich denn getan?«

»Getan? Sie wissen nicht einmal, was Sie getan haben? Sie haben Tadeusz verraten, den Mann, der für Sie rudert, und Sie haben mich verraten. Sie haben natürlich dafür gesorgt, daß Sie einen heimlichen Vorteil hatten. Sie dachten nicht daran, mit gleichen Chancen ins Boot zu steigen. Sie hatten für den Fall der Fälle vorgesorgt. Sie brauchen nur eine Minute – und wir? Interessiert es Sie nicht, wieviel Minuten wir brauchen? Das ist der dreckigste Verrat, von dem ich gehört habe. Na, los, beißen Sie drauf, schlucken Sie Ihre Friedensware. Warum tun Sie es nicht?«

Der Professor drehte die kleine Ampulle zwischen den Fingern, betrachtete sie, und dann schob er die Hand über das Dollbord und ließ die Ampulle los, indem er die Zange der Finger öffnete. Die Ampulle fiel ohne Geräusch ins Wasser.

»Ein dreckiger Verrat«, sagte Lorenz leise.

Der Sturm trieb sie auf die Küste zu, die höher hinauswuchs aus der See, eine dunkle, steile Küste, vor der die Brandung schäumte. Die Küste war kahl, nirgendwo ein Haus, ein Baum oder Licht, und Tadeusz sagte:

»Bald wir finden trocknes Bett. Bald wir haben warmes Essen.«

Lorenz und der Professor schwiegen; sie hielten die Küste im Auge. Obwohl es spät am Nachmittag war, lag Dunkelheit über der See und über dem Land. Ihre nassen

Gesichter glänzten. Die Wellen warfen das Boot auf die Brandung zu, die rumpelnd, wie ein Gewitter, gegen die Küste lief.

»Wenn wir sind durch Brandung, sind wir an Land«, sagte Tadeusz scharfsinnig. Niemand hörte es, oder niemand wollte es hören; den Körper gegen die Bordwand gepreßt, die Hände auf dem Dollbord: so saßen sie im Boot und blickten und horchten auf die Brandung. Und jetzt sahen sie etwas, was niemand auszusprechen wagte, nicht einmal Tadeusz sagte es, obzwar die andern damit rechneten, daß er auch dies sagen würde, was sie selbst sich nicht einzugestehen wagten: dort, wo die Steilküste sich vertiefte und eine Mulde bildete, standen zwei Männer und beobachteten sie, standen, dunkle Erscheinungen gegen den Himmel, bewegungslos da, als ob sie das Boot erwarteten.

Die erste Brandungswelle erfaßte das Boot und trieb es rückwärts und in sehr schneller Fahrt gegen die Küste; die zweite Welle schlug das Boot quer; die dritte hob es in seiner Breite an, obwohl Tadeusz so heftig ruderte, daß die Riemen durchbogen und zu brechen schienen, warf es so kurz und unvermutet um, daß keiner der Männer Zeit fand, zu springen. Einen Augenblick war das Boot völlig unter Wasser verschwunden, und als es kieloben zum Vorschein kam, hatte es die Brandungswelle fünf oder acht oder sogar zehn Meter unter Wasser gegen den Strand geworfen. Mit dem Boot tauchten auch Lorenz und Tadeusz auf, dicht neben der Bordwand kamen sie hervor, klammerten sich fest, während eine neue Brandungswelle sie erfaßte und vorwärtsstieß und über ihren Köpfen zusammenbrach. Als die Gewalt der Welle nachließ, spürten sie Grund unter den Füßen. Das Wasser reichte ihnen bis zur Brust. Etwas Weiches, Zähes schlang sich um Lorenz' Beine; er bückte sich, zog und brachte den schwarzen Umhang des Professors zur Oberfläche. Er warf ihn über das Boot und blickte zurück. Der Professor war nicht zu sehen.

»Da hinten!« rief eine Stimme, die er zum ersten Mal hörte. Neben ihnen, bis zur Brust im Wasser, stand ein Mann und deutete auf die Brandung hinaus, wo ein treibender Körper auf einer Welle sichtbar wurde und im Zusammenstürzen unter Wasser verschwand. Der Mann neben ihnen trug die Uniform, die sie kannten, und noch bevor sie zu waten begannen, sahen sie, daß auch der Mann, der am Ufer stand, eine Maschinenpistole schräg über dem Rücken, Uniform trug. Er winkte ihnen angestrengt, und sie wateten in flaches Wasser und erkannten die Küste wieder.

Siegfried Lenz

ROMANE

Es waren Habichte
in der Luft

Deutschstunde

Das Vorbild

Die frühen Romane

Heimatmuseum

Der Verlust

Exerzierplatz

Die Klangprobe

ERZÄHLUNGEN

So zärtlich war Suleyken

Das Feuerschiff

Lehmanns Erzählungen
oder
So schön war mein Markt

Der Spielverderber

Leute von Hamburg –
Meine Straße

Gesammelte Erzählungen

Der Geist der Mirabelle

Einstein überquert
die Elbe bei Hamburg

Ein Kriegsende

Das serbische Mädchen

SZENISCHE WERKE

Das Gesicht · Komödie

Drei Stücke:
Zeit der Schuldlosen · Das
Gesicht · Die Augenbinde

Haussuchung · Hörspiele

ESSAYS

Beziehungen

Elfenbeinturm
und Barrikade

Über das Gedächtnis

GESPRÄCHE

Alfred Mensak (Hrsg.):
Siegfried Lenz · Gespräche
mit Manès Sperber
und Leszek Kolakowski

Alfred Mensak (Hrsg.):
Über Phantasie
Siegfried Lenz · Gespräche
mit Heinrich Böll, Günter
Grass, Walter Kempowski,
Pavel Kohout

HOFFMANN
UND CAMPE

Siegfried Lenz im dtv

Der Mann im Strom
dtv 102 / dtv großdruck 2500

Brot und Spiele
dtv 233

Jäger des Spotts
dtv 276

Stadtgespräch · dtv 303

Das Feuerschiff
dtv 336

Es waren Habichte
in der Luft · dtv 542

Der Spielverderber
dtv 600

Haussuchung
Hörspiele · dtv 664

Beziehungen
dtv 800

Deutschstunde
dtv 944

Einstein überquert die
Elbe bei Hamburg
dtv 1381 / dtv großdruck 2576

Das Vorbild
dtv 1423

Der Geist der Mirabelle
Geschichten aus Bollerup
dtv 1445 / dtv großdruck 2571

Heimatmuseum
dtv 1704

Der Verlust
dtv 10364

Die Erzählungen
1949 – 1984
3 Bände in Kassette / dtv 10527

Über Phantasie
Gespräche
mit Heinrich Böll,
Günter Grass,
Walter Kempowski,
Pavel Kohout
Hrsg. v. Alfred Mensak
dtv 10529

Elfenbeinturm und
Barrikade
Erfahrungen am
Schreibtisch
dtv 10540

Zeit der Schuldlosen
und andere Stücke
dtv 10861

Exerzierplatz
dtv 10994

Ein Kriegsende
Erzählung
dtv 11175

Das serbische Mädchen
Erzählungen
dtv 11290

Heinrich Böll
im dtv

Foto: Isolde Ohlbaum

Irisches Tagebuch · dtv 1

Zum Tee bei Dr. Borsig
Hörspiele · dtv 200

Wanderer, kommst du nach Spa …
dtv 437

Ende einer Dienstfahrt · dtv 566

Der Zug war pünktlich · dtv 818

Wo warst du, Adam? · dtv 856

Gruppenbild mit Dame · dtv 959

Billard um halbzehn · dtv 991

Die verlorene Ehre der Katharina
Blum · dtv großdruck 25001

Das Brot der frühen Jahre
dtv 1374

Hausfriedensbruch. Hörspiel
Aussatz. Schauspiel
dtv 1439

Und sagte kein einziges Wort
dtv 1518

Ein Tag wie sonst
Hörspiele · dtv 1536

Haus ohne Hüter · dtv 1631

Du fährst zu oft nach Heidelberg
dtv 1725

Das Heinrich Böll Lesebuch
dtv 10031

Was soll aus dem Jungen bloß
werden?
Oder: Irgendwas mit Büchern
dtv 10169

Das Vermächtnis · dtv 10326

Die Verwundung · dtv 10472

Heinrich Böll/Heinrich Vormweg:
Weil die Stadt so fremd geworden
ist … dtv 10754

Niemands Land
Kindheitserinnerungen
an die Jahre 1945 bis 1949
Herausgegeben von Heinrich Böll
dtv 10787

Frauen vor Flußlandschaft · dtv 11196

Eine deutsche Erinnerung
Interview mit René Wintzen
dtv 11385

Rom auf den ersten Blick
Landschaften. Städte. Reisen
dtv 11393

Nicht nur zur Weihnachtszeit
dtv 11591; auch dtv großdruck 2575

Unberechenbare Gäste · dtv 11592

Entfernung von der Truppe · dtv 11593

Heinrich Böll zum Wiederlesen
dtv großdruck 25023

In eigener und anderer Sache
Schriften und Reden 1952 – 1985
9 Bände in Kassette · dtv 5962
(Einzelbände dtv 10601 – 10609)

Über Heinrich Böll:
In Sachen Böll –
Ansichten und Einsichten
Hrsg. v. Marcel Reich-Ranicki
dtv 730

James H. Reid:
Heinrich Böll. Ein Zeuge seiner Zeit
dtv 4533

Marcel Reich-Ranicki im dtv

Foto: Isolde Ohlbaum

Entgegnung
Zur deutschen Literatur
der siebziger Jahre
dtv 10018

Nachprüfung
Aufsätze über deutsche Schriftsteller von gestern
Erweiterte Neuausgabe
dtv 11211

Literatur der kleinen Schritte
Deutsche Schriftsteller
in den sechziger Jahren
dtv 11464

Lauter Verrisse
dtv 11578

Lauter Lobreden
dtv 11618

Herausgegeben von Marcel Reich-Ranicki:

In Sachen Böll –
Ansichten und Einsichten
dtv 730

Über Marcel Reich-Ranicki
Aufsätze, Kommentare
Herausgegeben von Jens Jessen
dtv 10415

Meine Schulzeit im Dritten Reich
Erinnerungen deutscher
Schriftsteller
dtv 11597

Horst Krüger
im dtv

Foto: Isolde Ohlbaum

Ostwest-Passagen

Horst Krügers literarisch-politische Reise-Essays sind nicht deshalb so brillant und außergewöhnlich, weil er so außergewöhnliche Orte besucht, sondern weil er sie anders sieht. dtv 1562

Poetische Erdkunde
Reise-Erzählungen

Zehn scharfzüngig-anmutige und engagierte Reisebeschreibungen über Frankfurt am Main, die Provinz der DDR, Wien, Mainfranken, Baden, den El Escorial in Spanien, Ägypten, Washington D.C., Peking und Hongkong sowie ›Die Frühlingsreise – Sieben Wetterbriefe aus Europa‹. dtv 1675

Spötterdämmerung
Lob- und Klagelieder zur Zeit

Eine Sammlung heiterer, provokanter, aber auch melancholischer Feuilletons und witziger Satiren, in denen Horst Krüger von sich und seinen Reiseerlebnissen berichtet, Zeiterscheinungen aufs Korn nimmt, über den Kulturbetrieb spottet und Schriftstellerkollegen porträtiert. dtv 10355

Tiefer deutscher Traum
Reisen in die Vergangenheit

Horst Krüger auf der Suche nach der deutschen Identität. Ein sinnliches, melancholisches und ehrliches Buch. »Ich habe es in einem Zug gelesen, Orte und Menschen neu entdeckt, den Osten, die Deutschen, auch unsere Geschichte neu sehen gelernt.« (Arnulf Baring) dtv 10558

Das zerbrochene Haus
Eine Jugend in Deutschland

Horst Krügers Bilanz seiner Jugend im nationalsozialistischen Deutschland. Das persönliche Leben im Alltag und die Politik jener Jahre sind in diesem Bericht auf ungewöhnliche Weise miteinander verknüpft. Ein Bekenntnis und eine scharfsinnige Analyse des verführten Kleinbürgertums. dtv 10665

Zeit ohne Wiederkehr

Eine Auswahl von Feuilletons des unerschrockenen Chronisten Horst Krüger, die in den Jahren 1964 bis 1983 entstanden sind und als literarische Spiegelungen des Zeitgeistes die Jahre überdauert haben. dtv 11121

Kennst du das Land
Reise-Erzählungen

Horst Krüger als Reisebegleiter nach Amerika, Indien, Israel, Estland, Ungarn, Rothenburg ob der Tauber, West-Berlin und in die DDR. dtv 11158